慶餘年

◆第二部　江南風雲

一

作

貓膩

目錄

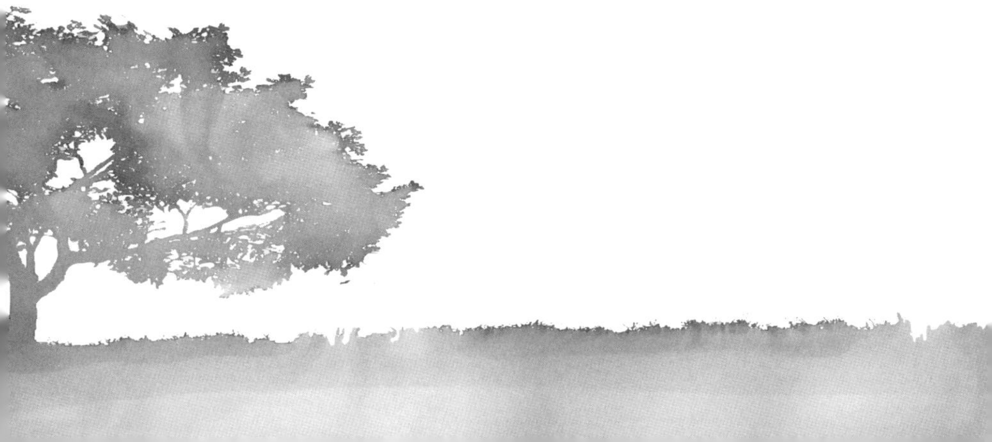

第一章　家法

坐在馬車上的范閒，小心翼翼地用清水洗去了指間殘存的淡淡迷香，有些失望於這番談話。

他雖然冒了大險誘出二皇子的些許心聲，卻沒有什麼有用的資訊，對於他與永陶長公主的安排還是沒有了解，看來這位二皇子果然是位心志沉穩裡透著書生意氣的人物。不過自己又不是什麼知心大姊姊，知道這些事情，也沒有什麼用處。

馬車到了范府，范閒從馬車上一躍而下，很冷靜地穿過角門，快步走到後園，對於路上那些滿臉莫名表情的范、柳二族成員視而不見，直接來到書房，用穩定的雙手推開房門，然後一腳踹過去！

書房裡一聲慘叫！在眾人驚恐的眼光中，根本不知道發生了什麼事情的范思轍被這一腳踹成一個圓球，狠狠砸在太師椅上，將椅子砸成數截。

范府現在分成前後兩宅，庭院豪奢，家宅闊大，光書房就有三間。傳出一聲慘叫的書房在正西邊，靠著園子，是三間書房裡防備最鬆，也是下人們最能靠近的一間，驟聞一聲殺豬般的慘叫響起，園中眾人悚然一驚。

范思轍一聲慘叫之後，書房裡立馬響起兩聲女子的尖叫。范若若與林婉兒花容失色，上前死死拉著范閒胳膊，生怕自己的相公、哥哥一時火起，將范思轍再踹上兩腳，活活踹死了。

在這兩位女子的眼中，范閒一直是個溫文爾雅、成熟穩重的年輕男子，縱使有不愉悅的時候，也從來沒有表露出如此暴戾的一面。今日看著范閒臉上的重重寒霜，二女心裡不由得打了個寒顫，不知道范思轍究竟做了什麼讓他如此生氣，卻還是死死拉著范閒的胳膊，不讓他上前。

范思轍被領命的藤子京揪回范府後，急得像隻熱鍋上的螞蟻，好不容易才覷了個空，千乞萬求地請路過書房的思思偷偷遞了個口信給嫂子、姊姊，要她們速速過來。

范若若與林婉兒不知道發生了什麼事情，進書房後，聽著范思轍連呼救命，還打趣了幾句，直到看見范閒那踹心窩的狠命一腳，才知道事情肯定鬧得挺大，兩張小臉都白了，略帶一絲畏懼地看著范閒生氣的臉。

「放手！」范閒嘴裡說出來的話，就像是被三九天的冰沁了一整夜，冷颼颼地帶著寒風。「父親已經知道這件事情，誰也別再攔我，我不會把他打死的……」

范思轍伏在地上裝死，偷偷用眼角餘光瞥了一眼，發現哥哥表情平靜，又說不會將自己打死，心裡略鬆一口氣。

不料范閒接著寒聲說道：「……我要把他打殘了！」

說話間，他將范若若與林婉兒死死握著的胳膊輕鬆抽出來，氣極之間，來不及找家法用具，直接抓住書桌上的茶碗，劈頭蓋臉地就擲過去，砰的一聲脆響，盛著熱茶的茶碗不偏不倚就砸在范思轍的腦袋旁邊！

熱茶四濺，碎瓷四濺，范思轍哎唷一聲，被燙得一痛，臉上又被刮出幾道血痕來，再也不敢躺在地上裝死，一躍而起，哭嚎著便往林婉兒身後躲，一面哭，一面嚎道：「嫂子……哥哥要殺我！救命啊！」

林婉兒看著小叔一臉血水，唬了一跳，趕緊將他護在身後，將滿臉怒容的范閒攔在身前，急促說道：「這是怎麼了？這是怎麼了……有什麼話好好說不成？」

范閒看見躲在林婉兒身後的范思轍那狼狽模樣，卻沒有絲毫心軟，想著他幹出來的那些齷齪事情，反而是怒火更盛，指著他罵道：「妳問問他自己做了些什麼事情！」

范思轍正準備開口辯解，卻是喉嚨一甜，險些吐出一口血來，知道哥哥剛才那腳踹得重，一時間嚇得半死，不知道自己會不會就這麼死了。他驚恐之餘，大生勇氣，跳起來尖聲哭嚎道：「不就是開了個樓子！用得著要生要死的嗎……嫂子啊……我可活不成了……啊！」

一聲氣若游絲的慘叫後，范思轍就勢一歪，往地上躺下去，真真把林婉兒和范若若兩人嚇一跳，趕緊蹲下來，又是揉他胸口，又是掐他人中的。

這時候范閒已經將今日之氣發洩出少許，看著這小子裝死，氣極反笑，再一看書房門大開，園中有些下人遠遠可以看見這裡，反手將門關上，面無表情說道：「這一腳踹不死你，給我爬起來。」

范思轍見他還想再下狠手的模樣，哪裡敢爬起來，只伏在地上躲在嫂子與姊姊身後，盼著能拖到母親趕過來。

范閒坐到書桌後，面無表情，心裡不知道在想些什麼。范若若小心翼翼地遞了碗茶過去，輕聲問道：「什麼樓子啊？」

范閒緩緩啜完碗中清茶，閉目一下子後，寒聲說道：「青樓。」

林婉兒和范若若又是一驚，兩位姑娘家今天受的驚嚇可真是不少，不過相較於范閒的那一腳踹心窩，范思轍開青樓雖然有些荒誕，卻也不怎麼令她們太過在意。這京中權貴子弟，大多都有些暗地裡的生意，皮肉生意雖然不怎麼光彩，范思轍……的年紀似乎也小了些，但……至於下這麼重的手，生這麼大的氣嗎？

范閒冷笑一聲，從懷裡掏出監察院一處在一天半之內查出的抱月樓卷宗，扔給妹妹。

范若若滿臉疑惑地接過來，低頭看著。卷宗並不長，上面抱月樓的斑斑劣跡卻是清清楚楚，證據確鑿，無從抵賴，她不過一會兒工夫就看完了。

先前一陣混亂，讓她的頭髮有些凌亂，幾絡絡青絲搭下額頭，恰好遮住她的面容與眼眸，看不清楚她的反應與表情。但是漸漸的，范若若的呼吸沉重了起來，明顯帶著一絲悲哀的憤怒，下唇往嘴裡陷入，看來是正在咬著牙。

林婉兒好奇地看著這一幕，也很想知道卷宗上面究竟寫了什麼，想走到小姑子旁邊一同參看，又怕范閒趁自己移動，真走上前來將范思轍活活打死，所以不敢挪動。

范若若緩緩抬起頭來，面色寧靜，但往日裡眉宇間的冰霜之色顯得尤其沉重，一雙平靜的眸子裡跳躍著怒火，她望著躲在嫂子身後裝死的范思轍，咬牙一字一句說道：「這些事情都是你做的？」

她問話的口氣很平靜，但平靜之下的暗流，卻讓房中數人感到有些不安。

范思轍自小被姊姊帶大，相較之下，更怕這位看似柔弱的姊姊，也與范若若更為親近，下意識緩緩坐起來，顫抖著聲音，無比驚恐地解釋：「姊，什麼事情啊？」

范若若面上閃過一陣悲哀與失望，心想弟弟怎麼變成這種人了？眸子裡泛起淚花，將牙一咬，把手上的卷宗扔過去，正好砸在范思轍臉上，傷心斥道：「你自己看去！」

范思轍看著安坐桌後的哥哥一眼，又看了嫂子一眼，撿起卷宗看下去，越看面色越難看——原來抱月樓做的事情，哥哥都知道了！

便在此時，范閒瞇著眼睛，緩緩從椅子上站起來。

范思轍尖叫一聲，嚎叫著跳起來，拚命地擺手，嚇得半死，口齒不清解釋：「哥！這些事情不是我幹的！你不要再打了！」

范閒瞇著眼睛看著自己的弟弟，冷冷說道：「殺人放火，逼良為娼，如果這些事情是你親手做的，我剛才那一腳就把你踹死了！但您是誰啊？您是抱月樓的大東家，這些事情沒您點頭，那些國公家的小王八犢子……敢做嗎？」

范思轍顫抖著聲音，說道：「有些事情，都是老三做的，和我沒關係。」

「范思轍啊范思轍。」范閒冷笑道：「當初若若說你思慮如豬，還真是沒有說錯，你以為這樣就能洗得乾淨自己？我還是真小瞧您了，居然成了京中小霸王的大頭目，您好有能耐啊！」

您好有能耐啊。

范思轍的心越來越涼，他年紀雖然不大，但心思卻是玲瓏得很，知道哥哥是聽不進自己的辯解了，愈發覺著冤枉，哭喪著臉嚎叫：「真不關我事啊！」

便在這當下，他又看見一幕令自己魂飛膽裂的畫面。

范若若一臉平靜地從書桌下取出了一根長不過一臂的棒子，遞給范閒。

范閒第一次來京都的時候，范若若便曾經用戒尺打過范思轍手心，戒尺……便是范家的小家法。那大家法又是什麼呢？

是一根棒子。

是一根上面纏著粗麻棘的棒子。

是一根打下去就會讓受刑者皮開肉綻的恐怖棒子。

在整個范府中，有幸嘗過大家法的，只有一個人，那人曾經是司南伯范建最得寵的親隨，仗著范府的勢力與范建的恩眷，在戶部裡搞三搞四，結果慘被范建一棒打倒，如今還在城外的田莊裡苟延殘喘，只是腿早已斷了，淒苦不堪。

范思轍幼時受教育的時候，曾經見過那人的慘狀，此時一見范閒正在掂量那根「大家法」，頓時嚇成了傻子，張大了嘴，說不出話來。

范閒從桌後走出來，對著妻子和范若若冷冷說道：「這件事情，我有責任，妳們兩個也逃不開關係。」

林婉兒默然退到一邊，與范若若並肩站著。

范思轍看著那根棒子離自己越來越近，魂飛魄喪之下，竟是激發了骨子裡的狠勁，一跳而起，指著范閒的臉痛罵道：「嫂子、姊姊，妳們甭聽他的……哥……不！范閒，你也別做出一副聖人模樣，我就開妓院怎麼了？我就欺男霸女怎麼了？這京都裡誰家不是這麼幹的？憑什麼偏偏要打我？你當我不知道你是怎麼想的？只不過你現在和二皇子不對路，我剛好牽扯進去，讓你被人要脅了……成，你失了面子，失了裡子，怎麼？就要拿我出氣？要把我活活打死？」

范思轍大聲哭嚎道：「有種你就把我打死！你算什麼哥哥！我當初做生意的時候，哪裡知道你會和二皇子鬧翻？這關我什麼事，你又沒有告訴過我！有本事你就去把老三打一頓，只會欺負我這個沒爹疼沒娘愛的人……算什麼本事！你不是監察院的提司嗎！去抓京都府尹去，去宮裡打老三去！去啊！去啊！」

啪的一聲輕響，他的臉上挨了一記並不怎麼響亮的耳光，頓時醒了過來，傻乎乎地看著越來越近的范閒。

范閒聽著這番混帳話後，氣得不行，面上雖然沒有顯露什麼，但額角的青筋已經一現一隱。

重生以來近二十年，像今天這麼生氣還是頭一遭，最關鍵的是，他是真心把范思轍當兄弟看待，誰知道對方竟會做出這等事情來，還會說得如此振振有辭。

「你給我閉嘴！」他終於忍不住痛罵道：「你要做生意，我由你做去，你要不為非作歹，旁人怎麼敢來要脅我？就算要脅，我是那種能被要脅的人嗎？我今天要懲治你，不是為了別的，就是因為你該打！這件事情和宮裡的老二無關，和老三無關，范思轍你要搞清楚，這就是你的事情！」

范閒又是傷心，又是憤怒。「小小年紀，行事就如此狠辣，我不懲治你，誰知道你會為父親惹上什麼禍事……我是對你有期許的，所以根本不允許你在這條路上繼續走下去。老二、老三算什麼？我氣的就是你，我恨的也是你，他們不是我兄弟，你是我兄弟！」

他盯著弟弟的雙眼，寒意十足說道：「我查得清楚，幸虧你沒有親手涉入到那些事情裡面，還算可以挽救，既然你把路走歪了，我就用棍子幫你糾正過來。」

話音一落，棍棒落下。

大家法之下，范思轍褲破肉裂，鮮血橫溢，終於發出一聲痛徹心扉的嚎叫聲。聲音迅疾傳遍整個范氏大宅，驚著園中的下人、丫鬟，震著藤子京與鄧子越一干下屬，嚇壞了那些在園中候命的范、柳兩家子弟，自然也讓有些人感到無比的心疼難受。

范家二少爺的慘叫不停迴盪在宅中、園中，那股淒厲勁實在是令人不忍耳聞。

先前還有范思轍發狠的硬抗之聲，後來便變成哭嚎著的求饒之聲，又變成悽楚的喚人救命之聲，最後聲音漸漸低了下來，微弱的哭聲裡，隱約能聽著十三歲少年不停叫著媽媽。

「老爺！轍兒真的要被打死了！」滿面淚痕的柳氏跪在范建面前，抱著他的雙腿。「您去說說吧，讓范閒停了，這也教訓夠了，如果真打死了怎麼辦？」

第二章　老范與小范

面目姣好的柳氏，一向刻意在范府中保持那份含而不露的貴氣，但今日她再顧不得氣質之類，面色蒼白、憔悴不堪地抱著范建雙腿，嘶聲哭泣道：「老爺，您倒是說說話呀……轍兒年紀還小，可禁不住這麼毒打的。」

范建看著身前女子，忍不住嘆了一口氣。柳氏在范建的元配死後，就跟了他。當年范建雖已受封司南伯，但聖眷在暗處，依然不顯山露水，對方身為國公孫女，卻嫁給他這個范族旁支做小，不知道驚煞多少京都人；婚後柳氏對他小意伺候著，體貼關懷著，硬生生將他從流晶河上拉回來。

所以不論從哪方面來講，他對柳氏都是有一份情、有一份歉疚的，更何況這時候在書房裡挨打的……也是自己的親生兒子。范建年紀也不小了，哪裡會不心疼？但不管他心裡是如何想，他的面部表情都保持得極好，搖頭訓斥道：「玉不琢不成器，子不教父之過，慈母多敗兒……」

便在此時，遠處書房裡又傳來一聲慘呼，隱約聽得清楚是范思轍在痛得喊媽。

范建眉頭稍一挑動，心頭微微抽搐，本來就已經有些顛三倒四的勸誡之語再也說不下去了。

柳氏見范建一直沉默，眼中的堅毅之色流露出來，將微亂的裙襬一整，便準備離開書房。

「回來！」范建低聲斥道：「范閒做大哥的，教訓思轍理所應當，妳這時候跑過去，讓那孩子怎麼想？」

「孩子怎麼想？」柳氏淒苦地回過身來，雙眼淚汪汪的。「老爺，您就想著范閒怎麼想，卻不想我怎麼想？我就這麼一個寶貝心肝兒，難道您忍心看著他被活活打死？」

她一咬下唇，嘶聲哭道：「不錯，我當年是做過錯事，可是他從澹州過來後，我處處忍讓，小意謹慎，生怕他不快活。依您的意思，我四處打點京中貴戚，就怕拖了他的後腿，他如今在京中的地位怎麼說也有我的一份力。當然，我這個做母親的，做這些事情是理所當然，也不會去他面前邀功……可……可如今這是怎麼了？他怎麼就忍心下這麼重的手……如果他是記著當年的事情……大不了我把這條命還給他好了！別動我的兒！我的兒啊……」

范建看著柳氏抽抽泣泣的模樣，一股火氣升上胸膛，斥道：「這是什麼模樣？范閒是個什麼樣的人，妳還不清楚？他既然將那件事情丟開了，就不會再重新撿起來。他雖然年輕，但是個有心胸的……思轍這件事情本來就做得太過，如果不給些教訓，將來真把整個家拖著陪葬，難道妳才甘心？」

柳氏本就不是一位普通婦人，今日才知道抱月樓被抄的事情，不過一轉念便清楚這背後有著范家大少爺與二皇子之間的角力影子，舉手拈袖擦了眼角淚痕，哭著說道：「本就不是什麼大事，只不過把柄被二殿下抓著了，范閒這才生氣。」

這婦人與她兒子，對於范閒動怒的判斷倒是極為一致。

范建將臉色一沉，說道：「不是大事？剛才後宅書房送過來的東西妳又不是沒有看到，思轍年紀小小……居然如此膽大心狠，雖然不是他自己動手，但是與他自己動手又有什麼分別？難道非要妳那成器兒子親手殺人，才算大事？」

柳氏忍不住為兒子開解：「京中這種事情少了嗎？誰家誰戶沒出些事——」

沒等她說完，范建已經攔住她的話，冷冷說道：「這件事情不要繼續說了。」

柳氏很聽話地住了嘴，眼角的淚痕擦去了，眼眶裡的淚花還在泛著。遠處那間書房裡的呼痛慘嚎之聲漸漸低了下來，反而讓她這個做母親的更感到害怕驚恐。轍兒是厥過去了還是怎麼了？

范建看著她的模樣，忍不住又嘆了一口氣，再聯想到自己昨夜與范閒商定的事情，心頭微微一黯。

其實這幾個月裡，范思轍在京中整的生意，他不是一點兒風聲都沒有收到，只是不怎麼在意，總覺得小孩子家家的，能整出多大動靜來？卻沒料到，連自己這個做父親的，都低估了兒子的能力與手段。

「讓范閒管吧。」范建和聲安慰柳氏：「妳應該明白這個道理，他越不避嫌地狠狠管，就說明他是真將思轍當作自己的兄弟。范閒那孩子就算對著敵人都能微笑，之所以今日如此強橫，還不是因為他慣常疼著思轍，如果不是親近的人，他一刀殺也就殺了，怎麼會動這麼大的怒……想明白了這個道理，妳就應該安心了。說句老實話，咱們這家，將來究竟能倚靠誰，妳也是清楚的。」

柳氏當然明白這個道理。范府如今聲勢太盛，已成騎虎之勢，只能上不能下。而范建畢竟年歲大了，不說離開這個世界，但總有告老辭官的那一天，日後不論是她還是轍兒，究竟有何造化，這整座府第能不能保一世平安，還不就是看范閒能在這個國家裡折騰成什麼模樣。

但打在兒身，痛在母心，無論如何，柳氏對於今日的范閒，總會生出些許怨恨之意。范建搖了搖頭，示意她跟著自己出了書房，往後宅園子旁邊的那間書房走去。

柳氏大喜，急忙跟在後面，連身後幾個拿著熱毛巾的大丫鬟也顧不得管教，擺著手讓她們退下。

下人們眼睜睜看著老爺、夫人難得在府中走得如此快，不免略感詫異，但聯想到先前後宅傳來的「殺豬聲」，頓時恍然大悟，心中又開始不安起來。心想大少爺如此痛打二少爺，這老爺、夫人趕了過去，怕不是要鬧起來吧？

范府這幾年一直順風順水，連帶著家風也極為規矩，下人們極有歸屬感，實在是很不願意宅子裡會發生什麼事。

柳氏邁著碎步，一臉惶急地往園子裡走，恨不得插雙翅膀飛過去，但是看著自家老爺一如平常般冷靜，也就不敢搶先。

將將到了前宅與後宅連接的園門口，便聽著園內又是一聲慘嚎響起來，無數的板子落在皮肉之上的聲音劈劈啪啪地響著，聲聲驚心！

柳氏此時心神早亂，驟聞此聲，也根本沒聽明白是不是自己寶貝兒子在嚎，胸口一股悲鬱之氣往上堵著，竟是哀鳴一聲，昏了過去！

幸虧身後的大丫鬟們沒敢因為她的斥退而離開，很守規矩地跟在後面，這才扶住顫顫欲倒的她。

三間書房裡最安靜的那間，在臨著假山旁的僻靜處，是范閒在家中辦理院務的地點，一向嚴禁下人靠近。此時卻有三個人坐在書房裡面，書案後的，赫然是剛剛赴四處上任的言冰雲，而坐在他下首的，是范閒的門生史闡立與一處主簿沐鐵。

除卻在園子裡面監刑的藤子京和鄧子越，這三個人便是范閒的心腹了。

言冰雲的地位自然是最特殊的，他與范閒有上下之分，又有淡淡的朋友之誼，此時皺眉聽著園子裡劈劈啪啪的板子聲，忍不住搖了搖頭說道：「該送到京都府去辦的事，怎麼就放在家裡行了家法？於慶律不合，於慶律不合。」

三人之中，只有他才敢對范閒的決定表示質疑。

史闡立笑了笑，對他解釋：「這事暫時還不能鬧大，真送到京都府去了，查出二少爺和宮裡那位……大家就沒有轉圜的餘地，提司大人也只好和二皇子撕破臉皮打一仗，但不論打贏打輸，范家二少爺總是沒有好果子吃的，依京都府能抓著的證據，不說判他個斬監候，至少也要流到南方三千里。」

沐鐵有些尷尬地笑了笑，不敢應話，畢竟抱月樓的事情，是他暗中點醒范閒，等於說范家二少爺如今的下場是他一手造成。雖然提司大人對於自己的表現十分滿意，但誰知道范家大多數人是怎麼想的呢？

言冰雲又搖了搖頭，明顯對於范閒用家法替代國法的手段不贊同，但也知道目前只能這樣做，忍不住微微譏諷道：「咱們這位提司大人……真真是水晶心肝兒的人物，家法狠狠打上一通，日後就算抱月樓的案子發了，他在宮裡，對著陛下也有了說詞……至少二殿下想窮究范府馭下不嚴、縱弟行凶的罪名，那是沒可能了。」

史闡立聞言一愣，心知肚明范閒將這頓板子打得闔府皆知，目的就是為了傳出去，事先堵一堵那些言官們的嘴，只是……范思轍犯的是刑案，這麼解決，肯定是不行的。

言冰雲笑著看了他一眼，知道他在擔心什麼，說道：「你就不要瞎擔心，你那位門師早有安排。」

史闡立心想這件事情和四處沒什麼關係，大人喊他來，一定是有什麼安排，只是也不方便繼續去問。

沐鐵走到窗邊，隔著假山遠遠看著園子裡的板起臀顫、皮開血濺，縱使他是監察院的官員，也不免有些心驚范閒的心硬手狠。看著那些在板子下痛苦萬分的范、柳兩家子弟，他忍不住輕輕摸了摸自己屁股……

史闡立又開始在書案上忙碌地抄寫一些馬上要用的文件。

柳氏醒了過來，正準備去找范閒拚命，一揉眼睛，才發現園子裡正在挨打的都是自家那些紈褲親戚，雖然板子下得極狠，血花濺得極高，小子們叫痛的聲音極慘，但只要不是自己的親生兒子吃苦，柳氏是一點兒意見也沒有。她重新恢復了范氏夫人的高貴與端莊，冷冷地看了場間一眼。

在她心裡，自己的兒子雖然會小打小鬧，但在京都搞了這麼些人神共憤的事情，斷然是受了邪魔外道的引誘。場間這些娘家的子姪、范氏的族人，自然就是罪魁禍首。她越看越是生氣，聽也不聽娘家的親戚向她求救的呼喊，將牙一咬，對藤子京那些家中護衛喝道：「大少爺讓你們打，就給我使勁些，不治好這些小兔崽子，怎麼出得了這口惡氣！」

說話間，夫婦二人進了書房。

一看見角落處趴在長凳上、下身赤裸著的范思轍，柳氏頓時亂了方寸，撲了上去，心疼地看著兒子背後、臀上的道道血痕，忍不住低聲哭了出來，手指小心翼翼地撫過那一道道腫成青紅不堪模樣的痕跡。「我的兒啊……」

一隻手伸了過來，上面拿著一張手帕，為她拭去面上淚痕。

柳氏一看，竟是范閒……她咬著牙，沒有露出怨恨的神色，卻依然止不住有些幽怨。

范閒已經回復冷靜，一通毒打之後，氣出得差不多了，安慰說道：「沒事，您讓一讓，我替弟弟上藥。」

柳氏萬分不捨地退到一邊，看著范閒將藥抹到范思轍身上。這時候，范思轍已經被整治得奄奄一息，時刻可能昏厥過去。

范建往旁邊一看，自己的兒媳婦和女兒都在角落裡老老實實地站著。林婉兒的眼裡滿是驚恐的痕跡，想來是先前這頓打確實駭人；而范若若的眼中卻帶著淚，不是心痛弟弟體膚之苦，而是悲於弟弟不成材。他搖了搖頭，咳了一聲，先將眾人的目光吸引過來，才和聲對范閒問道：「安排得怎麼樣了？」

「依您的意思，思轍今天晚上就走。」范閒恭敬說道：「已經安排好了。」

第三章　流放

父子二人旁若無人地進行著這番對話，旁邊的三位女人已經聽傻了。難道把范思轍打成這種慘狀還不足夠，還要把他流放出京？

「老爺！您說什麼？」

柳氏睜著驚恐的雙眼，無助地望著范建；而趴在長凳上半昏迷的范思轍居然從凳子上蹦起來！

也不知道重傷之下的他，哪裡還有這麼強的精神，看來這流放出京，對於京都所有的權貴公子哥來說，實在是一件相當恐怖的事情。

只見范思轍一撅屁股，抱著自己母親的雙腿，一擠雙眼，幾滴淚珠子滾滾而落，與頰上麻點爭輝，一張大嘴……卻是來不及哀號一句什麼，便已經被這突如其來的沉重打擊，擊打得忽然失了聲音，焦急地張著嘴，卻什麼也說不出來。

少年郎眼淚花花的，拚命地搖著頭，又說不話來，身後全是血痕，看著只有可憐兩字了。

「老爺！」柳氏終於忍不住用怨恨的目光剜了范閒一眼，像被砍斷的木樁子一樣，跪在范建身前，哭泣著求情：「不能啊！不能啊！他可是您的寶貝兒子……您就忍心看著他被趕出家門？您就忍心看著他漂泊異國他鄉，身邊沒個親人？」
她急著去拉范若若的手。「若若，快，向妳爹求求情，別把轍兒趕出家門。」
柳氏心想，藉抱月樓的事情將范思轍趕出門去，一定是范閒在背後說了閒話，昨天夜裡這父子二人可是說了半晌。所以她趕緊將范若若拉進來，心想范若若雖說不是自己親生的，但畢竟在一起生活了十幾年，而且素來疼愛轍兒……眾所周知，范閒又是最疼這個妹妹的。
范若若也沒有料到弟弟竟要受如此重的懲罰，被柳氏一拉，順勢就跪了下去，顫聲說道：「父親，弟弟受了教訓，以後一定不敢了，您就饒了他這一遭吧。」
林婉兒在旁邊站著，心裡微慌，也趕緊跪了下來。
范建一直保持著平靜，直到兒媳婦這個身分特殊之人也下跪，這才趕緊扶她起來，對柳氏皺眉說道：「思轍是一定要走的……而且妳也莫要怨范閒，這是我的意思。」
柳氏難以置信地看著他，心想這是為什麼？但她清楚，范建是一個面相溫和，實則頗有大將之風、殺伐決斷之氣的男子，不然當初自己也不會一見傾心，非他莫嫁。既然這是他的主意，那是斷然不會再改了。
她是個精明的婦人，將脣瓣一咬，竟是回身款款對范閒拜了下去，孱弱求情道：「大少爺，你就說句話，勸勸老爺吧。」
在這當兒，能夠讓范建收回流放范思轍意思的人，也只有范閒一人了。
范閒哪裡好受她這一禮，趕緊避開，苦笑著看了父親一眼，徵詢他的意思。
范建冷冷地搖了搖頭。「他今日鬧的罪過，如果被言官奏上朝廷，也是個流放三千里的刑……我將他趕出京都，總比朝廷動手要好些。」

柳氏哪裡肯信這話，以范府如今的權勢與聖眷，莫說開個妓院、殺幾個妓女，就算再橫行無道、肆意妄為，只要不是謀逆之罪，范建、范閑爺倆也有本事壓下去。她忍不住哭泣道：「老爺您怎麼就這麼狠心呢？輸兒……他才十三歲啊！」

「不狠心……才會鬧成現在這副模樣。」范建冷笑自嘲道：「十三歲？」他厲聲喝道：「妳不要忘了，范閑十二歲的時候，就已經被逼著要殺人了！」

此話一出，滿室俱靜。不知道此事的林婉兒與范若若吃驚地望著范閑，而一直被這件事情捆住心志的柳氏悚然一驚之後，絕望地低下頭。

范閑尷尬地笑了笑，知道此時自己實在是不方便再說什麼，小心翼翼地將遍體鱗傷的范思轍抱起來抬入內室，又出來吩咐妻子與妹妹照顧弟弟，接著便退到角落裡。

「范閑，你待會兒過來一趟。」范建看了柳氏一眼，往書房外走出去。

書房裡只剩下柳氏與范閑二人，一時間氣氛有些尷尬，片刻後，柳氏才睜著有些失神的雙眼，說道：「真的要趕出京都？」

范閑在心底嘆了口氣，走近她身邊，壓低聲音安慰道：「您放心，父親的意思只是讓思轍暫時遠離京都這攤渾水，在外面多磨礪磨礪……」

還沒說完，柳氏忽然開口問道：「要走多遠？」

「很遠。」范閑看著有些失神的柳氏，心想這樣一位精明的婦人，今日卻因為心疼兒子而亂了方寸，一時間竟有些羨慕范思轍那個小胖子，有些思念某個人。

「究竟多遠？」柳氏尖聲問道。

范閑這時候自然不會在意她的態度，和聲說道：「父親昨夜定的，我本想勸他將思轍送往澹州躲一躲，但父親擔心祖母心疼思轍，下不得手……所以改成了北齊。」

「北齊？」柳氏心下稍安。北齊雖然遙遠，但不是朝廷決定流放的那些南蠻西胡之地，要繁華安全許多。雖說北齊、南慶之間素來不和，但是和平協議之後，兩國目前正在度著蜜月期，關係極好。

范閒看著柳氏望著自己的求情目光，知道她在想什麼，安慰道：「您放心，我在北齊朋友多，會把他照顧好的。」

月兒從秋樹的那頭冒了個小尖，比起范府通亮的燈火，要顯得黯淡許多。園子裡被痛打一頓的范、柳兩家子弟，被尚書巷與其他地方來的馬車接走了。那些范氏的親戚們看到自己兒子的慘況，心中自然疼痛，望向范宅的目光也多了幾分仇恨，但礙於范家爺倆滔天的權勢，沒有人敢口出髒話。

在書房中，范閒正老實地站在父親身旁，為他調著果漿。今夜柳氏守在范思轍的床邊，一步都沒有離開，范建每夜必喝的果漿也只好由范閒親自調味了。

「和父親提過的那三個人，已經送去了京都府。」他提到的三人，都是抱月樓裡犯了命案的傢伙。他看了父親一眼，略有憂色說道：「京都府是老二的人，估計他們也沒有想到咱們真的敢往京都府裡送，不過那三人手上有命案，等於是要脅思轍的重要人物……估計夜裡就會被老二的人接走。」

范建笑了笑，說道：「不要瞞我，我知道你不會這麼不小心。」

「我會處理乾淨。」范閒也笑了起來，這次他終於動用了陳萍萍賦予自己的全部力量，出動了六處的刺客。「他們本就犯了死罪，只是……估計族內會有反彈，這件事情需要父親出面。」

范建知道他在擔心什麼，京都名門大族，對自己族中子弟下手的官員從來沒有過。他搖搖頭說道：「有什麼好出面的？我們只是把人送到了京都府，和我們有什麼關係？」

范閒聽得那叫一個佩服，想了想後，又說道：「思轍……晚上就動身，我讓言冰雲處理這件事情，應該不會留下什麼痕跡。」

范建點了點頭。「我和北齊人沒有什麼交情，當年殺他們殺得太凶……你有把握沒有？」

范閒迎著父親投注過來的目光，知道他是在擔心范思轍的安全問題，鄭重地點了點頭。「王啟年現在在上京，而且……我和海棠朵朵、北齊皇帝關係不錯，思轍在上京待著，應該沒有什麼問題。」

范建嘆了一口氣，鬢角的白霜今夜顯得格外顯眼。「你以往對我說，思轍是有才幹的，不見得一定要走讀書入仕這條道路……我聽你的，只是想不到，這孩子竟然比你我想的還要激進……十三歲就開始做這種事情。我十三歲的時候在做什麼？還在誠王府裡給當時的世子、如今的陛下當伴讀，成天就想著怎麼玩。」

范閒苦笑道：「宜貴嬪養的那位老三才真是厲害，九歲當妓院老闆，這事要是傳了出去，記在日後的《慶稗類鈔》之上，真真要流芳千古了。」

「宜貴嬪那裡……我會去說。」范建搖了搖頭。「思轍雖有才幹，但還是太虛浮了，一味走陰狠路線，總不是個長久之計，這次趁機會讓他出去走走，見見世面，一是略施懲罰，二來也是希望他能成器一些。」

范閒嘆息一聲說道：「我也有問題。」

「你不要自責。」范建擺了擺手，讓他坐下來。「出事的時候，你又不在京都……只是我很好奇，為什麼我提議將思轍送往北齊，你很放心的模樣……要知道北齊畢竟對慶人不善。」

范閒沒有說出他與海棠朵朵、那位北齊皇帝的無字協議，但也解釋了一下自己的想法，微笑著說道：「信陽方面一直透過崔家在往北齊走私，如今沈重死了，他們的線路一直有些問題……我想思轍如果後幾年能在北邊鍛鍊出來，也許有機會接手崔家的生意，畢竟他喜歡這個。既然要做生意，我就想安排一個大點兒的生意給他做。」

范建看著兒子，欣慰地笑了笑。范閒如今的心思已算縝密，比起自己與陳萍萍這代人來說，只少了一絲狠辣而已。

「你準備什麼時候動崔家？」

見父親輕易地點出自己的計畫，范閒沒有一絲不安，笑著說道：「總還是接手內庫之後的事情，大約在明年三、四月。」

范建點了點頭，忽然陰沉著臉色說道：「不要給他們任何反彈的機會。」

這是范閒第一次看見父親這張中正溫和的面容上露出鐵血的一面，心頭凜然，沉聲應是。

范建繼續寒聲說道：「這件事情，你處理得不錯……暫時的忍讓，可以換取反應的時間，等思轍走後，你想怎麼做就做吧，不要來問我的意見，只是有個人……袁夢……是叫這個名字吧？」

范建忽然說道：「行事潑辣，風格陰狠，過些日子等這件事情淡了，你把她處理掉，算是了結那幾樁案子。」

范閒悚然一驚，不知道父親痛下殺手是為了替范思轍出氣，還是因為別的原因。

范建接下來的話，暴露了這位尚書大人最深層的人文主義素養與隱藏已久的博愛精神，只聽他寒冽說道：「為父當年長居流晶河，向來惜花，最厭惡的就是辣手摧花之人……更何況這個叫袁夢的，還是位樓中女子，居然捨得對同行裡的柔弱女子下手，這種人，我是斷斷容不得她在這世上的。」

范閒恍然大悟，想起靖王時常調笑的事情，才記起來父親當初乃是以青樓為家的花間客，那些風流韻事，直到現在還流傳在京都中。卷宗裡那幾名妓女的慘死之狀，已經觸著他的底線，難怪他會如此容不得袁夢。

范閒藉機說道：「袁夢是弘成的人……您看……弘成與妹妹的婚事，是不是……」

沒等他說完，范建搖了搖頭。「弘成這孩子本性不錯，再看兩天……畢竟是陛下指婚，要慎重一些。」

范閒有些失望，更有些憤怒於父親不將范若若的幸福放在心上的態度，心想難道妹妹還及不上青樓裡的女子？他心裡拿定主意，這件事情就算沒有父親的幫助，自己也要做下去。

范閒離開書房，又入書房。

書房中的三人見他進來，都起身相迎。史闡立遞過墨跡已乾的文書，說道：「這是抱月樓那七成股份的轉讓協議，大人過目一下，待會兒讓二少爺簽了就成。」

沐鐵接著說道：「京都府那邊一直盯著，據釘子傳回來的信，京都府對於咱們送過去的幾名命案要犯大為棘手，後來二殿下那邊一位清客去了京都府尹的府上，商討了些什麼，還不得而知。」

范閒點了點頭，說道：「無所謂，反正我們這幾天不會動手。」

沐鐵皺眉說道：「如果對方誤判形勢，以為我們要魚死網破……讓京都府發文來捉二少爺怎麼辦？」

范閒望著一直沉默著的言冰雲，搖了搖頭。「有這位四處的大老闆在這兒，思轍往北邊一送，誰還能找到他？」

第四章　已經勾引彼同行

一切安排好之後，范閒來到臥室，柳氏伏在床邊似乎已經昏睡過去。他小聲將她叫醒，與她在廂房裡私語了一陣子。柳氏猶有淚痕的臉上漸漸露出決斷之意，點了點頭，接受這個安排。也不知道范閒許了她什麼，是怎樣說服她的。

夜漸深了，園中的蟲鳴早無。范若若陪伴著柳氏，范閒走到昏沉沉的弟弟身邊，望著他那張睡夢之中猶咬牙恨著的臉，望著那幾粒欲噴薄而出、高聲喊不平的痳子，忍不住笑著搖搖頭，從書桌上取了印泥，從懷中取出史闡立擬好的文書，將范思轍的幾根手指在文書上面用勁地按了按。

看著雪白文書上的鮮紅指印，范閒滿意地點了點頭，從此以後，范思轍手上持有的抱月樓七成股，就正式轉到某人的手中。他與那間白骨為泥、血為湖的青樓，正式割裂開來。

林婉兒知道他心情不好，扮了個鬼臉，卻沒有得到任何有效的反應，內心深處不免覺得自己有些沒用，唇角微翹，失落地笑了笑。

范閒也笑了笑，說道：「這件事情和妳無關，小孩子，總是要出去闖闖才能成器的。」

他忽然問道：「沈大小姐接回來了？」

「在西亭那邊。」林婉兒說道：「小言公子已經去了。」

「好。」范閒平靜地應了聲，就在范思轍的床邊坐下來，想了想，還是重新站起來，喊小廚房的人去做些乾糧，自己則是端了碗熱粥去廂房裡，一面吹著氣，一面緩緩喝著，刻意給言冰雲與沈小姐一些重溫舊情的時間；更重要的，是給柳氏留一些與兒子單獨相處的時間。

不知道過了多久，鄧子越在家丁的帶領下走過來，對著他點了點頭。

范閒會意，也不想讓別人幫忙，走進臥室裡，親手把范思轍抱到後院處的角門外，送上了馬車。范思轍依然昏昏沉沉的，柳氏咬著嘴脣上車，親暱地撫摸他的臉頰，他都沒有醒過來。范若若也是萬般不捨地摸了摸他那厚厚的耳朵，就連林婉兒的眼中都閃過一絲分離的黯然。

只有司南伯范建依然沉沉地睡去了，似乎根本不在乎自己的幼子，正要遠赴一個陌生的國度，不知道什麼時候才能回來。

「你們先走。」范閒對一臉冰霜的言冰雲說道：「這件事情麻煩令尊了，出城的時候小心一些。」

入夜之後，京都城門早閉，也只有監察院的人才有力量悄無聲息地送一個人出城。

言冰雲緩緩抬起頭來，看了他一眼，問道：「你不一起？」

范閒低著頭說道：「在松林包那裡會合，我還有些事情要做。」

他的眼角餘光瞧得清楚，馬車裡的弟弟眼角帶著淚光，明顯已經醒了過來，卻不知道為什麼在柳氏的面前要裝昏。范思轍的脣角抽搐著，想來心裡一定很恨自己和父親。

四周的黑暗中，除了啟年小組，還有六處的劍手在待命。憑這一支隊伍的實力，除非二皇子那邊動用了葉家的京都守備力量，否則一定沒有辦法正面抗衡。

范閒站在馬車邊低頭片刻，揮了揮手。

馬車緩緩地動了起來，朝著京都外面駛去，范府後宅倚門而立的三位女子，都不由得露出了戚容，柳氏悲色更盛。

沒有任何標記的幾輛馬車，就這樣行走在京都幽靜黑暗的街道上。也不知道言冰雲是用了什麼手段，出城之時竟是無比順利，很快就駛上了城外官道。往西北方行了小半個時辰，藉著月光，看著前方小山上的矮矮林叢，便是到了松林包。

車隊在這裡停了下來，等著范閒。

馬車裡的范思轍在這個時候忽然睜開雙眼，眼裡依然帶著一分戾橫之色。「這一路流放，難道你們就不怕我跑了？」

車廂裡只有他與言冰雲，言冰雲冷冷說道：「你是聰明人，當然知道應該怎麼做。范閒為了你的事，動用了這麼多手段，當然不僅僅是為了保你一個平安而已。」

范思轍壓低了聲音罵道：「保他自己的名聲罷了。」

言冰雲嘲笑道：「如果只是保他自己的名聲，直接把你送到京都府去，誰還能說他什麼？」

范思轍心裡明白是這麼回事，卻不肯認帳，尖聲說道：「那是因為父親不會允許這樣的事情發生！」

「尚書大人？」言冰雲寒冷的眸子裡多了一絲戲謔之色。「尚書大人的想法，又豈是你我這種年輕小輩所能擅自揣測的。」

范思轍有氣無力地說道：「言哥，我哥是要……把我流放到哪兒去？」

「北齊。」言冰雲回答道。

「啊？」范思轍面露絕望之色，長長嘆息一聲，與他年齡極不相符地愴然而倒，直挺挺地躺下來，卻觸到了後背的傷勢，忍不住發出一聲慘叫。

言冰雲好笑地望著他。「范閒的藥……雖然有效，但很霸道，你就繼續忍著吧。」他當初在北齊上京的時候，也被范閒這樣折騰過一頓。

「我下手有分寸，看著慘，實際上沒有動著骨頭，你裝什麼可憐？」范閒冷冰冰說著話，寒著一張臉走上馬車。

范思轍看著他的表情，就想到先前挨的大家法，嚇得打了個寒顫。

「做什麼去了？」言冰雲皺眉看了他一眼。「時間很緊要。」

范閒將背上扛的那人放下來，丟在范思轍身邊，車廂裡頓時散發出一股淡淡的香氣。

范思轍看著那女子柔媚的面寵，不由得大驚失色，對范閒吼道：「你把她怎麼了！」

被范閒擄來的，正是抱月樓那位紅倌人妍兒。

范閒看了范思轍一眼，嘲諷笑道：「這麼可憐她？看來你的性情雖然陰狠，但還是繼承了父親憐香惜玉的優良基因……開妓院的時候，怎麼不憐香惜玉一把？」

范思轍和言冰雲都聽不懂基因二字，只是奇怪於為什麼范閒會把這個姑娘擄了過來。當然，憑范閒的身手與迷藥手段，抱月樓今日又是人心惶惶，想悄無聲息地擄一個妓女，實在是很容易的事情。

「她是你的第一個女人吧？」范閒看著弟弟的雙眼，柔聲問道。

范思轍想了一會兒後，點了點頭，眼中流露出乞憐的神色，想求哥哥放了那個女子。

范閒搖頭嘆息道：「你果然是比我強啊，十三歲就開了葷……」接著哈哈大笑起來，旋即又正色說道：「我知道你對這個女人的態度不同，我也查出來，她對於你還有幾分情意……雖然你年紀只夠當她弟弟。」

范閒脣角忍不住又翹了起來。

「抱月樓以後不會太平，這位叫妍兒的姑娘留在那裡，我想你也不會放心……我更不可能將她接到府裡，就算父親允許，柳姨也要將她杖殺了。」范閒平靜說道：「想來想去，你這一路北上，雖說是磨礪，但太過孤單寂寞，對於心性培養也沒有好處，所以把她帶來陪著你。」

范思轍和言冰雲瞪大了雙眼，神色滿是不可思議——流放出京，居然還帶著一位紅倌人同行？這到底是流放還是度假去？

「哥……你到底想做什麼啊？」范思轍是斷然不信，自己在整出這麼大件事情之後，還能保有范府二少爺都很難擁有的出行待遇等級！他有些口齒不清，惶恐地看著范閒那張平靜的臉，竟是連自己身體所受的痛楚都淡忘了許多。

言冰雲看著范閒，覺得好生莫名其妙，忍不住搖了搖頭，拍拍范思轍的肩膀。「你這哥哥，還真是位妙人。」

他下了馬車，將車廂留給馬上就要分開的兄弟二人。

沒有太久的沉默，范閒便靜靜望著范思轍說道：「先前為什麼不和你母親告別呢？」不等他回答，又問道：「知不知道為什麼，這次我會這麼生氣，而父親和我決定把你送走？」

范思轍低下頭，思考片刻後說道：「把我送走……一來我不用擔心京都府辦抱月樓的案子，就算是畏罪潛逃也罷，總之沒有這個弊端了，家裡也就可以放開手腳去與老二他們爭一爭。」

「不錯。」范閒有些欣慰地發現，弟弟在自己的薰陶之下，也開始以老二、老三之類的名稱來稱呼皇子們。

「二來……是對我的懲罰。」范思轍忽然抬起頭，忍著背後與臀下的劇痛，可憐兮兮說道：「可是我不想走啊……哥，北齊人好凶的，我在那邊能做什麼呢？」

「做什麼？」范閒很認真地回答：「當然是你最擅長的事情，做生意。」

范思轍傻乎乎地看著他，哪有半分抱月樓大東家的風範，問道：「做生意？」

「是啊。」范閒說道：「父親讓我安排一下，我想了想，決定給你留一千兩銀子的本錢，你到上京之後，我會讓人接應你，但是……我不會給你額外的幫助，如果你能在五個月內，將這一千兩銀子翻到一萬兩，那我就真的認可你的能力，然後……」

「翻十倍？」不等范閒把話說完，范思轍忍不住吼道：「我又不是神仙！」

「這是你的問題了。」

「一千兩銀子太少了！」范思轍又羞又怒道：「這生意做起來不丟死人。」

「什麼狗屁邏輯，我們兄弟兩人開澹泊書局的時候，又花了多少錢？」

「呸！你有本事再去整本《石頭記》給我賣，我擔保能一千變一萬！」

「想得美！那姓曹的被我逼稿子已經逼瘋了……還能到哪兒去整？」

兄弟一通沒大沒小的對罵對吼之後，整個氛圍才變得輕鬆一些。

范閒看著范思轍那張胖乎乎的臉，忍不住嘆了口氣。「外面風大雨大，父親吩咐我不能太照顧你，一切你都要小心一些。」

范思轍沉默著點了點頭，忽然開口說道：「哥哥，你說過，我是經商的天才，放心吧。」

范閑又說道：「趕你出京，希望你不要怨我。」

范思轍搖了搖頭，沒有說什麼。

范閑明白他的心裡肯定會很不舒服，皺著眉頭說道：「其實你剛才說的，那兩條送你出京的理由……都是假的。」

范思轍抬起頭來，顯得格外不解。

范閑輕聲說道：「就算你留在京都又怕什麼？難道我連護著你這個人都做不到？隨便往哪兒一藏，就可以等這件事情淡了……我諒二皇子也不敢拿我如何，就算京都府敢查抱月樓的案子，難道他還敢當著咱們老范家的面大肆搜索京都？第二個理由，你說是為了懲戒你，這也只說對了一小部分。」

范閑望著一直昏迷中的妍兒，冷靜說道：「你這一路北行，或許會吃些苦頭，但比起你做過的事情來說，實在是小意思。如果我把你送回澹州，依奶奶的行事，恐怕你會更慘一些。」

范思轍有些畏懼地縮了縮頭，牽動了後背的傷勢也不敢哼一聲，心裡卻在想著，那他為什麼一定要將自己趕到北邊去？

范閑緩緩垂下眼簾，說道：「我沒有想到你做事情的膽子會這麼大，下手會這麼狠……如果你依然留在京都，旁人看在父親與我的面子上，總會有這樣或那樣的蜜糖來引誘你，往最深的淵谷中走……所以我覺得，你還是在外面經歷些風雨，或許對於你的成長更有裨益。」

他忽然冷冷看著范思轍的雙眼說道：「經商，自然要不擇手段，但是其中的某個度一定要掌握好，過於銳利陰狠，總是容易受到反噬。更何況為人一世，與人為善總是好的，要盡量地往光明面靠近。」

其實范思轍對於抱月樓的事情，一直還不怎麼服氣，畢竟在他看來，抱月樓是他成功的象徵，其中隱著的一些不法骯髒事，實在是不算什麼。他趴在馬車椅子上，哼哼說道：「這話說得……正義感十足，不明白的人聽著了，還以為我這好哥哥和監察院沒有什麼關係，倒像是太學裡的木頭書生。」

話裡的嘲諷之意十足，范閒卻只是挑了挑眉頭。他身為監察院提司，手下那些密探做的就是黑暗事，區區青樓，無論是在陰暗汙穢的濃度上，以及行事辛辣的層度上，都與其有著天壤之別，也難怪弟弟會對自己的管教不以為然。

范閒笑了笑，說道：「你是不是覺得，我本身就立身不正，用這些話說你……顯得有些荒唐？」

范思轍見哥哥溫柔笑了，又開始驚恐，自然不敢說話，但眼珠卻轉了兩轉，顯然就是這個意思。

「我自然不是聖人，甚至連好人都算不上。」范閒說道：「可就算是一個萬人屠，如果他真的疼惜自己的家人，想來也會和我有一樣的想法……做我們這行的，就算渾身滲著腥臭的味道，依然想自己的兄弟清清白白、乾乾淨淨……或許是因為我們接觸過人世間最險惡的東西，所以反而會希望你們能夠遠離這些東西。」

范思轍聽他不停地說「我們」，心有所疑。

范閒想了想，將肖恩與莊墨韓的故事輕聲講了一遍，微笑著說道：「肖恩這輩子不知道殺了多少人、做了多少惡事，但他仍然一心想將自己的兄弟培養成一位清名盛世的君子……而事實上，他成功了，莊墨韓也並沒有讓他失望，直到死前的那一夜，依然令我感佩……你哥哥我雖然不才，但肖恩能做到的事情，我也想做到。」

他像是要說服弟弟，又像是在安慰自己：「做好人好，我也想做好人的。」

范思轍初聞這等驚天祕辛，張大了嘴，半天沒有說出話來，許久之後，才顫抖著聲音說道：「可是……我一看莊大家註的那些經史子集……就頭痛。哥啊，要我去做一代大家，難度大了點兒。」

范閒氣得笑出聲來，罵道：「就你這腦袋，讀書自然是不成的。」

范思轍吶吶不知如何言語。「那你說這故事……」

「好好做生意吧，將來爭取做個流芳千古的商人。」范閒笑著鼓勵道：「商人……並不見得都要如世人想像一般，走陰險的路子，這個世上，也有些商人走的是陽關大道，依然一樣能成功。」

范思轍傻乎乎說道：「商者喻以利……掙錢就是了，怎麼還可能流芳千古？陽關大道？就算做成了，還不是官府嘴裡的一塊肥肉？」

「有我和父親，你正經做生意，誰還敢把你如何了？」范閒用寧靜柔和的眼神望著他。「而且你忘了葉家？蒼山上你和我說過，之所以你自幼對於經商便感興趣，是因為小時候父親抱著你的時候，經常和你提及當年葉家的故事，如果葉家那位女主人沒有死，休說官府了，就連天下幾個大國，誰又敢把葉家如何……」

范思轍的雙眼放光，卻馬上黯了下來。「青樓生意很掙錢的，比什麼都掙。」他始終覺得，做生意還要什麼臉面？掙錢為第一要素。

范閒笑著說道：「我問過慶餘堂的葉大，他說當年葉家什麼生意都做，就是這些偏門不撈。首先肯定是葉家女主人的性別決定了這事，她一定會厭惡這門生意，另一方面葉大的解釋是，偏門偏門……既然有個偏字，那麼就算能夠獲得極大的利潤，但歸根結柢不是正途……就像是大江之畔的青青綠水，雖然幽深，卻難成浩蕩之態，你真要將生意這門學問做到頂尖，光在這些小河裡打鬧，總是不成的。」

不知怎的，范閑越說越是激動，或許是觸動了內心最深處柔軟的所在，朗聲說道：「人活一世不容易，做什麼都要做到極致，當商人？那就不能滿足於當個奸商，也不能滿足於當個官商，甚至是皇商……商道猶在，你要做個天下之商，不但能富可敵國，還要受萬民敬仰，流芳千古才是。」

他說得興起，范思轍卻是有些頭痛，無奈地看了兄長一眼，說道：「葉家當年連軍火都賣，幫著咱們大慶朝硬生生把北魏打碎了……北邊那些百姓可不怎麼喜歡她……要說經商的手段，抱月樓……我不過用了些下作手段，袁大家不過殺了幾個妓女，葉家那女主人卻不知讓這世上多了多少冤魂，哥哥，這話……」

范閒一時語塞，無趣地揮了揮手，止住范思轍的繼續比較，說道：「總之，欺壓弱小這種事情，總是沒什麼意思的。」

范思轍忽然憂愁說道：「哥哥，我是真的不想離開京都。」又說：「父親、母親在京中，哥哥代我盡孝。」他知道只有自己遠離京都，抱月樓一事才會真正平息，二皇子用來拉攏范家的利器才會消失無蹤。雖然哥哥一直堅決不承認這點，但看父親的決定，便知道自己為家裡確實帶來一些麻煩。

而且聽過范閒的一番話，十三歲的少年心中也湧出一些衝動。如果人生一世，真能達到當年葉家女主人的境界——那該是多麼有成就感的一件事情？

范閒點了點頭，應了下來，又附到他的耳邊輕輕說了幾句，最後交代清楚在上京城可以信任的幾個人。

范思轍驟聞兄長的真實意圖，一時間不由得有些呆了。內庫……向北方走私……崔家……那麼龐大的銀錢數目……自己有這個能力嗎？

第五章　京都外的夜

「還記得去年我使黑拳打了郭保坤，京都府要拿我問案嗎？」

「記得。」

「還記得今年春闈案發，刑部要拿我問案嗎？」

「記得。」范思轍有些疑惑地看了范閒一眼，心想哥哥說這話，難道是想提醒自己慶律之威嚴？可問題是這兩件案子最後都不了了之，只是證明了在慶國這種地方，權勢依然是凌駕於律法之上，明顯是個反面教材啊。

范閒笑了笑，拍了拍他的屁股，說道：「兩次裡，你都手執棍棒把官差打……雖說主要是因為你囂張霸蠻的性子，但你對我這相處不到兩年的哥哥，總是有一份情誼，這一點，我相信自己沒有看錯。」

范思轍臀上全是傷痕，吃痛地咬著下唇，說道：「那你先前下手還那麼狠！」

范閒笑了笑，說道：「一來是真生氣了，這不瞞你；二來，不把你打得慘些，怎麼能讓京都裡的百姓，將來真的相信咱們老范家家風依然嚴謹？一半作戲，一半真。」

范思轍忽然怔怔說道：「哥，北邊那麼重要的事情……就真的交給我？」

范閒應道：「你先證明自己的能力再說。」

范思轍一咬牙，露出一絲狂熱的神色，大聲說道：「成！我一定能行。」

范閒點了點頭，又看了一眼正在弟弟身邊熟睡的抱月樓紅倌人，眉頭微挑說道：「昨天抄樓之時，我發現這個女子對你確實有幾分情意……我是你哥哥，當然清楚你的心性很硬很狠，不過該柔軟的時候，也可以軟一下，或許你會發現生活會有趣許多。」

范思轍畢竟年紀尚小，初涉男女之事，面露尷尬，應了一聲。

兄弟二人又在車廂裡說了些話，此時馬車微微一頓，二人知道到了分手的時候。范閒搖搖頭說道：「此去艱險，雖然你對我一定還有怨懟之心，不過想來今後你會了解到我的用心良苦……至於父親那邊，你更不要有任何怨恨之意，要知道這個世界上，除了父母兄弟之外，很難有人會真心對你好，你小小年紀就被逐出京都，柳姨自然傷心，父親只怕也不會好過。」

范思轍面色黯然地點了點頭，看著范閒走下馬車的身影，想到今後的日子，不由得心中一空，眼眶裡泛起溼意，說不出的難受。

「哥，早些接我回來。」

范閒的身影僵了僵，應道：「放心吧，我會很快搞定一切的。」

看著逐漸消失在夜色中的馬車，范閒不由得一陣恍惚，自己算不得一個好人，為什麼卻苛求思轍做一個好人？或許自己先前的解釋是對的，人與人之間的關係，實在是很微妙，汪精衛想來不希望自己兒子也當漢奸，希特勒或許更喜歡自己的兒子去畫畫。

當然，這兩位沒有機會實踐給范閒看，不過他看過肖恩與莊墨韓這兩兄弟的數十年起伏，深以為然，戚戚焉，戚戚焉。

那是一對傳奇般的兄弟，肖恩暗中為莊墨韓做了多少事，已經沒有人知道了，但是他一直將自己隱在黑暗中，顧忌兄弟的清名而死不相認，這是很了不起的事情。

莊墨韓七、八十歲，已經快油盡燈枯、個人聲望也到達人生頂點的時候，為了自己的兄弟脫困，不惜拋卻自己一生信念，千里迢迢來南慶構陷范閒，所付出的代價，並不僅僅是表面上那麼簡單，而是完全捨棄了他最珍惜的東西。

很湊巧的是，這兩位當年的風雲人物去世之前，都是范閒陪在身邊。

范閒看著遠去的馬車，心中一陣感嘆，不知道思轍究竟會不會記恨自己？更不知道在遙遠的將來，如果有一天自己像肖恩一樣陷入黑暗之中不可自拔，思轍會不會像莊墨韓一樣不惜一切來救自己？

夜風吹拂過京都外的山岡，范閒自嘲地搖了搖頭，心想以思轍的性子，頂多肯為自己損失幾萬兩銀子……如果這銀子的數目再多些，恐怕這貪財狠心的小傢伙，就得多估量估量了吧。

言冰雲站在他的身邊，忽然說道：「你真是一個很虛偽的人。」

范閒很感興趣地問道：「為什麼這麼說？」

「你利用身邊的所有人，但讓人覺得，卻像是你在為對方好……」言冰雲的脣角微微翹了起來。

范閒平靜回答：「你沒有兄弟，根本不能了解這種感情……我確實是為了他好，雖說手段可能過分了一些，而且效果不一定好……但是沒有辦法，我的閱歷、能力只能做到這一個程度……至少，將來我可以對自己說，對於思轍的成長，我盡了一個兄長的本分。」

「這正是我想說的第二點。」言冰雲點了點頭。「你還是一個很狠心的人。」

范閒沉默著，知道他會繼續說下去。

「范二少爺年紀還小，北邊的情況很複雜……你就能夠狠心將他逐出京都，讓他失蹤，斷了別人要脅你的可能，想來這麼絕的一招，就連二殿下都沒有想到。」言冰雲冷漠說道。

范閒臉上沒有什麼笑容，反而問道：「你覺得人這一輩子應該怎樣度過？」

這是在范若若、范思轍、林婉兒之後，范閒就蘇聯作家奧斯特洛夫斯基的千古一問，第四次向旁人問起。

言冰雲微微一怔，搖了搖頭。「我想的很簡單，身為監察院官員，忠於陛下，忠於慶國，富國強兵，一統天下。」

「一統天下？」范閒譏諷說道：「那有什麼意義？」

言冰雲又愣了一下，身為慶國的年輕一代，生長在一個國家力量快速擴張的時期，自然從骨子裡養成了這種想法，根本沒有想過為什麼要一統天下，而且也沒有人會這樣問出來。今天范閒驟然發問，他竟是不知該如何解釋。

「天下三分，中有小國林立，戰爭難免，百姓流離失所……既然如此，何不一統天下，永除刀兵之災？」

他想了一會兒之後，嘗試著理清自己的思路。

范閒搖了搖頭。「我從來不信什麼天下大勢，分久必合、合久必分的廢話，一統數百年，一分又是數百年，如果分割的國度都沒有一統天下的野心，又哪裡來的戰爭？大一統……不是消除戰爭帶來和平的方式，而是誘惑天下人投身於戰爭。如果大家都不這麼想，那豈不是天下太平？」

言冰雲看了他一眼，嘲諷道：「你這是很幼稚的想法。」

「我也明白。」范閒嘆了一口氣。「但我活著的時候，是很不想看見打仗這種事情的，一年裡死在咱們院中人手上的，大概有四百多個人，而八月大江潰堤，估計已經死了幾萬人，如果戰爭真的開始，不過數月，只怕就要死上十幾萬人。」

「矛盾就算能暫時壓下來，也不可能持久，總有一天戰爭會爆發的。」言冰雲嗤之以鼻。「就算你將來收集了四大宗師當打手，強行壓下皇室間的野心，可你死後怎麼辦？」

范閒笑了笑說道：「我死之後？我死之後，哪管洪水滔天。」

路易十四最露骨的宣言，終於讓言冰雲的臉色變了，他一邊搖頭一邊嘆息道：「正以為你是一個隱藏在黑暗之下的仁者，聽明白這句話，才知道我剛才說的還算客氣……你不僅僅心狠，而且是個極度自私的人。」

「誤會了不是？上次就和你說過，我不是聖人。」范閒忽然皺了皺眉頭，調戲著對方：「不過如今看來……似乎……當當也無妨。」

「一個執掌監察院的聖人？」言冰雲像看鬼怪一樣看著他。

「那你這輩子準備怎麼過？」言冰雲很難得地像北齊上京那些虛談之徒般發問。

「我準備好好過。」范閒說了一句廢話，然後不等他回應，笑呵呵地說道：「這次思轍一路向北，真是麻煩你們父子二人。」要將一個人神不知鬼不覺地送出慶國，要不是監管各郡路官員動向、掌握異國諜網的監察院四處放水，甚至是監守自盜，還真做不到這一點。

「你是我的上司。」言冰雲很直接地回答。

范閒了解他的想法，說道：「這件事情，我會向院長報備的。」

他接著說道：「知道嗎？上次使團離京，第一夜就是在我們腳下這個松林包紮的營……」他摸著鼻子，自嘲地笑了笑。「當時使團裡有司理理，今天思轍被逐，雖然比我當時的狀況要悽慘許多，但我也擄了個紅倌人陪他，看來我們兄弟二人的旅途都不怎麼會寂寞。」

言冰雲有些頭痛地搖了搖頭，很難適應范閒這種只會在親近的下屬、朋友面前才會表露出來的無恥面目，於是他轉而問道：「現在沒什麼擔憂的了，你準備怎麼做？」

范閒苦笑道：「對方是皇子，難道我們還真敢把他殺了？」

言冰雲冷漠說道：「我看你好像沒有什麼不敢的。」

范閒心頭微動，笑著說道：「看來你還真是個了解我的人……不過不著急，先把弘成的名聲整臭，再把老二手下那些人折騰折騰，把崔家逼一逼。」

最後他輕聲說道：「我不會再管抱月樓的事情，你幫著史闡立處理一下，至於後面怎麼做，你全權負責，反正在玩陰謀這方面，你的天分實在高出我太多。」

第六章　收樓

抱月樓還在繼續營業。

雖然有極少數消息靈通的人知道為了這間京都最出名的樓子，范家與二皇子那邊已經鬧了起來，但事後范府也只是打了一頓熱熱鬧鬧的板子，並沒有什麼太過激烈的反應，而監察院也沒有對抱月樓有諸多為難，所以他們也以為這件事情就這樣淡了。

在這些官員的心中，這是很自然的結果。畢竟范閒再如何囂張，對上一位皇子，總是會有許多忌諱；更何況在眾人眼裡，范家二少爺經營抱月樓，雖然對於范家名聲稍有損傷，但能撈的銀子可不會少，大家齊心協力，將這件事情壓下去，才是個真真雙贏的局面。

而在那些並不知情、只看見監察院抄樓、聽見范府裡板落如雨聲的京都百姓看來，這事透著一絲古怪——什麼時候咱們陛下的特務機關，也開始管起妓院這檔子事來了？范家究竟出了什麼事？為什麼一向橫行京都街頭的那些小霸王們忽然間銷聲匿跡？

但不管是知道的人，不知道的人，都以為這件事情會和京都裡常見的那些權貴衝突一般，最終因為那些無形卻密布於空氣中的關係網而消失無蹤，正所謂你好我好，大家好。

然而那些抱月樓裡的主事、姑娘、掌櫃們，卻不像外人看著那般輕鬆，因為自從監察院抄樓之後，大東家便再也沒有來過抱月樓，像是失蹤了一般。雖有傳聞，這位年紀輕輕的大東家是被禁了足，但沒有個準信，眾人總是有些難以心安；而且二東家身分特殊，也不可能天天在樓裡照管，一時間，抱月樓雖然保持著表面平靜，但隱隱已經有股暗流在緩緩流動。

暗流的一岸，二皇子那一派的人馬也在犯嘀咕，為什麼范家把那些牽涉到青樓命案的人，直接送往了京都府？

自從梅執禮轉職之後，這個要害衙門便一直被二皇子掌控，而對方肯定清楚，京都府是二皇子的勢力範疇。如果說范家是準備撕破臉皮，拚著將范思轍送官查辦，也不肯受他們威脅，那為什麼只傳出了范思轍禁足的消息，卻沒有看到監察院、范家有絲毫動手的跡象？

二皇子在頭痛著這件事情，根本沒有想到范家已經如此決然地將范思轍逐出京都，悄無聲息地送往異國。監察院辦事，果然是滴水不漏。隱隱的擔憂，仍然促使二皇子一派開始做些準備，但事到臨頭，他們才愕然發現，自己與抱月樓一點兒關係也沒有了，清白得無以復加，就算提防著范閒要報復，可是連自己這些人都不知道范閒能抓到自己什麼痛腳，那又從何防起？

沒有人能掌握到范閒的想法，也沒有人能猜測到言冰雲的執行力。

這一日，風輕雲淡，黃葉飄零，正是適合京外郊遊、賞菊的好日子。

離皇家賞菊日還有六天，京都裡的官紳百姓們紛紛攜家帶口往郊外去，加之又是白天，所以抱月樓顯得格外清淨。由於前途未卜，大東家失蹤，往常精氣神十足的知客們有氣無力地倚在柱旁，瘦湖畔的那些姑娘們強顏歡笑地陪著那些白晝宣淫的老淫棍；一些不知名的昆蟲在側廊下的石階處拚命蹦躂，聲嘶力竭地叫喚，徒勞無功地掙扎，等待著自己的末日到來。

樓中的夥計們都顯得有些心神不寧，拿著抹布胡亂擦拭桌面。放在以往，范思轍曾經下過嚴令，這桌子必須得用白絹拭過，確認不染一塵才算合格，哪裡能像現在這般輕鬆。

忽然間，有一個人走了進來，這人眉毛極濃，看起來就像是畫上去一般，這等容貌，雖然尋常，卻極好被人記住。某夜曾經接待過他的知客，頓時認出他來，愣在抱月樓的大門旁，身子一彈，卻不敢上前應著。

倒是一位夥計奇怪地看著知客一眼，將手上的灰抹布極俐落地一搭，唱道：「有客到……」尾音脆生生的，極為好聽。

來人微微一怔，面上浮出一絲苦笑，似乎是心中有極大為難，他在抱月樓寬廣無比的大廳裡稍站片刻，終於忍不住搖了搖頭，說道：「讓石清兒來見我。」

這回輪到夥計愣了，心想這客人好大的口氣，居然讓石姑娘親自來見他，而且還是直呼其名？這京中權貴眾多，但前來抱月樓的人物，誰不是對石姑娘客客氣氣的？

認識此人的知客終於醒了過來，擦去額角冷汗，一溜小跑到了那人身前，恭恭敬敬說道：「這位大人，我馬上去傳。」然後讓夥計領著此人上了三樓的甲二房，抱月樓最清淨最好的房間，吩咐好生招待著。

等到此人上樓，一樓的這些夥計、知客們才圍上來，七嘴八舌說個不停。不知道來的是哪路神仙，值此抱月樓風雨未至、人心卻已惶惶之際，稍一有動，便會惹來眾人心頭不安。

終於有人想起來，這位眉毛生得極濃的，像是尋常讀書人的人物……竟是那日和「陳公子」一道來嫖妓的同伴！陳公子是誰？是抱月樓大東家的親哥哥！是朝中正當紅的小范大人！那來的這人，自然是小范大人的心腹，只怕是監察院裡的高官。

樓中眾人目瞪口呆，都知道那日發生的事情，自己這樓子只怕把小范大人得罪慘了，連帶著大東家都吃了苦。今日對方又來人，莫不是監察院又要抄一次樓？這抱月樓還能開下去嗎？

此時有人嘆息道：「我看啊……樓子裡只怕要送一大筆錢才能了了此事……說來真是可惜，大東家雖然行事狠了些，但經營確實厲害……現在平白無故地要填這些官的兩張嘴，再好的生意，也要被折騰沒了。」

「呸！」有人見不得他冒充慶廟大祭祀的做派，嘲笑道：「你這蠢貨，咱們抱月樓的大東家就是小范大人的親弟弟，監察院收銀子怎麼也收不到咱們頭上來，難道他們哥倆還要左手進、右手出？人家頭頂上還有位老尚書鎮著。」

那人臉面受削，吶吶道：「那這位跟著范提司的大人來樓裡做什麼？」

來人是史闡立，今日范閒正在輕鬆快活，他堂堂一位持身頗正的讀書人，卻被范閒趕到妓院來，心情自然有些不好。

石清兒眸中異光一閃，恭恭敬敬地奉上了茶，知道面前這位雖然不是官員，卻是范閒的親信。這些天，大東家一直消失無蹤，對方忽然來到，真不知道是來做什麼的。她略頓了會兒後，溫柔問道：「史先生，不知道今日前來有何貴幹？」

史闡立微一遲疑。

石清兒是三皇子挑中的人，和范家關係不深，見對方遲疑，卻是會錯了意，掩脣嫣然一笑道：「如今都是一家人，莫非史先生還要……來……抄……樓？」

她說這個抄字，捲舌特別重，說不出的怪異。

史闖立濃眉微皺，很是不喜此女輕佻，將臉一板，從懷中取出一張文書，沉聲說道：「今日前來，不是抄樓，而是來……收樓的。」

收樓！

石清兒一愣，從桌上拿起那張薄薄的紙，快速地掃了一遍，臉色頓時變了，待看清下方那幾個鮮紅的指印後，更是下意識咬了咬嘴脣。沉默片刻後，她終於消化了心中的震驚，張大眼睛問道：「大東家將樓中股份全部……贈予你？」

話語間帶著驚訝與難以置信，抱月樓七成的股份，那得是多大一筆銀子，怎麼就這麼輕輕鬆鬆地轉了手？石清兒知道這件事情一定不是這麼簡單，皺眉問道：「史先生，這件事情太大，我可應承不下來。」

史闖立苦笑道：「不需要妳應承，從今日起，我便是這抱月樓的大東家，只是來通知一聲。」

石清兒將牙一咬。「敢請教史先生，大東家目前人在何處？這麼大筆買賣，總要當面說一說。」

史闖立寫得一手好字，前些天夜裡擬的這份文書是乾乾淨淨、簡簡潔潔，沒料到最後他卻被范閒硬逼著來當這個大東家，心裡本來就極不舒服，多少生出些作繭自縛之感，此時聽著對方問話，不由得冷聲說道：「難道這轉讓文書有假？休要囉嗦，待會兒查帳的人就到，妳也莫要存別的想法。」

石清兒察覺到范家準備從抱月樓裡脫身，用面前這位讀書人來當殼子，但她的等級不夠，不知道太多內幕，而袁夢也忽然失蹤，只好拖延道：「既然這抱月樓東家馬上就要姓史了，本姑娘也只是混口飯吃，怎麼敢與您爭執什麼……」她心中已是冷靜下來，含笑說道：「只是這樓子還有三成股在……那位小爺手上，想來史先生也清楚。」

不管怎麼說，只要三皇子的三成股在抱月樓裡，范家便別想把抱月樓推得乾淨。她卻哪裡知道，范閒從一開始就沒有將抱月樓從身邊踢掉的想法。

史闡立望著她，忽然笑了一笑，兩道濃濃的眉毛極為生動地扭了扭。「今日收樓，就是要麻煩清兒姑娘……轉告那位一聲，二東家手上那三成股，我也收了。」

我也收了？

「好大的口氣！」石清兒大怒道，心想范家私相授受當然簡單，但居然空口白牙地就想收走三皇子的股份，哪有這麼簡單！

史闡立此時終於緩緩進入了妓院老闆的角色中，有條不紊說道：「要收這三成股份，我有很多辦法，這時候提出來，是給那位二東家一個面子，清兒姑娘要清楚這一點。」

石清兒冷哼道：「喔？看來我還要謝謝史先生了，只是不知道……您肯出多少銀子？」

史闡立伸出一根手指頭。

「十萬兩？」石清兒疑惑道，心想這個價錢確實比較公道，就算抱月樓將來能夠繼續良好地經營下去，十萬兩買三成股，也算是個不錯的價位。

史闡立搖了搖頭。

「難道只有一萬兩？」石清兒大驚失色。

「我只有一千兩銀子。」史闡立很誠懇地說道：「讀書人……總是比較窮的。」

「欺人太甚！」石清兒怒道：「不要以為范家就可以一手遮天，不要忘記這三成股份究竟是誰的！」

史闌立眉頭一挑，和聲說道：「姑娘不要誤會，這七成股份是在下史闌立的，與什麼范家、蔡家都沒有關係……至於那三成股份是誰的，我也不是很關心。」

石清兒冷聲說道：「這三成股份便是不讓又如何？」

「第一，抱月樓有可能被抄出一些書信之類，像是裡通外國啊，至於是什麼罪名，我就不是很清楚。」史闌立笑著說道：「第二，京中會馬上出現一座抱日樓……既然本人擁有樓子的七成股份，我自然可以將抱月樓所有的夥計、知客、姑娘們全部趕走，然後抱日樓自然會重新招過去……清兒姑娘可以想一下，那座現在尚未存在的抱日樓，能在多短的時間內，將抱月樓完全擠垮？」

石清兒面露堅毅之色，不肯退步。「第一點我根本不信，難道范家……不，史先生捨得抱月樓就此垮了？用七成股份來與咱們同歸於盡？」

她面露驕傲之色。「第二條更不可能，大東家當初選址的時候，極有講究，而且這些紅牌姑娘們與咱們樓子簽的是死契，怎麼可能說走就走？」

史闌立搖頭嘆息道：「清兒姑娘看來還是不明白目前的局勢……妳要清楚，我現在才是抱月樓的大東家，什麼死契、活契，我說了才算數。」

石清兒面色一變。

史闌立站起身來，推窗而眺，微笑說道：「至於抱日樓的選址，不瞞姑娘，正是抱月樓的側邊，也是在瘦湖畔……之所以本人過了這些天才來收樓，是因為前兩天，我正忙著收那處的地契。」

石清兒瞠目結舌。

史闡立此時已經完全沉醉於一位狠辣商人的角色中，伸手撈了撈窗外瘦湖上吹來的風，繼續說道：「至於同歸於盡……如果你們始終不肯退出，那就同歸於盡好了……抱月樓的七成股份，雖然值很多銀子，但我還沒有放在眼裡。」

話一出口，他卻自嘲地笑了起來，自己什麼時候開始洗去了讀書人的本分，開始有些陶醉於這種仗勢欺人的生涯中？他對石清兒確實是在赤裸裸的威脅，但這種威脅極易落實，看似簡單，卻讓對方——或者說三皇子根本應付不來。

抱月樓旁的地確實已經被監察院暗中徵了，用了什麼手段不得而知。史闡立知道，收樓的每一個步驟都走得極為穩定，不虞有失，那位小言公子出手，果然厲害。三皇子手中的三成股如果真的不肯讓出來，小言公子一定有辦法在十天內，讓這家抱月樓倒閉，今後再無翻身的可能。

「姑娘妳不知道這件事情的根源，就不要多想什麼了。」史闡立也不需要對方向三皇子傳話。范閒要收抱月樓的消息，早就已經透過范府自己的途徑，傳入了宮中宜貴嬪耳裡，如今三皇子天天被宜貴嬪揪著罰抄書，就算他心疼自己的錢被大表哥陰了，也暫時找不到法子來阻止這件事情。

他看著石清兒有些惘然的臉，讀書人柔和的天性發作，笑著說道：「我是一個極好說話的人，日後妳依然留在樓中做事，盡心盡力，自然不會虧待妳。」

誰知道石清兒卻是一個死心眼的人，總想著要對二東家……負責。雖然二東家只是一個小小年紀的孩子，但她想著這孩子的身分，總覺得這事荒謬得很——京都裡霸產奪田的事情常見，但怎麼會有人連皇子的產業都敢強霸豪奪？

「如果二東家傳話來，我自然應下。」她咬著牙說道：「但帳上的流水銀子，你我總要交接清楚，一筆一筆不能亂了。」

史闡立點點頭，一直在樓外等著的收樓小組終於走進來。看著那一群人，石清兒的眼睛都直了——穿著便服的監察院密探……依然還是密探。這一群人來收樓，誰還敢攔著？

等看到那位頷下有長鬚、正對抱月樓的布置與經營風格大加讚賞的小老頭，石清兒忍不住倒吸一口冷氣，再也說不出話來，心想自己就算再努力，也阻不了范閒將三皇子的那份錢生吞進去。

有慶餘堂的三葉掌櫃親自出馬，帳上再怎麼算，只怕這抱月樓最後都會全部算給姓史……不，那個天殺的姓范的。

對方肯定不會噎著，說不定連碗水都不屑喝。

第七章　妓女、路人以及一場雨天的暗殺

慶餘堂的掌櫃們向來只是替內庫把把脈、替各王府打理一下生意，已經有許多年沒有正經地露過臉了。但石清兒既然能從一位妓女辛苦萬分地爬到頂級媽媽桑的地位，自然是一位肯學習、有上進心、對於經營之道多有鑽研之人，她當然知道慶餘堂的那些老傢伙們——只要是經商的，對於葉家的老人，都有一股從骨子裡透出來的尊敬與仰慕，就如同天下的文士們看待莊墨韓一般。

所以石清兒見三葉來了，頓時斷了所有在帳面上玩小聰明的念頭，更是做好了全盤皆輸的準備，嫋嫋婷婷地上前，尊重無比地行了個禮。

三葉年紀只怕也有五十了，頷下的鬍鬚像染了些白麵粉般，看著石清兒媚妍的容顏連連點頭，面露欣賞之色。

史闡立在旁愣著，心想門師派了這個老色鬼來是做什麼？

三葉讚嘆說道：「這位姑娘……想必就是這間樓子的主事吧？老夫看這樓子選址、擇光、樓中設置，無不是天才之選，實在佩服，姑娘若肯繼續留在樓中，我便去回了范提司，實在是不用我這把老骨頭來多事。」

石清兒面色一窘，應道：「老掌櫃謬讚，樓中一應，皆是大東家的手筆，與小女子無

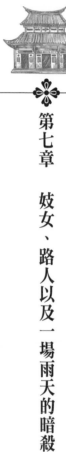

關。」

三葉面現可惜之色，嘆道：「這位大東家果然是位經營上的天才人物……怎麼卻得罪了范……」幸虧他年紀大了，人還沒糊塗，知道這話過了頭，趕緊在史闡立看老怪物般的眼光裡住了嘴，只是一個勁地搖頭，四處打量，滿是凌於東山之峰卻不見高手的喟嘆神態。

經營之道，便是由細節中體現出來。在這些浸淫商道二十年的慶餘堂老掌櫃眼中，抱月樓雖然走的是偏門生意，但樓堂卻是大有光明之態，而且樓後有湖、湖畔有院，夥計與知客們知進退、識禮數，姑娘們不獻媚、不失態……恰恰是掐準了客人們的心尖尖，主持這一切的那位仁兄實在是深得行商三昧。

三葉在這裡感嘆著，史闡立忍不住搖搖頭，心想范家二少爺看來還真不是一位簡單的權貴子弟。說來也真是妙，范家這兩兄弟，與世人都不大一樣。

宮中一直沒有消息出來，石清兒自然不敢對三皇子那份錢做主，但是收樓小組已經進駐，自然就要將帳冊搬出來供雙方查核。雖說慶國商家大多數都有明帳、暗帳之說，但當著三葉的面，石清兒不敢再玩手段，不過幾炷香的工夫，抱月樓的銀錢往來已經算得清清楚楚，而那折算成一千兩銀子的三成股份也暫時分割開來，就等著三皇子那邊一遞消息，整座抱月樓便完完整整地成了……史闡立的生意。

待做完這一切，石清兒滿心以為抱月樓今後的大掌櫃就是慶餘堂的三葉時，不料他卻坐著馬車走了，讓石清兒不免有些吃驚。

更讓她吃驚的是，打門外進來的那位抱月樓新掌櫃，竟是一位熟人！

「桑文？」石清兒目瞪口呆，但馬上醒了過來。桑文當初被范閒強行贖走之後便沒了消息，沒想到竟是殺了記回馬槍！

史闡立看她神情，說道：「不錯，這位桑姑娘就是今後抱月樓的大掌櫃。」

石清兒勉強向桑文微微一福。當初在樓中的時候，桑文因為以往的聲名，總是不減剛強之氣，有些冷冷淡淡，難免受了石清兒不少刁難，此時見對方成了抱月樓的大掌櫃，石清兒心知自己一定沒有什麼好果子吃，強行壓下胸口的悶氣，便準備回房收拾包袱去。

桑文其實也有些不安，范閒對自己恩重如山，他既然將抱月樓交給自己打理，自己一定要打理得清清楚楚，只是她又有些隱隱畏懼三皇子那邊的勢力，此時見石清兒有退讓之意，心頭一鬆。

史闡立卻是皺了皺眉頭，說道：「清兒姑娘，妳不能走。」

石清兒冷笑道：「我與抱月樓可沒有簽什麼契約，為什麼不能走？」

史闡立有些頭痛地鬆了鬆領口，斟酌少許後說道：「這妓院生意我可沒做過，桑姑娘往日也只是位唱家，若姑娘走了，抱月樓還能不能掙錢……我可真不知道了。」

石清兒這才知道對方還有需要自己的地方，心中不由得生出一股得意來，微笑說道：「若——」

一個若字還沒說完，史闡立卻是搶先說道：「范大人說了，他沒有開口，妳不准離開抱月樓一步。」

石清兒氣苦，終於明白了對方不是需要自己，而是看死了自己。自己區區一個女子，就算與三皇子那邊有些關係，但既然監察院的提司都發了話，自己哪裡還敢說半個不字？這世上會為了一個妓女與監察院衝突的官員，還沒有生出來，就算是皇子們也不會做出這種得不償失的事情。范閒如果想滅了自己，比踩死一隻螞蟻還要簡單。

「留著我做什麼？」她有些失神地問道。

史闡立說道：「范大人……喔，不對，本人準備對抱月樓做些小小的改動，我以為清兒姑娘應該在其中能起到一些作用，說不定將來這整個慶國的青樓……都需要這些改動的。」

石清兒一愣。抱月樓的生意做得極好，所以大東家已經撥出一些本錢去旁的州開分樓，但是目前而言，整個慶國的青樓業，抱月樓占的份額並不太大，至於改動……自古以來青樓生意就是這般做的，除非像大東家一樣做些經營上的調整，難道說范閒真準備聊發詩仙狂，讓天下的妓女們都不賣了？

可問題是……妓女不賣肉，龜公不拉客，那還是青樓嗎？

史闡立不知道她心中疑惑，只是按著范閒的吩咐，一條一條說著：「第一，樓中的姑娘們自即日起，死契改為活契，五年一期，期滿自便。第二，抱月樓必須有坐堂的大夫，確保姑娘們無病時，方能接客。第三……」

還沒說完，石清兒已疑惑問道：「改成活契？這有什麼必要？」

史闡立解釋：「大人……咳，又錯了，本人以為，做這行當的，五年已是極限，總要給人一個念想，如果想著一世都只能被人騎著，姿色平庸些的，又沒有被贖的可能，姑娘們心情不好，自然不能好好招待客人。」

石清兒譏諷說道：「五年契滿，難道咱們這些苦命女子就能不賣了？誰來給她們脫籍？」

慶國伎妓不同冊，妓者一入賤籍之後，便終生不得出籍，除非是被贖，或者是朝廷有什麼格外的恩旨。按照先前說的，抱月樓簽五年活契，那五年之後，樓中的妓女們脫不了藉，還不是一樣要做這個營生。關於這個問題，史闡立沒有回答，因為范閑說過，他將來自然會處理。

石清兒又嘲笑道：「至於大夫更是可笑了，樓中姑娘們身分低賤，沒有大夫願意上門，平日裡想看個病就千難萬難，怎麼可能有大夫願意常駐樓中……那些男人丟得起這臉嗎？」

一直沉默不語的桑文微笑說道：「提司大人說過，他在監察院三處裡有許多師姪，請幾個大夫還是沒有問題的。」

石清兒苦笑一聲，心想監察院三處是人人畏懼的毒藥衙門，難道準備轉行做大夫？她愈發覺著那位范提司是個空想泛泛之輩，嘲諷道：「即便有大夫又如何？姑娘們身子乾淨了，來的客人裡誰能保證沒患個花柳什麼的？」

史闡立也有些頭痛，說道：「這事……我也沒什麼好主意。」哪裡是他沒好主意，明明是范閑的賣淫產業化構想裡，遇上了保險套無法推廣的這一天大難題。

「妳先聽完後幾樣。」他咳了兩聲繼續說道：「今後強買強賣這種事情是不能有了，如果再有這種事情發生……唯妳是問。」

他盯著石清兒的雙眼，直到對方低下了頭。

「雛妓這種事情不能再有。」

「抽成應有定例，依姑娘們的牌子定檔次。」

「姑娘們每月應有三天假，可以自由行事。」

隨著「史大老闆」不停說著，不只石清兒變了臉色，就連桑文都有些目眩神迷。

石清兒終於忍不住睜著雙眼，抽著冷氣說道：「這麼整下去……抱月樓究竟是青樓……還是善堂？」

史闡立看了她一眼，說道：「大人說了，妳是袁大家一手培養出來的人，按理講也該治妳，但是看在妳出身寒苦的分上，給妳一個贖罪的機會……妳不要理會這抱月樓是青樓還是善堂，總之妳在桑姑娘的帶領下安分地做生意，若真能將這件事情做成了，逐步推於天下，將來天下數十萬的青樓女子都要承妳的情，算是還了妳這幾個月裡欠的債，大人就饒妳一命。」

直到此時，史闡立終於不避忌地將范閒抬出來。

石清兒默然無語，心裡不知道在想什麼，面露惶恐之色。

其實此時史闡立的心中也是惶恐得很，雖說抱月樓以後有已經暗中加入監察院一處的桑文監視著，但自己堂堂一位秀才、小范大人的門生，難道今後再無出仕的一日，只能留在青樓裡，做個高喊樓上樓下姑娘們接客的妓院老闆？

他看了一眼桑文，發現這位歌伎出身的女子倒是柔弱中帶著一絲沉著穩定，似乎並不怎麼煩惱。

後幾日下了一場秋雨，淒淒瑟瑟，硬生生將秋高氣爽變成了冷雨夜。

抱月樓被范閒全盤接了下來，二皇子那邊已經嗅到某種不祥的徵兆，開始著手安排事宜。偏生范閒卻顯得比較悠閒，這幾天裡沒有去一處坐堂，也沒有去新風館吃接堂包子，而是去了太學，帶著一幫年輕教員，整理自己從北齊拖回來的那一馬車書籍。

秋風稍一吹拂，本想在雲層上再賴一會兒的水滴終於墜了下來，稀稀疏疏地好不惹人生厭。從澹泊書局往北走一段路，就到了太學的院門口，這裡的一大片地方都歸太學和同文閣理著，慶曆元年新政時設的幾個衙門早就撤了。

范閒撐著黑色的傘，行走在來往的學生間，間或點點頭，與那些恭敬請安的學生們打個招呼。他如今的身分、地位雖然已不同當初，但皇帝並沒有除卻他五品太學奉正的職務，而且還曾經發過口諭，讓他得空的時候，要來太學上上課。

雖然范閒不喜歡做老師，也沒有來上過課，但是憑著自己的官職，來太學看看書、躲躲外面的風雨，是極願意做的。

第一天他來太學的時候，學生們不免有些驚訝，因為已經有將近一年，范閒都沒有來過太學了。眾學生一想到這位年輕大人如今是在監察院裡任職，心裡不免有幾分牴觸和畏懼，所以遠不如一年前熱情，直到過了些時辰，眾人發現范閒還是如以往一般好相處，這才又對他重新熱情了起來。

來到太學給自己留的書房之外，范閒收了雨傘，看了一眼外面陰沉沉的天氣，忍不住皺起眉頭，推門而入。

房內有幾位太學的教員正在整理莊墨韓的贈書，對於慶國來說，這一馬車的書籍有極美妙的象徵意義，皇帝極為看重，所以太學方面不敢怠慢，抄錄與保養的工作正在有條不紊地進行著。

看見范閒走進來，這幾人趕緊站起身來行了一禮。

范閒笑著回禮。眼前這幾位都是一直碌碌不得志的人物，因為自己一個人很難修好莊墨韓的贈書，所以強行從太學正那裡搶了人過來，幾日裡相處得還算愉快。

黑傘放在角落裡，開始往地板上滲水。房裡燒著爐子、火炕，兩相一烘，范閒頓時覺得屋內的溼氣大了起來，有些不適應，便鬆了鬆領口，說道：「太溼了不好，現在天氣還不算寒冷，幾位大人，咱們就先忍忍吧，將這爐子熄了如何？」

一位教員解釋：「書籍存放需要一定的溫度，太冷了也不行。」

范閒知道這一點，說道：「還沒到冬天，這些書放在屋內，應該無妨的，溼氣重了也是不好。」

眾人應了聲，便埋頭繼續工作。太學稟承了慶國朝政一貫以來的風格，講究實務，不好清談，和北齊那邊有極大的不同。范閒也坐到自己的桌前，卻還沒有來得及開始工作便被人請了出去，說是有人要見他。

「大學士今天怎麼回太學來了？」范閒有些意外地看著坐在椅中的舒蕪，尊敬地行了一禮。

在他的岳父下臺、郭攸之被絞之後，朝中的文官派系已經亂成一團，一部分隱隱看著范閒，一部分跟著東宮；反而是往年不聲不響的二皇子，因為多年的經營與文名，擁有了最多文官的支援。

眼前這位舒蕪，當年是莊墨韓的學生，一向極有名聲，只是因為他是在北魏中的舉，卻在慶國當官，所以總有些問題。在慶曆五年的這次動盪之中，他陰錯陽差地獲得了最大的利益，雖被褫奪太學正一職，但原本的同文閣大學士因為受了春闈事件的牽連，被除職後，轉由他出任。

同文閣大學士極清貴，在宰相一職被除，至今沒有新任宰相的情況下，同文閣大學士更是要入門下議事，實實在在地進入慶國朝廷的中樞，相當於一任宰執。就算范閒再如何勢大，在舒蕪面前，依然只是一位不入流的官員。

當然，舒蕪也不會傻到真的將范閒看成一個普通官員，若是那般，他今天也不會來找范閒了。

「范提司都能靜心回太學，老夫難道不能回來？」舒蕪與自己兒子一般大小年齡的范閒開著玩笑。「這外面冷風冷雨的，你這年輕人倒知道享福，躲回了太學……怎麼？嫌監察院的差使要淋雨？」

外面冷風冷雨？范閒不知道這位大學士是否話有所指，笑了笑，不知該怎麼回答。

在史闡立收了抱月樓之後，言冰雲的行動開始逐步展開，首先動用監察院的勢力，逼刑部跳過了京都府，直接發出海捕文書，咬死了幾條罪名，開始追查袁夢。

不過袁夢還真能躲，在靖王世子李弘成的掩護下，竟是不知道藏到了哪裡。范閒並不著急，反正發出海捕文書，是為了後面的事情做鋪陳，袁夢越遲抓到反而越好。在言冰雲的規劃當中，一環扣著一環，只要最後能達到自己想要的效果就好。

就在前兩天，京都裡開始有流言傳播，說刑部十三衙門日前在捉拿的前妓院主事袁夢，其實……是靖王世子李弘成的姘頭！

流言本來就很容易傳播開來，更何況袁夢和李弘成的確就有一腿，所以一時間京都裡議論得沸沸揚揚，李弘成的名聲就像是大熱天裡的肥肉，眼看著一天天臭了起來。

而李弘成與二皇子交好，是世人皆知的事情。不一時，又有流言傳出，京中如今很出名的抱月樓，其實幕後的老闆就是二皇子，刑部衙門追查的妓女失蹤案件，和這些天潰貴冑們脫離不了關係。

這些傳言說得有鼻子有眼睛，比如袁夢當年是流晶河上的紅倌人，但除了李弘成之外，卻沒有見她接過別的客人。又比如說，某年某月某日，二皇子曾經在抱月樓外與監察院的范閒一番長談，雖不知道談話內容是什麼，但是范家第二天就將抱月樓的股份賣給一個神祕的史姓商人。

這些流言，自然是監察院八處的手段，當初春闈案范閒被逼上位，最終成為天下士子心中偶像的形象工程，就是八處一手弄成的。這個大慶朝文英總校處，搞起形象工程來一套一套的，要潑起汙水來，更是下手極為漂亮。

當然，流言傳播的過程中，京都的百姓也知道了，抱月樓當初的大東家其實是范府的二少爺，范家的聲譽也受到一些影響。

不過畢竟流言的源頭就在范家自己手裡，隨便拋出幾個范提司棍棒教弟、老尚書痛下家法來大整族風、二少爺慘被斷腿、滿園裡惡戚慘嚎、范府毅然虧本脫手青樓的故事……便可以震得京都百姓一愣一愣，加上范家明面上與抱月樓已經沒有關係，傳了一傳，對他們的影響就淡了。

說到控制輿論這種事情，范閒做得實在是極為手熟。當初憑五竹寫幾千份傳單就能把永陶長公主趕出宮去，更何況如今對付的只是一位更為稚嫩的二皇子。

所以如今的京都，總以為二皇子與李弘成——這兩位其實在抱月樓裡一點兒股份也沒有的人物——才是抱月樓一案的真正幕後黑手；而范閒卻是一位清白人物，范府只怕有說不出的苦衷。

言冰雲接下來的步驟，是針對二皇子與崔家的銀錢往來。具體的方法，連范閒都不是很清楚，但他信任言冰雲的能力，便根本懶得去管這一塊。

舒蕪看了范閒一眼，擔憂說道：「你可知道，昨天京都府已經受理了抱月樓的案子……你家老二的罪名不輕啊，縱奴行凶、殺人滅口、逼良為娼……今天就要開審了。」

范閒苦笑道：「家門不幸，出了這麼個逆子。」

舒蕪搖頭道：「京都府如今還沒有去府上索人，想來還是存著別的念頭……小范大人，這訟之一字，最是害人。刑事之案，沒有太多的轉圜餘地，如果京都府真的審下去，這件事情驚動了陛下，我想就不好收場了。」

經過一番談話，范閒已經知道這位朝中文官大老的立場，對方是代表朝中的文官們發表意見，勸范家與二皇子一派能夠和平相處，不要撕破了臉皮。先不說朝廷顏面的問題，在這些大老們看來，兩虎相爭必有一傷，范閒與二皇子都是慶國年輕一代的佼佼者，不論是誰在這場鬥爭中失勢，都是慶國朝廷的損失。

當然，絕大多數人都不認為范閒有可以與皇子爭鬥的資格——雖然他是監察院的提司。范閒也明白這一點，所以知道面前這位大學士來勸和，其實是為自己著想，不免有些感動，溫和笑著說道：「多謝老大人提點……想必老大人也已經見過二殿下了。」

舒蕪點了點頭。自從范閒打北齊回京以來，便一直和二皇子過不去，監察院抓了不少二皇子一派的臣子，他要從中說和，必須先去看二皇子的意見，沒料到二皇子倒是極好說話，很有禮貌地請他帶話給范閒，說願意雙方各退一步。

聽了舒蕪的傳話，范閒在心裡冷笑一聲。二皇子那人小名就叫「石頭」，哪裡是這般好相與的角色。雙方已經撕破了臉皮，自己更是被逼著將弟弟送到遙遠的異國他鄉，而自己岳父被長公主和二皇子陰下臺的事情，也總要有個說法吧？

而且監察院一處的釘子早傳了話來，二皇子那邊已經將祕密藏好的抱月樓三個凶手接回京，就準備在京都府的公堂上將范思轍咬死。

二皇子請舒蕪帶話，不過是為了暫時穩住范閒而已；范閒卻沒有這般愚蠢，他恭恭敬敬地為舒蕪奉上茶後，說道：「這件事情和院子沒有什麼關係，和我也沒有什麼關係，我這些天守在太學裡，就是怕有人誤會。」

舒蕪忍不住苦笑起來，臉上的皺紋滿是憐惜之色。「何苦與他鬥？就算這一次鬥贏了那又如何？千贏萬贏，總比不過陛下高興。」

范閒心頭微動，知道這話實在，對面前這位大學士更增感激之情。雖然他心中另有想法，還是溫和應道：「您既然都說話了，晚生還有什麼好說的。只要京都府給我范家留些顏面，刑部那件案子，自然也沒有人往深處追究。」

在舒蕪這位老臣的眼中看來，范閒應的這話，就顯得有些毛躁了。官場之上，總講究個遮掩體面，哪有這般當著一朝宰執的面，明白地講這些不法之事的道理？但他也知道，范閒這人的性情就是這般，微笑滿意著沉吟不語，只是看著窗外的雨柔柔地下著。

離京都府衙三里地的御山道旁，秋雨在淅瀝地下著。

抱月樓妓女失蹤之案已經查了起來，雖然還沒有挖到屍首，但是京都府已掌握了牽涉到命案的三個打手，只要將親手殺死妓女的這三人捉拿歸案，然後拿到口供，便可以咬死范家那位二少爺為幕後主使，一方面對范家造成強烈打擊，另一方面也洗清了二皇子身上被潑的汙水。

所以這三人，實在是重要人物。二皇子一派直到今天也不清楚，當初范家為什麼會在執行家法之後，將這三人直接送到京都府，這豈不是給了己等一個大把柄？

但直到范家賣了抱月樓，開始追查袁夢，矛頭直指李弘成之後，二皇子才明白，原來范閒只是用這三個打手來安自己的心，以為他是真的選擇了和平共處，讓自己反應要慢了幾天。不過二皇子依然覺得范閒有些不智，只要這三個人在手上，范家那個胖子還能往哪裡跑？

如今二皇子是真的動怒了，這范閒真的不知道天有多高、地有多厚，居然敢對自己動手。鬼都知道，京中那些流言是他放出來的。而此時，李弘成雖然也是滿腔鬱悶，卻是無法去范府找范閒打架，因為靖王搶先動怒，打了他一頓板子後，將他關在王府裡，也算是躲一躲如今京都的風雨。

「好生看管著，不要讓人有機會接觸到……切不能給他們翻供的機會！」二皇子手下八家將之一的范無救，陰沉著一張臉，對京都府的差役說道：「這件差事如果辦砸了，小心自己的小命。」

京都府的衙役緊張地點了點頭，不是對這件差事緊張，而是對於直面八家將感到緊張。御山道離京都府只有三里路，如果不是為了避嫌，范無救一定會親自押送這三個打手，看著他們被關進京都府的大牢。

馬車在陰沉沉的秋雨之中動了起來，范無救遠遠看著。馬車在雨中行走，一應如常，街上並沒有多少行人，只是偶爾走過幾個撐著雨傘、行色匆匆的路人。

便在此時，那些路人動了起來，雨傘一翻，便從傘柄中抽出染成黑色的尖銳鐵器，異常冷靜地刺入馬車中！

范無救大驚之下往那邊衝去，只是他離馬車有些距離，看那些人動手的速度，便知道自己根本來不及救人！

那些尖刺無比尖銳，就像是刺豆腐一樣，直接刺入馬車的車壁，殺死了裡面那三個人。

路人們抽出武器，根本沒有多餘的表情、動作，打著雨傘，走入大街旁的小巷之中，直接消失在雨天裡。

鮮血從馬車上流了下來，范無救才寒著一張臉趕過來。他拉開車簾一看，驟然變色。那些傷口痕跡，無不顯示下手的人何其專業，不過簡簡單單地一刺，就無救了。

范無救不由得倒吸一口涼氣，開始為二皇子感到擔心，如此乾淨俐落地殺死馬車裡的三個人就已經極難，更可怕的是，對方竟然對己方何時移送人證清清楚楚，想來監察院在二皇子一系裡也埋藏了許多釘子，才能將下手的時間、地點，拿捏得可謂妙到毫巔。

這場暗殺正因為設計得太完美了，所以看上去才顯得這般自然、簡單，就像是吃飯一樣，並不如何驚心動魄。

只有范無救這種高手，才能從這種平淡的殺局裡，尋到令自己驚心動魄的感覺。根本不用想，他就知道下手的是誰，除了監察院六處那一群永遠躲藏在黑夜裡的殺手，誰能有這種能耐？他臉色愈發地蒼白，不由得想到，剛才那幾個路人如果是針對自己進行一場暗殺，自己能夠活下來嗎？

所有二皇子派的人似乎都輕視了范閒的力量，那是因為慶國新成長起來的這一輩人，根本不知道監察院……是如何可怕的一個機構。

范無救有些緊張地摩娑著袖子裡的短匕首，第一次覺得自己似乎應該脫離二皇子，救救自己為好。

「棋藝不精，棋藝不精，我下棋就是捨不得吃子。」范閒滿臉慚愧說著。

他這時候正在太學和舒蕪下棋。今天早朝散得早，南方的賑災已經差不多結束了，所以舒蕪才有這麼多閒工夫。只是下了兩盤棋，舒蕪發現范閒如此聰慧機敏的大才子，竟然是一個道道地地的臭棋簍子，不由得變了臉色，覺得下這種棋，就算贏了也沒什麼樂趣。

舒蕪嘆息說道：「范閒啊范閒，我看你做什麼事情都精明得很，怎麼下棋卻偏偏這麼臭？」

二人又隨口閒話了幾句如今朝廷的事，因為范建在府裡向來極少說這些，而監察院也不可能去查自己朝會上的爭執，所以范閒對以他如今品級還不能接觸的一些朝政大事聽得很感興趣，也嗅到一些味道。

如今燕小乙在北邊任著大都督，不停地伸手要銀子，而南邊的小型戰事也在進行，慶國目前確實有些缺銀子。

范閒的心此時便放下來了，只要皇帝需要銀子，那麼明年內庫總會落入自己手中。永陶長公主那人，陰謀詭計是玩得好，但說起做生意賺錢，實在不是那麼令人放心。

雨勢微歇，范閒沒有資格留舒蕪吃飯，恭恭敬敬地將人送出門去，便一轉身回了那間房，重新開始審看莊墨韓贈予自己的藏書，等眾教員散了之後，他還沒有離開，只是捧著一本書在出神。

他知道今天京都裡發生了什麼事情，只是沒有怎麼放在心上。那三人本來就該是死人，只是那些死去妓女的家人，如今也在京都府告狀，口口聲聲指控范家。

范閒當然不會再去殺人滅口，今天死的那三人一直被二皇子偷偷藏著，自己殺了他們，對方也不可能告到御前去，而且范閒雖然不是什麼好人，也沒有殺死苦主的狠辣心腸。

其實他明白，如果不論身分，自己身為監察院提司，手中掌握的資源和權力，遠遠比二皇子要強大得多。這場鬥爭如果沒有什麼意外，當然是自己穩贏的局面。

只是世人卻不知道這點。

唯一讓范閒在意的，是宮中那位的態度。如果皇帝覺得這些小王八蛋們玩家家酒不算什麼，那范閒就可以繼續玩下去，他對那位皇帝的心思其實揣摩得很準。二皇子……不過是顆磨刀石，雖然是用來磨太子的，但用來磨一磨將來監察院的范院長，看看范院長的手段與心思，似乎也是不錯的選擇。

當然，如果范閒真的下手太狠，宮中只要一道旨意，也就可以平息此事。他並不擔心皇帝會因為這件事情對自己痛下毒手，反而會自嘲想到……大家都是王八蛋，皇帝陛下總不好親此蛋薄彼蛋。

京都的雨停了，他悄無聲息地避開眾人眼光，離開了太學，在一家成衣鋪裡脫去外衣，露出裡面那件純的「工作服」，又從滿臉卑微的掌櫃手中，接過一件樣式尋常的外衣套在身上，這才一翻雨帽，遮住自己的容顏，消失在京都的街道中。

雨已經停了，天上的鉛雲就像是被陽光融化一般，漸漸變薄變平，再逐漸撕裂開來，順著天穹的弧度，向著天空四角流去，露出中間一大片藍天，和那一輪獲得勝利後顯得格外明豔的秋日。

陽光照在京都府衙門的外面，有幾抹穿進堂去，將堂上那面「正大光明」的匾額照得清清楚楚。

已經有看熱鬧的人群圍在京都府外，等著府尹大人親審近日裡鬧得沸沸揚揚的抱月樓一案。這案子有背景、有凶殺，牽涉的對象是讓人想入非非的妓女，發生在聲色場所，滿足了京都百姓們審美的諸多要求，所以是眾人關心的焦點。日常的茶餘飯後，若對此案沒有幾分了解，真是不好意思開口；那些馬車行的車夫，若對此案的始末不能一清二楚，那真是沒臉為客人趕車。

范閒偽裝成一位路人，混在人群之中往衙門裡望著，心裡不由得有些怪異的感覺。京都府乃重點衙門，這府裡最近一、兩年的人事變遷，卻都與自己脫不了關係，只怕今次事罷，這位京都府尹也要告罪辭官了。

第八章　京都府外謝必安

原來的京都府尹梅執禮，是柳氏父親的門生，一向偏著范府，在郭保坤的黑拳案中，幫了范閒不小的忙；後來范閒在牛欄街遇刺，梅執禮身為京都府尹自然也要受罰，被罰俸一年，留職查看；但誰也沒有料到，第二年又出了春闈一案，幾番折騰下來，梅執禮終於被從這個位置上趕下來，下放到外郡去了。

范府與梅執禮偶有書信來往，所以范閒清楚那位當年的梅府尹，其實萬分高興離開京都府這間萬惡的衙門。

堂上，一大排看上去貧苦不堪模樣的人，正跪在案前失聲痛哭。這些人都是抱月樓死去妓女的親人，一邊痛哭，一邊痛罵著范家，口口聲聲請青天大老爺做主。

現任的京都府尹田靖牧滿臉正義凜然，唇角微微抽動，眼眶中一片溼潤，似乎是被堂下這些苦主的說辭打動得無以復加，馬上下令府上衙役速去抱月樓捉拿相關嫌犯，現場勘驗。他又鄭重其事地表白一番為民做主的心願，命人去范府請那位無惡不作的范家二少爺，卻根本沒有提到袁夢等人的名字。

范閒混在人群中冷眼看著，看出田靖牧眼中的微微慌亂之色，心知對方也知道，那三位牽涉到妓女命案中的打手已經死了的消息。

對於堂上那些苦主的叫罵聲，范閒沒有絲毫反應，畢竟抱月樓害死了那幾名妓女，自己和弟弟不過被罵幾句，又算什麼？他只是在懷疑，這些苦主究竟是真的，還是二皇子那邊安排的？監察院的調查結果還沒有出來，他卻不能什麼都不做。

京都府的審案是很乏味的，這種戲碼千百年來已經演過許多次了，雖然圍觀看熱鬧的百姓們依然津津有味，但范閒已經將心思轉到別處。他今天之所以來到這裡，是估算著有件事情馬上就要發生。

自己的岳父，一代奸相林若甫之所以最後被迫黯然下臺，雖然從根源上說，是因為自己的橫空出世，皇帝聖心一動所致，但具體的導火線，還是當初那位死在葡萄架下面的吳伯安。因為東山路的彭亭生授意大整吳家，整死了吳伯安的兒子，所以吳伯安的遺孀才會進京告狀，在入大理寺途中被相府的人截殺，卻湊巧地被二皇子與李弘成救了下來——今天，二皇子會不會又來這麼一道？

岳父的下臺，范閒其實並不怎麼記仇，卻記得了二皇子的手段。本來按理講，真正玩弄陰謀的高手，絕對不會重複自己的手段，但他將二皇子看得透徹，對方雖然喜歡蹲在椅子上擺出莫測高深的模樣，然而在自己這麼多天的試探下，終究還是顯露了年輕人稚嫩與強擰的一面。

除了監察院的恐怖實力，范閒比二皇子更占優勢的地方就在於此。他雖然這世的年齡比二皇子小，但實際上的閱歷，卻不知道要豐富多少。

不一時，京都府衙役已經帶回了抱月樓如今名義上的主事人，石清兒；其他人手正在抱月樓後方瘦湖畔尋找痕跡，只是目前命案沒有直接證人，所以也不知道埋屍何處，當然也找不到屍首。

范閒看著堂內跪在青石地板上的女子，在猜想她究竟會如何應對，是懾於自己的壓力而老實安分一些，還是依舊有些不甘心？至於埋在抱月樓裡的屍首，監察院早已經與史闡立配合，在一個夜裡取了出來，放到京郊好生安葬，只等著這案子真正了結以後，再想辦法通知她們真正的家人。

堂內的石清兒咬著雙脣，雖不是一言不發，但也是上面的田靖牧問一句，她才斟酌半晌應一句。她心裡對這件事情明鏡似的，來之前，史闡立早交代過了，自己什麼能說，什麼不能說。

好在如今的東家要求也不嚴苛，並不要求自己攀誣什麼，也不要求自己為范家二少爺掩飾，只是照實了說。所以不等京都府尹用刑，她就將當初抱月樓的東家姓甚名啥，做了些什麼事情，交代得一清二楚，但在妓女命案這件事情上，卻一口咬死是那位正被刑部通緝的袁夢指使人做的，東家雖然知道此事，但並不曾親手參與。

京都府尹本有些滿意堂下跪著的這女子應得順暢，但聽來聽去，似乎總有為范家二少爺洗脫的意思，而且二皇子那邊早交代過，這件事情斷不能與袁夢扯上關係，便臉一黑，將紅頭籤往身前一摔，喝道：「這婦人好生狡猾，給我打！」

便有京都府的衙役拿著燒火棍，開始對石清兒用刑。石清兒咬牙忍著疼痛，知道這一幕一定有范家的人看著，自己既然已經沒了三皇子這個靠山，想指望著依靠范家在京都生活，那就得一條道走到黑。

她忍痛不語，卻不是不會發出慘叫，咿咿呀呀地嗅著，疼痛之中含著幽怨的聲音，在京都府的衙門上飄來飄去，倒讓圍觀的百姓都覺得有些不忍。

范閒在外面看著這幕，有些意外這個女人的狠氣。

用刑一番後，石清兒還是頭前那幾句話。田靖牧正準備再用刑的時候，去范府索拿范思轍的官差卻是滿身灰塵、一臉頹敗地回來覆命。

原來這一行人去范府索拿范思轍，他們請出京都府的牌子，強行進去搜了一番，但此時的范思轍，只怕已經到了滄州地界，正在馬車裡抱著妍兒喟嘆故土難離，哪裡搜得到？這些官差們正準備多問幾句的時候，就已經被柳氏領著一干家丁用掃帚打了出來。

聽到屬下受辱，田靖牧毫無生氣之色，反倒是暗自高興，高聲喝斥道：「這等權貴，居然如此放肆！居然敢窩藏罪犯……」他拿定主意，明天便就著此事上一奏章，看范府如何交代。

范閒冷眼看著，心裡卻不著急。有柳氏在家中坐鎮，他是知道這位姨娘的手段，哪裡會處置得如此思慮不周？更何況言冰雲玩弄陰謀是極值得信賴的，當年整個北齊朝廷都被他玩弄在掌心中，更何況是區區一個京都府，一個刑事案件？

果不其然，府外圍觀的人群一分，來了幾個人，領頭的那位便是范閒第一次上京都府時的夥伴，范府清客鄭拓，當年京都府赫赫有名的筆頭兒。

鄭拓有功名在身，不用下跪，只對著案上的田靖牧行了一禮，便說道：「大人這話大謬，京中百姓皆知，我范府向來治府嚴明，哪裡會有窩藏罪犯這種事情，至於二少爺究竟犯了何事，還需大人細細審來，我范府絕不偏私。」

田靖牧知道眼前這位清客乃是京中出了名的筆頭兒，而他身邊那個狀師宋世仁，更是出名難纏的訟棍，范家擺出這個陣勢來應著，想必是準備走明面路線。他將臉一沉喝道：「既不偏私，為何還不速將犯人帶上！」

寒秋天氣，宋世仁將扇子一揮，嘲笑道：「捉拿犯人，乃是京都府的差事，什麼時候論到旁人管了？」

田靖牧冷笑道：「你家二少犯了事，自然要將人交出來……若不交人，難道不是窩藏罪犯？慶律之上寫得清清楚楚，宋世仁你還是住嘴吧。」

宋世仁卻不聽話，笑吟吟說道：「慶律有書言明，犯家必須首先交人……只是大人，范家二少爺早已於八天前失蹤，叫我們到哪裡找人去？」

田靖牧氣極反笑道：「哈哈哈哈……好荒謬的藉口！」

宋世仁愁苦著臉說道：「好教府尹大人知曉，並非藉口……數日前，范府已上京都府舉發，言明二少爺諸多陰私不法事，只是大人不予理會，而且當時也一併言明，二少爺已經畏罪潛逃，請京都府速速派差役將其捉拿歸案。」

他再搖紙扇，沉痛說道：「范尚書及小范大人，大義滅親還來不及，怎麼會私藏罪犯？」

田靖牧一拍驚堂木，忍不住罵道：「范家什麼時候來舉發過？又何時報案范思轍失蹤？本府怎麼不知道這件事情！你休想將水攪渾了，從中脫身。」

「有沒有……煩請大人查一查當日卷宗，便可知曉。」宋世仁皮笑肉不笑地拱了拱手。

田靖牧心頭一凜，馬上驚醒過來，極老成地沒有喊差役當場去查驗那日卷宗，而是尋了個藉口暫時退堂，自己與師爺走到書房中，將這幾日的卷宗細細看一遍，等看到那張記明了范府報案、范家二少爺畏罪潛逃的卷宗時，這位京都府尹險些氣得暈過去！

明明沒有這回事，怎麼卻突然多了這麼一份卷宗！

京都府衙看管森嚴，就算是監察院動手，也極難不驚動任何人……他……他……他……范家怎麼有這麼大的本事？能夠神不知、鬼不覺地玩了這麼一招？田靖牧的臉色極其難看，心知肚明是京都府有內鬼，只是一時間不能判斷，到底是少尹還是主簿做了這件事情。

等田靖牧再回到堂上的時候，已經沒有最開始的硬氣了。畢竟卷宗在此，而且先前查驗的時候，京都府少尹與主簿都在自己身邊，就算自己肯冒險毀了范家報案的卷宗，也沒有辦法瞞下此事。

如此一來，就算范思轍將來被定了罪名，但范府已有了首舉之功，范思轍畏罪潛逃之事，范府也沒有刻意隱瞞——這般下去，還怎麼能將范府拖到這攤渾水裡來？說不定最後皇帝治范府一個治下不嚴的罪名，削爵罰俸了事，根本不可能達到二皇子所要求的結果！

田靖牧好生頭痛，卻不肯甘心，黑著一張臉與范家龐大的訟師隊伍繼續展開較量。

京都府伊暫時退堂，范閒知道明面上的工夫已經差不多了，范思轍從此成為一位畏罪潛逃之人，等著自己將來真的大權在握時，自然會想辦法洗清；而范府也終於可以脫身而出，從此一身輕快。

至於如今抱月樓名義上的東家史闡立，由於他是在案發之後接手，京都府再怎麼滿不講理，也沒可能將他索來問罪。

范閒忍不住笑了笑，還和身邊一位看熱鬧的大漢就著案情討論幾句，眼瞅著那些苦主們正在衙役的帶領下準備去一處地方暫歇，他脣角一翹，與大漢告辭後跟上去，眼光瞄了一眼街角雨簷之下的一個書生般人物。

那些妓女的家人滿臉悽楚地往街角行去，將將要消失在那些圍觀人群的視線中時，打橫處裡竟是殺出了四、五個蒙面大漢，手裡拿著亮晃晃的直刀衝過來，這些蒙面刺客刀光亂舞，下手極狠，朝著那些苦主身上砍下去！

街頭一片叫嚷與哭嚎之聲，那些看熱鬧的民眾也是一聲喊，嚇得四散逃開。

范閒站在一棵大槐樹下面，瞇眼看著這一幕，心裡沒有絲毫擔心，反而是對二皇子那方的實力有些看輕。對方果然施展出同樣的手段，行事實在是拙劣得很，上次栽贓自己岳父能夠成功，是暗合了陛下之意，陛下不願意戳穿；今天在大街之上又來這麼一手，難道不怕陛下恥笑手段單一嗎？

至於這些苦主的性命，他也沒有什麼好擔心的。果不其然，不知道從那裡冒出來一批路人，直接混入戰團之中，極其快速地將那批命案苦主掩在身後，迎上了那些殺手。

又是路人，是范閒最喜歡的那些路人。

路人手上沒有拿刀，只是拿著監察院特製的尖刺，不過三兩下工夫，便破了那幾個刺客的刀風，欺近身去，出手風格簡潔有力，下手極其乾淨俐落，竟似帶著幾絲五竹的風格。

范閒眉梢一挑，知道這是因為六處的真正主辦，那位影子是五竹仰慕者的關係。

二皇子那邊派來的刺客其實身手也不錯，但和六處的這些人比較起來，下手總是顯得有些冗餘之氣，稍一對戰，便潰敗不堪。這些人下意識便想遁走，卻被那些路人如附骨之疽一般纏著，毫無辦法。

噹噹幾聲脆響！

這場突如其來的狙殺與反狙殺戛然而止，那幾個蒙著臉的刺客慘然倒在街上，身上帶著幾個悽慘的創口，鮮血直流。

范閒看著那邊不易察覺地點了點頭，對於言冰雲的安排十分滿意。留不留活口無所謂，但是不能讓這些人在眾目睽睽之下逃走，想必這些刺客的身上都帶著監察院祕密的印記，以便栽贓給自己；這場狙殺的結果也在他的意料中，皇子們養的死士，只能算是兼職的刺客，遇見六處的專業人士，自然會敗得很慘。

便在此時，奇變陡生！

那個正在街角屋簷下躲雨的書生，忽然間飄了出來，殺入戰局之中。只見他一拔劍，劍芒挾氣而至，真氣精純狂戾，竟是帶著街上積水都躍了起來，化作一道水箭，直刺場間一位苦主！

好強悍的劍氣，竟是出自如此文弱的書生之手！場中那幾位偽裝成路人的六處劍手一時不及反應，也不敢與這雨劍相混的一道白氣相抗，側身避開，尖刺反肘刺出，意圖延緩一下這位高手的出劍。

嗤嗤數聲響，尖刺只是穿過了那位書生的長袍下襬，帶下幾縷布，卻是根本阻不住他的一劍之威。只聽著噗的一聲，那柄長劍已經刺入了一位苦主的身體！

謝必安，二皇子八家將中最傲氣的謝必安，曾經說過一劍足以擊敗范閒的謝必安，出劍必安的謝必安。

范閒第一眼就認出了屋簷下躲雨的書生是他，但根本沒有想到，以對方的身分、實力，竟然會如此不顧臉面地對一位百姓出手。此時大局已定，就算謝必安殺了那個苦主，又能如何呢？

他以為謝必安只是奉命前來監視場中情況，根本想不到對方會拋卻傲氣出手，所以反應略慢了一絲。

謝必安在出劍前的那一剎那，其實就已經知道，既然六處的人在這裡，那麼栽贓的計畫定然是失敗了。他雖然狂妄，但也沒有自信能夠在光天化日的京都街頭，將那些常年與黑暗相伴的六處劍手全部殺死。

但他依然要出劍，因為他心裡不服，他眼睜睜看著自己的手下被那些路人刺倒，而自己想要殺的苦主們雖然驚恐，卻是毫髮無傷。這種完全的失敗，讓他憤怒了起來，從而選擇了不理智而狂戾地出劍。

殺死一個苦主也是好的，至少能為二皇子在與范閒的鬥爭中挽回些顏面，而且……只要這些妓女的親眷死了一個，范閒就要花很多精力在解釋這件事情上。

他輕輕握著劍柄的右手感到一絲熟悉的回顫，知道劍尖已經又一次地進入一個陌生人的身體，又會帶走一個無辜者的靈魂，有些滿意，甚至是囂張地笑了笑。他收回劍，看著那位苦主胸前的血花綻開。

然後……他的笑容馬上僵住了。

謝必安自信絕不會失手的一劍，也實實在在地刺入了那位苦主的身體，但有些怪異的是，劍尖入體的部位，略微向中間偏了那麼一、兩寸，也就是這個距離，讓他手中的劍沒有直接殺死對方。

而且他已經失去了第二次出劍的機會，因為他面前的苦主，就像是一只風箏一樣，慘斜斜，卻又極為快速地向著右手邊飛了出去！

不知道是什麼樣的力量，竟然能夠平空將一個人，牽引向完全違反物理法則的方向。

謝必安下意識手腕一擰，長劍護於胸前，霍然轉首看去，卻只來得及看見剛趕過來的范閒，收回踹出去的那隻腳！

「范閒！」

身為極高明的劍客，他第一時間察覺出對方的氣息，在尖叫聲中，凝聚他全身力量的一劍，筆直而無法阻止地向著范閒的面門刺過去。

此時，六處的那幾位劍手知道范閒到了，很有默契地護著驚魂未定的苦主們退到安全的地方。

范閒一腳救了先前那人一命，此時根本來不及抽出匕首，看著迎面而來的寒光，感受著那股凜冽的劍氣，感覺自己的眼睫毛似乎都要被颳落了一般！

他一抬手，嗤嗤嗤，三道連環機簧之聲連綿而起，三支淬著見血封喉毒液的弩箭，逆著劍風，快速射向了謝必安的面門。

此時劍尖所指是面門，而暗弩所向亦是面門。

兩個人很明顯都沒有比拚臉皮厚度的興趣，范閒沉默甚至有些冷漠地一扭身體，憑藉自己強悍的控制身體能力，讓那把寒劍擦著自己的臉頰刺了過去，狠狠一拳擊向謝必安的胸腹。

這一拳挾裹的霸道真氣十分雄渾，破空如雷，謝必安必要落個五臟俱碎的下場。

謝必安拚命一般左袖一舞，舞出一朵雲來，勉強拂去了兩支細小的弩箭，想趁此一劍要了范閒性命。哪裡料到范閒竟然敢如此行險，生生遞了那個恐怖的拳頭出來！

他怪叫一聲，橫腕一割，左手化掌而出，拍在范閒的拳頭上。

喀喇一聲脆響，謝必安的腕骨毫不意外地斷了！

「范閒！」

謝必安憤怒地狂喝，不是因為畏懼范閒的真氣，而是拳掌相交時，一道淡淡的黃煙從二人拳掌間爆了開來。謝必安沒有想到范閒竟然在占盡優勢的情況下……還會用毒煙這種下作手段！

此時毒煙入體，他劍勢已盡，橫割無力，又急著去迎范閒那一記詭異又霸道的拳頭，空門大開，三支弩箭的最後一支刺入了他的肩頭。

又中一毒。

「范閒！」

謝必安第三次狂亂憤怒又無可奈何地咒喊范閒名字，知道自己低估了對方的實力，強行運起體內真氣，一劍揮出，直攻范閒的咽喉，毒辣至極；而他整個身體已經飄了起來，準備掠上民宅簷上，逃離這個身具高強實力卻依然陰險無比的另類高手身邊。

但范閒怎麼會讓他逃？

一道灰影閃過，范閒已經在半空中纏住了謝必安，右臂疾伸，直接砍在對方的腳踝上。這一記掌刀，乃是用大劈棺做的小手段，雖然攻擊的是敵人最不在意的邊角處，卻給對方帶來了極大損害。

謝必安悶哼一聲，只覺腳踝處像是碎了，一股難以忍受的疼痛迅疾染遍他半個身體，讓他逃離的速度緩了一緩。

也就是這一緩，范閒沉默著出手，在片刻時間內，向謝必安不知道攻了多少次。二人重新站立在微有積水的街面上，化作了兩道看不清的影子，一道是灰色，一道是黑色，糾纏在一起。

啪啪啪啪一連串悶響，謝必安身上不知道挨了范閒多少記拳腳。雖然范閒下手太快，所以真氣未能盡發，謝必安仗著自己數十年的修為硬抗住了，但是如風劍尖竟是連范閒的身邊都挨不到一下，這個事實讓謝必安開始絕望起來。

對方的身法怎麼這麼快！

謝必安尖叫一聲，疾抖手腕，劍勢俱發，化作一蓬銀雨護住自己全身，終於將范閒逼退數步。

叮的一聲，他顫抖的右手拄劍於地，劍尖刺在積水中，微微顫著，帶著那層水面也多了幾絲詭異的紋路。

看著不遠處面色平靜的范閒，謝必安感覺身體內一陣痛楚，經脈裡似乎有無數的小刀子在割著自己。他知道這是范閒先前的攻勢，已經完全損傷自己的臟腑，而他中的毒也漸漸發了，右腿快要站立不穩，面對著一臉平靜的敵人，謝必安已經喪失了出手的信心。

「九……」謝必安知道自己就算不輕敵，也根本不是范閒對手，此時他對於范閒的實力評斷已經有了完全不一樣的想法。微一動念，他的眼神在惘然之後多了些畏懼，剛剛說了個九字，體內的傷勢復發，咳出幾道血絲，吞下末一個字。

他望著范閒，眼中閃過一絲茫然。他還記得自己在抱月樓外的茶鋪裡，曾經大言不慚地說過，僅憑自己一人，就可以把范閒留下來。

這是建立在對自己強大的信心，和對范閒的判斷上。雖然面前這位姓范的年輕人，曾經去年在牛欄街上殺死程巨樹，但是謝必安根本不相信一個權貴子弟，能夠有毅力真的投身於武道中，能夠擁有真正精湛且實用的殺人技……但誰能想到，這樣一個富家公子哥，居然已經邁入了九品的境界！

「……九品！」謝必安咳嗽不止，卻依然擠出兩個字來，右手的拇指極輕微地動了一下，按在劍柄上。

范閒腳尖一點，整個人像一支箭一般來到謝必安身前，黑色的寒芒劃過，用自己最擅長的匕首，割斷了謝必安用來自殺的長劍，同時狠辣無情地一拳擊打在謝必安的太陽穴上，然後如一道煙一般閃回，就像是沒有出手一般。

謝必安淒涼無比地倒在街上的汙水中，震起幾絲不起眼的小水花，身上滿是傷痕。

范閒不會給失敗者任何發表感想、擺臨終POSE的機會。

京都府的衙役們終於畏畏縮縮地趕了過來，京都府尹田靖牧聞訊也故作驚訝地趕過來，一看場中局勢，他的心頭一涼，知道二皇子設計的所有事情全部泡湯了，此時再看微笑著的范閒，田靖牧的心裡不知道是什麼滋味。

「有人想殺人滅口，我湊巧來京都府聽弟弟這個案子……湊巧碰上了。」范閒滿臉平靜地說著，右手卻還在微微顫抖。「幸好身邊帶著幾個得力的下屬，才不至於讓這些人陰謀得逞。」

私自出手的謝必安沒有自殺成功，對於范閒來說，能夠獲得八家將中的一人，實在是意外之喜。二皇子府上的八家將，在京都並不是祕密，今日這麼多民眾眼看著謝必安刺殺命案的苦主，對於八處的造謠工作來說，實在是一次極好的配合。

范閒真恨不得對躺在地上的謝必安說聲謝謝。

京都府衙役們接管了一應看防，接下來就沒范閒什麼事情，他不需要此時就點明謝必安的身分，自然有下屬來做這些事情。

「這人，就交給大人了。」范閒似笑非笑地望著田靖牧。「賊人陰狠，還請大人小心看管。」

范閒沒有將謝必安押回監察院的想法，就算最後問出此次謀殺苦主是出自二皇子的授意，但如果是監察院問出來的，這力道就會弱了許多。他此時直接將昏迷的謝必安交給京都府，其實何嘗不是存著陰晦的念頭。交過去的謝必安是活的，如果將來死了，以後的事情就會變得格外有趣。

京都府尹田靖牧是三品大員，監察院非受旨不得擅查，難得出現這麼一個陰死對方的機會，范閒怎能錯過，怎捨得錯過？若真錯過了，只怕連言冰雲都會罵他婦人之仁。

秋雨新霽後的京都，人們還沒有從先前的震驚中擺脫出來。毫無疑問，今天京都府外的事情，又會成為飯桌旁的談資。而在知情權貴們的眼中，二皇子與范閒的爭鬥，勝利的天秤已經在向後者嚴重傾斜——如果皇帝沒有什麼意見，宮中依然保持沉默的話。

偽裝成路人的下屬們緊緊護衛著范閒，往府裡走去，其中一人瞧見范閒微微顫抖的右手，以為他是在先前的打鬥中受了傷。

范閒笑了笑，說道：「沒什麼，只是有些興奮而已……已經好幾個月沒有享受過這種過程了。」

這是句實話，先前與謝必安一番廝殺，確實讓范閒的心神有些亢奮，他似乎天生喜歡這種狙殺的工作，甚至有時候會想著，或許言冰雲更適合做監察院的主人，而自己去為他打工才比較合適。

不過右手的顫抖，也不僅僅是因為興奮。范閒輕輕揉著自己的手腕，本來一片陽光的心情上，驟然多出一絲陰霾。

第九章　小恙無妨觀落葉

這段日子裡，監察院在范閒的英明指導下，在言冰雲的具體指揮下，將自己武裝到牙齒，毫不客氣地撕咬著二皇子一派從官員到經濟方面的利益，強悍地占據了極有利的態勢。以抱月樓之事為引，以京都府外刺殺之事為根，轉戰朝廷上下，大索商行內外，深挖對方靈魂最深處，陰謀詭計一閃念，步步逼近。

毫不出人意料的，八家將之一的謝必安在京都府大牢中暴斃，這自然給了監察院極好的藉口，院裡以聯席會的形式，向宮中遞了三封奏章，京都府尹田靖牧終於被停職查看。

二皇子為了自保而使出的蠢招，讓院裡一環扣一環地直接除掉了他在京中最大的倚仗。而另一方面，言冰雲開始動用別的手段，成功地控制了信陽往京都支援的幾個點，逼得崔家惶惶不可終日，不知道損失了多少銀錢，只好被迫調動江南本家的資金，以求強行打通北方因為沈重之死而斷開的路線，二皇子方面的銀錢入帳開始縮水。

輿論方面對於二皇子一派也極為不利，雖然王府中也有謀略高手，但怎奈何卻始終不及監察院的行動力與專業性。和八處的宣傳人員比起來，那些王府派去茶樓、酒肆的夥計們，實在是沒有什麼蠱惑人心的力量。雖然監察院下手極狠厲，但京都百姓依然隱隱站在范府一邊，總覺得那個失蹤的范家二少爺，是為二皇子當了替罪羊，這才惹得小范大人下狠手反擊。

至於李弘成……這個可憐的靖王世子，名聲更是臭到了一種令人髮指的程度。誰教他和袁夢有染呢？京都人都知道，明年春天的時候，李弘成就要迎娶范家的大小姐，可他卻指使范思轍這個十三歲的少年去開妓院，還讓他背上了妓女命案這盆汙水──娘希匹的，這個世界上有這麼無恥利用自己小舅子的姊夫嗎？

一時間無論是在官場上，還是在別的方面，二皇子一派都被打得節節敗退，氣勢低迷，全無還手之力。他們唯一曾經嘗試進行的反擊，是永陶長公主控制的都察院，只是那些御史們白費了力氣，監察院所有的行動全部依託於慶律條例而行，竟是沒有一絲被人抓著把柄的地方。至於三位抱月樓命案證人在雨天裡被暗殺一事，更是一樁無頭命案，就算有人猜到是監察院做的，可是哪裡有證據？

監察院對於那次暗殺事件的態度也很簡單明瞭──那三個人是被范閒家人親自送到京都府衙門的，怎麼會死在京都府外？如果要說有問題，與二皇子交好的京都府尹田靖牧才有最大的問題！

對於目前的戰果，范閒極為滿意，反正宮中的底線在那裡，自己總不可能直接把二皇子趕出京去。只要能將二皇子的力量削弱到再難以威脅自己的地步，打得二皇子痛不堪言，出出老范家的一口惡氣，這就足夠了。

直至此時，監察院恐怖的力量其實也才僅僅展現了一部分而已。

之所以這次行動能如此順利，一方面是陳萍萍藉那紙調令將所有的許可權都下撥給范閒，而更主要的是，范閒的行動，在北齊上京的時候就已經開始籌劃了。自夏入秋，他和言冰雲已經準備許久，當時呈上御覽的奏章裡就提到了二皇子與永陶長公主關係的問題，只不過上次皇帝留中不發，而今次因為抱月樓的事情，范閒藉著這口怒氣，將此事提前做出來。

以有心算無心，以強風吹薄雲，這一仗監察院要是還打不贏，陳萍萍只怕會氣得從輪椅上跳起來，痛罵這幫小兔崽子損了自家的威風！

宮裡一直保持著詭異的安靜，包括二皇子生母淑貴妃、東宮太子、皇后等所有貴人都像是聾了瞎了一般，謹慎地不發表任何意見。大家都清楚，這是在看著皇帝的態度。

皇帝在做什麼？

宮裡傳出消息，皇帝請了江南的戲班入宮唱大戲！這時節的京都風風雨雨，慶國的皇帝卻猶有餘暇陪著太后，看了一天的戲，不知道賞了多少筐銅錢出去，說不出的開心輕鬆！

這下子大夥終於看清楚情況了，敢情這位萬歲爺根本不覺得這種小事值得看，眼皮子都懶得抬一下。年輕人在京裡的小打小鬧，哪裡有江南出名戲班演的戲好看？

情況清楚了，一直保持中立的那些朝官們，用他們敏銳的頭腦，赫然發現了一個事實——范閒的聖眷竟然大到如此驚人的地步！范閒的對手是誰？是二皇子，是皇帝的親生兒子！皇帝居然還能如此不偏不倚……這、這，這是何等的恩寵？

這些人卻也不敢得罪二皇子，所以只好站得更穩，牢牢地站在牆上，將腳丫子插在泥中，頑強地實踐草根精神，左右搖擺，卻不肯隨意倒向哪方。

這個事實卻讓二皇子連連吸了無數口冷氣，知道自己這些年不聲不響地在朝中發展勢力，原來全數落在父親的眼中。他不禁想，難道……范閒回京後針對自己，是暗中得了宮中的授意？不過二皇子也是一位陰狠之人，知道此時的局勢容不得自己再退，就算自己肯放下皇子的面子，希望與范閒第二次握手，對方也不見得有這個心情；而且皇帝那曖昧的態度，讓二皇子知道，自己如果不能將范閒打下去，那就只有等著范閒將自己打下塵埃——就如同茶鋪裡說的那般。

在這種強大的壓力下，二皇子再次勉強出手，都察院御史再次集體彈劾范閒，這次參的罪名極其實在，拿的證據也極為篤實，總之是與范思轍整出的那些事情扯不開關係，而且連帶著也參了戶部尚書范建。

那雪花一般的奏章往門下省裡遞著，完全跳過了刑部、大理寺那些衙門，直接要求范氏父子下臺請罪，硬生生擺出了魚死網破的陣勢。

這一日，數十位諫官擺出比上次彈劾范閒更大的陣仗，直挺挺地跪在宮門之前。今日無雨，青灰的宮前廣場上，數十件隨秋風而微舞的絳紅色官服顯得格外刺眼，讓那些來往於宮門處的朝廷大老們忍不住紛紛搖頭，然後躲進了角門，不敢去管這閒事。

依慶律，被參官員須上摺自辯。而像此次彈劾的刑訟，范氏父子必須親自入宮向皇帝請罪，然後在朝會上解釋清楚；但朝會之上，二皇子一派依然有極強大的勢力，殿前辯論這一關對於范氏父子來說，實在不好過。

都察院的御史們充滿信心，等著范建、范閒，這一對慶國最大的「貪官」老老實實地被自己擊倒。這次與上次不同，這次他們在二皇子的幫助下拿穩了證據，足以證明范家乃至柳國公府，與抱月樓那個臭名昭著的青樓，根本脫不了關係！

他們跪在地上，有些興奮地等待范閒的到來——就算范家將范思轍送走了，將抱月樓脫手了，就算皇帝法外施恩，但罪證俱在，范家總要付出相應的代價——他們等著飛揚跋匽的監察院提司出現在自己這等鐵肩御史的面前認錯、請罪、低頭！

不只都察院的御史，其實很多人都準備看，在范府或者說監察院正處於大盛的時候，會怎樣面對這場來勢洶洶的彈劾。官員們都是要顏面的，被都察院這般咬死，實在是很丟臉的一件事情。而眾所周知，范閒是個極重名聲的人，所以官員們更感興趣了，甚至包括舒蕪在內，都秉持著一顆惡趣味或是報復或是嘲諷的心，準備看范閒的狼狽樣。

但誰也沒料到，皇帝宣召，范閒竟是沒有來！不只他沒有來，連范建也沒有來，這一對父子極有默契、極為無恥地用了同一個招數——病遁！

聽到這個消息，二皇子首先愣住了，沒有想到范家不只在利益上像是一頭餓狼一般，惹毛了就胡亂咬，居然在臉面這種事情上也做得如此絕，竟是連讓自己掙回些臉面的機會都不給……絕，這爺倆真絕。

年紀大了，一貫躲在角門外那個議事房裡喝茶的舒蕪，在聽到這個消息後，卻是一口茶噴了出來。他那天去太學與范閒下了幾盤棋，那小子答應得好好的，結果轉手就在京都鬧出這麼大一場風波，還說自己不捨得「吃子」！舒蕪被表面恭敬、內裡一肚子壞水的范閒氣得險些吐血，本指望今天朝會之上能看看范閒吃癟的模樣，沒想到這小子居然稱病不來，這讓他本想看戲出氣的心緒無法一舒，好生不爽。

范氏父子告病的消息傳到了殿上，正在審看各郡遞來奏摺的皇帝也愣了愣，然後皺了皺眉頭，沒有說什麼。

後宮裡的娘娘們也知道了這件事情，笑罵這范家的孩子真是個不省心的，也不知道讓陛下少心煩一些，也不知道晨兒怎麼就嫁了這麼個相公，當初看著是詩華滿腹，如今瞧著，竟是個牢騷滿身的無賴子。

最失望的，莫過於跪在宮門之外的那些都察院御史了。對頭稱病不來，再殺氣騰騰的陣勢，沒了一個受力點也無用，他們心中一片空虛，好不難受，垂頭喪氣地散了，就連身上的紅色官服都有氣無力地垂貼在身體四周，懶得理會秋風的挑逗。

人都是吃五穀雜糧長大的，又不是金剛不壞之身，哪裡會沒個病痛，但像范氏爺倆這般病得如此之巧、病來得如此之猛，據說都無法下床的事情……也未免太怪異了些。尤其范閒還是監察院費介的親傳弟子，雖未行醫，但連宮中御醫都知曉他手段，怎麼可能忽然一下子就病倒了呢？

不只朝中百官不信，京都百姓不信，其實就連宮裡的娘娘們、龍椅上那位皇帝都不信。當天朝會散後，便有宮中侍衛領著御醫，在一向極少出宮的洪四庠帶領下，浩浩蕩蕩地殺到了范府，傳旨意慰問，同時看看他們父子二人到底得的是什麼病！

有很多府上的眼線都跟著這列隊伍，因為所有人都認為范氏父子是在裝病，下意識想著這爺倆為了不上朝出醜，竟是得罪了皇帝，再小也是個欺君之罪……真是愚蠢至極、狂妄至極。

二皇子也鬧不明白這件事情，他是皇子，自幼在宮中長大，當然知道洪四庠的手段，任何裝病的伎倆，在那個病懨懨的老太監面前，都瞞不過去。

范閒是真的病了。

這個消息透過洪四庠的證實，皇帝沒有後續懲罰措施的證明，傳遍了京都每一個角落，沒有人再懷疑范閒是在裝病。雖然范建只是偶感風寒，而范閒，卻真的是臥床不起，身體虛弱得十分厲害。

在監察院與二皇子鬥爭的節骨眼上，范閒卻很不湊巧地病了。

這個事實讓很多人都產生一種很怪異的情緒，會不會京都局勢會因此而有些變化？畢竟歷史上曾經出現過類似的局面，當初北魏皇帝清算戰功赫赫的戰家，之所以能夠很驚險地成功，就是因為當時，一代名將戰清風很不湊巧地拉了三天肚子。

歷史雖然荒謬，但極為真實。

「別擔心什麼。」范閒皺了皺眉頭，看著床前略有不安之色的沐鐵。「一切聽小言公子安排就好。」

從京都府回來後，他就病倒了，雖然不是很嚴重，但與謝必安一戰之後就開始有些不受控制的真氣，在他的體內到處亂竄，逼得他必須花費更多的時間冥想靜心，蒼白的面色和古怪的脈象，成功地瞞過了高深莫測的洪四庠。

第十章　藥

秋天的後半夜，月亮下去了，太陽還沒有出來，只剩下一片烏藍的天。范府後宅裡響起一陣劇烈的咳嗽聲，咳聲連綿不絕，許久沒有停歇，驚得下人們都從睡夢裡掙扎著醒來，園中開始響起一陣帶著慌亂味道的動靜。

許是天時氣候的問題，不只范建患了風寒，還有些下人也患了傷風，那些流鼻涕的人已經被送到京外的田莊裡，剩下的人們卻不敢大意，天天喝著范閒寫的藥方子。這藥方子倒極是有用，風寒沒有傳染開來。之所以這一陣咳嗽讓范府眾人亂了起來，是因為咳嗽聲是從范閒屋裡傳出來的。

范閒這兩天患了怪病，咳得很厲害，卻又不肯讓宮裡的御醫抓藥，偏相信自己的手段，不過弄了幾天，咳嗽聲音也沒有消減下去，范府的下人們不禁有些擔心，生怕這位對下人們極好的大少爺有個三長兩短。

大丫鬟思思額上繫著根紅緞帶，抿住了微亂的頭髮，有些惱火地站在小廚房裡，一邊嗅著房內傳出的濃濃藥味，一邊喊著那些粗活丫頭，讓她們手腳快些。她是澹州范老夫人送來京都的人，將來的身分、地位是明擺著的事情，所以范府之中，她說話很有些分量。那些睡眼惺忪的小丫頭們知道大少爺的病有些麻煩，看她發怒，咬著下唇哪裡敢應聲。

看了半晌，思思終究還是不放心，搬了個小凳子，坐在藥爐前，輕輕搖著扇子，眼睛一眨不眨地盯著白氣漸起的爐口，漸漸被薰紅了眼，也不敢大意。熬藥這種事情極講究火候，面前熬的這藥是大少爺要服的，不是自己看著，她有些不放心。

臥房之中，林婉兒披著一身內棉外繡的居家袍子，心疼地揉著范閒胸口，小心翼翼地問道：「要不……真試試御醫開的方子？」

范閒咳得臉都紅了，擺了擺手，勉強笑著說道：「哪裡這般矜貴，再說自己的身體自己知道，死不了的，我開些藥吃就好。」

林婉兒也知道相公的醫術了得，不然也不能將自己纏綿十五年的肺疾治好，只是這幾天總聽著他咳得厲害，難免有些擔心，咬了咬嘴脣，說道：「連洪公公都瞧不出這病的來路……你卻說自己清楚，你看……」她眼珠子一轉，說道：「我寫封信給費先生問問？」

范閒又咳了兩聲，知道妻子終究是放心不下，嘆了口氣說道：「我那老師，妳又不是不清楚，一年裡倒有大半年的時間在四野亂逛，就算他想趕回來，那也不知道是什麼時候的事了。」他接著笑著說道：「或許得有三、四個月工夫，那時候只怕我早就成了死人……妳啊……」他輕輕彈了一下林婉兒的俏直鼻尖，玩笑說道：「妳就成了京都最漂亮的俏寡婦了。」

林婉兒連著往地上呸了幾口，怒道：「什麼時候了，還盡說這些胡話！」

范閒笑了笑，他不像家中這些人一般緊張，因為他清楚自己的身體裡究竟發生什麼事情。此時正在熬的藥，也只是幫助自己靜心清神、舒肺通竅，稍微梳理一下經絡，穩定一下病情，至於真正的病根，還是得靠自己來整。他安慰了林婉兒幾句，卻小心翼翼將自己的右手放在被子裡。

他的右手偶爾會顫抖一陣子，從京都府外開始，一直到今天為止都沒有什麼好轉。

房外傳來叩門聲，思思小心端著湯藥進了屋，與她一道睡在前廂的大丫鬟四祺早就爬了起來，挑亮桌上的油燈，搬了張高几，放在范閒的床前。她將藥碗接過來，取出調羹在碗裡輕輕劃著，讓湯藥降溫，等著溫度差不多了，才餵范閒喝了一小口。

范閒喝下去，感覺有些微苦，下意識裡舔了舔舌頭，思思卻已經極快無比地將一顆糖丸塞進他嘴裡，頓時沖淡了嘴裡的苦意。他忍不住笑了起來：「我一個大老爺們，用得著這麼服侍嗎？」

思思笑了笑，說道：「少爺，打小的時候，您就最怕吃藥了。」

范閒心想，這個世界的湯藥又不可能裹著糖衣，喝下去當然要皺皺眉頭。

四祺抽出袖間的絲巾，幫范閒揩試一下脣角，也很嚴肅地說道：「少爺，您現在可是病人，不能逞強。」

見兩個大丫鬟如此模樣，連林婉兒都有些看不下去，笑罵道：「別把他寵得太厲害。」話雖如此說著，她的小手卻在范閒後背不停往下順著，讓他能舒服些。

雖然范閒也極享受這種大少爺的生活，覺得如果生病還能如此舒服，那真是不錯的事情，但終於還是忍不住搖了搖頭，伸手端過藥碗，極豪邁地一口喝盡，用袖子擦了擦嘴，笑著說道：「我是個兼職醫生，不是個小孩子。」

兩位大丫鬟互視一笑，沒有說什麼。

見天時已經很晚了，范閒知道自己先前那陣咳嗽又讓府裡的丫鬟們忙碌一陣子，心裡不免有些歉疚之意，吩咐道：「喝了藥應該就不會咳了，妳們自去睡吧……讓那幾個守夜的丫頭也睡了，秋夜裡寒著，再凍病了怎麼辦？」

「馬上就天亮了，還睡什麼呢？」

「多睡會兒總好些。」范閒正色說道。

知道這位大少爺體恤下人，而且溫柔外表下是顆向來說一不二的心，思思與四祺不敢再反駁，齊聲應下，便出了門安排雜事。

范閒走下床，倒了杯茶漱漱口。林婉兒見著忍不住說道：「病了還喝冷茶，對身體不好。」

范閒笑了笑，坐回床邊說道：「都說過，這病與一般的病不一樣。」

夫妻二人又說了會兒話，林婉兒見他不再咳嗽，心中稍安，睏意漸起，但因見他不肯睡，也自撐著不去睡。終是范閒看不下去，悄悄地伸手幫她揉了揉肩膀，手指頭在她頭上幾個安神的穴位上拂了拂，這才讓她沉沉睡去。

看著熟睡中的妻子，范閒知道她這幾天擔心自己，心力有些交瘁，忍不住搖了搖頭。自己這病不是照顧得好便能好的，和父親可不一樣。父親的風寒，在他的妙手之下，已經有了好轉跡象，約莫再過兩天便能痊癒。只是父親年紀大了，身子不比年輕人，恢復起來總是慢一些。

他輕輕揮手，拂滅了五尺外桌上的油燈，整間臥室陷入了黑暗中，但他卻睜著明亮的雙眼，始終無法入睡，因為最近這幾天他靜坐得太久，很不容易睏。

舌尖輕輕舔弄著齒縫裡的藥渣，品評著自己親手選的藥材，似乎能夠感覺到藥材中的有效成分，此時已經入了肺葉，開始幫助自己舒緩起那處的不適。他有些得意，伸手將妻子身上的被子拉好，接著卻將手伸到枕下的暗格裡，摸出一個小藥囊，囊內是幾粒渾圓無比、觸手處卻有些粗糙的大藥丸子。

屋內雖是黑的，但范閒卻知道這些藥丸是紅色，因為從小到大，費介就命令自己將這些藥丸隨身帶著，以防自己修行的無名功法出問題；一旦那股霸道狂戾的真氣，真要沖破他的經脈時，這藥丸就是他救命的最後靈丹。

在范閒很小的時候，那時候還生活在澹州，費介就曾經發現過這個很要命的問題。五竹留給范閒，或者說葉輕眉留給范閒的那個無名功法，如果一路修行的話，確實會修成極霸道雄渾的真氣。問題是，這種真氣顯得過於霸道狂戾了些，一般人如果練起來，只怕還沒有練多久，就會被體內的真氣擠爆刺穿，經脈一斷，這人自然也就成了廢人。

不過范閒和這個世界上的人相比，有一個奇異之處，就是他的經脈似乎要比其他人要粗廣許多，也正是因為如此，他自嬰兒時便開始偷練無名功法的《霸道卷》，四歲的時候，體內的真氣就已經充沛到一個令人震驚的程度，但是卻沒有爆體而亡。

不過費介曾經說過，隨著他體內的真氣越積越多、越來越雄厚，總有一天，先天已然成形的經絡通道也會有容納不下的時候，會讓范閒吃上大苦頭！

只是十幾年過去了，范閒並沒有感覺到這種危險，體內的真氣雖然霸道，但依然一直處在自己的控制內。尤其是十二歲之後，無名功法第一卷練完，體內像暴風雨一樣運行著的真氣驟然間風消雨停，馴服無比，根本沒有對他造成任何影響。

所以他漸漸地放鬆警惕，甚至都快忘了這件事情。藥丸也不再隨時攜帶，而是擱在家中；除了上次出使北齊的時候，他擔心前路莫測，帶了一顆，但也沒有用上。

麻煩，總是在人們最沒有防備心的時候到來。

經歷了北齊看似平安、實則凶險的旅程之後，范閒體內的真氣修為與技藝終於融為一體，已經突破了九品的關口，開始邁向人世間武道的頂峰；而他體內霸道的真氣也終於大成，甚至可以與苦荷的首徒狼桃硬拚一記，不料卻在京都府外瀟瀟灑灑擊潰八家將之一的謝必安後，體內的真氣開始不老實起來。

由腰後雪山而起，沿經絡往上，兩道貫通的真氣通道就如同兩個圓，在他的體內一上一下交流著。如今這股真氣似乎嗅到了身體主人的某些跡象，開始狂躁起來，不肯再安分地停留在經脈中，往著四面八方不停地伸展、試探、突刺著。

范閒的雙手，是他對於真氣控制最完美的所在，如今卻成了體內真氣強行溢出的關口所在。如今他的右手會時不時地顫抖一陣子，那正是他的身體機能與經絡中不聽話真氣兩相衝突的結果。

情況並不是很嚴重，至少現在還在他的控制範圍之內，經過這些天的冥想靜坐，他強行用自己的心神壓制住體內躍躍欲試的霸道真氣，只是兩相逆沖，卻傷了肺葉，這才導致他不停地咳嗽。但如果任由這種局面發展下去，總有一天，他將無法控制體內這股霸道而狂戾的真氣。

范閒也曾經嘗試過修行那個無名功法的下半卷，但是目前卻沒有任何進展，有時候咳得厲害，他甚至有些痛恨起神龍見首不見尾的五竹——您給了個吸星大法，總要給個解決的辦法吧？

他輕輕捏著手中的藥囊，皺起眉頭。他前些日子分析過費介留下的藥丸，就像是老虎對獅子一樣，費介為了幫他應付體內霸道的真氣，下的藥也是極其霸道，他真沒有信心這藥吃下去會帶來什麼樣的後果。裡面攙著大量的五月花，那可是……道道地地的散功藥啊！

難道自己甘心將辛苦練了十幾年的真氣一朝散去？就算不會散功，只怕體內的真氣也會被消耗大半！

可是不吃……難道看著那股真氣在幾個月後或者是幾年後把自己爆成充氣大血球？就算沒有這般可怕的後果……但右手老抖著，也不怎麼好看。自己年紀輕輕的，就要擺出一個帕金森氏症的樣子？

吃還是不吃，這真是一個大問題。

遠處傳來幾聲雞叫，叫醒了太陽，斥退了黑夜，但人們還在沉沉睡著。范閒抬起頭來，才知道自己在床邊坐了半個時辰，不由得自嘲一笑。最怕死的自己，在面臨著這種兩難境地時，原來也會表現得如此懦弱與遲疑。

或許，這也是個契機吧，他安慰著自己。

「不瀨華池形還滅壞，當引天泉灌己身……」他緩緩默誦著口訣，就這樣在床邊坐著，進入了冥想的狀態，小心翼翼地將體內亂竄的真氣收服到經絡中，再緩緩收回腰後的雪山之處，由它們在那處大放光明，照融雪山。

忽然間心頭一動，范閒睜開雙眼，隨意披了件衣服，推門而出，走到園子裡最僻靜的角落，自己當初試毒針的地方。不需要尋覓，他便瞧見了假山旁邊那位臉上蒙著塊黑布的怪叔叔。

他忍不住搖頭嘆氣，開口埋怨道：「原來你還知道回來。」

第十一章　牆裡鞦韆牆外道

天邊已有魚肚白，庭院裡晨風微拂，光線卻依然極暗。假山旁邊的那人一身粗布衣衫，腰側隨隨便便插著一把鐵釺子，眼上蒙著一塊黑布，卻像是和四周的景致、建築融為一體，一點兒聲音都沒有發出來，甚至連存在感都顯得極為飄渺，只怕就算有下人從他身邊走過去，都不會發現他。

范閒看著面前這位與自己朝夕相處了十六年的親人，一想到這麼久沒見了，心裡竟是說不出什麼感覺，恨不得把他揍一頓……卻肯定打不過對方。要撲上去哭一場？五竹叔可不是個愛煽情的人。

於是乎他只好搖搖頭，強行抑下心中的喜悅，走了過去，然後發現五竹的手裡正拿著一把小刀，不停地雕著什麼東西，走得近了些，才發現是在削木片。

「幸虧不是雕女人像……不然我會以為你變成了盲探花，那個無惡的李尋歡。」庭院裡一片安靜，范閒忍著笑說道：「那我會吐出來的。」

五竹很令人意外地點了點頭，說道：「李尋歡這個人確實很無恥。」

這下子輪到范閒愣了，半晌後才說道：「你知道李尋歡？」

五竹將木片和小刀放回袖中，冷漠說道：「小姐講過這個故事，而且她最討厭這個男主角。」

范閒笑了起來，說道：「看來我和我老媽還真像。」

片刻之後，二人已經進去范府三間書房裡最隱密的那間，四周雖然沒有什麼機關，但沒有范閒的允許，根本沒有人能靠近這間書房，連范建都默認了這個規矩。

「說說吧，這半年都幹什麼去了？」毫無疑問，范閒對於五竹這些日子的失蹤非常感興趣，雖然從小木片上已經證實了自己的猜想，但這麼驚天的八卦消息，總要從當事人的嘴裡聽到，才會顯得格外刺激。此時他似乎早已忘記自己體內像是小老鼠一樣瞎竄的真氣，也忘了自己似乎應該先問下五竹，自己該怎麼保命，反倒直直盯著五竹的雙眼。

他還替自己倒了一杯昨夜的殘茶，自然沒有五竹的分，因為五竹不喝茶。

「我去了一趟北邊。」五竹想了想，似乎是在確認自己的行程。「然後，我去了一趟南邊。」

范閒很習慣自己叔叔這種異於常人的思維，並不怎麼惱火於這個無聊的回答，而是耐心問道：「去北邊做什麼？去南邊又做什麼？」

「我去北邊找苦荷。」五竹說得很平靜，並不以為這件事情如果傳開來，會嚇死多少人。「打了一架，然後去南邊，找一個人。」

范閒呵呵笑了起來。一代宗師苦荷受了傷，自然是面前的瞎子叔使的好手段，旋即想到一個問題，皺眉關心問道：「你沒事吧。」

五竹微微側頭，看著自己的左肩。「這裡傷了，已經好了。」

他依舊言簡意賅，范閒卻能體會到其中的凶險。他與海棠朵朵交過手，更能真切地感受到海棠朵朵的光頭師父，那位天底下最頂尖的四大宗師之一的實力，是何等恐怖。五竹雖然牛氣烘烘，但讓對方受了傷，自己難免也要付出些代價，只要現在好了就行。

「為什麼要去動手呢？」范閒皺起眉頭。

五竹說道：「一來，如果他在北齊，我想您會有些不方便。」

范閒點了點頭。如果當時出使之時，苦荷一直坐鎮上京，僅憑自己的力量，是斷然沒有可能玩弄北齊一朝的武裝力量，搶在肖恩死之前，獲得那麼多有用的資訊。

五竹繼續說道：「二來，我覺得自己以前認識苦荷，所以找他問一下當年發生了什麼事情。」

范閒霍然抬起頭來，吃驚地看著他，忽然間腦中靈光一閃，想到了肖恩臨終前關於那座永夜之廟的回憶，皺著眉頭輕聲說道：「……也許……叔還真認識苦荷，至少當年的時候。」

接下來他將山洞裡聽到的故事，全部講給五竹聽了，希望他能回憶起一些什麼重要的事情，比如五竹與神廟的關係。小時候聽五竹說，他和母親是一道從家裡逃出來的，那家……難道就是神廟？

五竹沉默許久，沒有出現小說裡常見的抱頭冥想、痛苦無比的抓頭髮卻什麼也想不起來的情形，他只是很簡單地說一句：「我想不起來。」

於是輪到范閒開始抓頭髮了，他低聲咕噥道：「這叫什麼事呢？」他搖搖頭，驅除掉心中的失望，問道：「受傷之後為什麼不回京？都已經傷了，還到南邊去找人做什麼……噫，是不是葉流雲在南邊？」

五竹冷漠地搖搖頭。「南邊有些問題……在確認苦荷認識我之後，我去了趟南邊，想找到那個有問題的人，可惜沒有找到。」

范閒更覺得頭痛。這半年自己在北邊、南邊鬧騰著，感情自己這位叔叔也沒怎麼休息，和北齊國師玩了齣打架認親的默劇，又去南邊尋親，不過苦荷既然認識五竹叔……對了，肖恩說過，苦荷能有今天這造化，和當年的神廟之行脫不開關係，當時苦荷就認識母親，不過那時候母親和五竹叔並不在一塊啊。

南邊有問題的人？那又是誰呢？范閒腦子轉得極快，馬上想到了在上京時曾經接到的卷宗，慶國南方出現一個冷血的連環殺人犯，而言冰雲更是極為看重此事，準備日後要調動皇帝的親隨虎衛前去找人。不過既然連五竹叔都沒有找到那人，只怕言冰雲將來也只有失望的分。

他深吸一口氣，將這些暫時影響不到自己的事情拋開，向五竹匯報了一下自己這半年來的動作，連自己與海棠朵朵那個沒有第三人知道的祕密協議都說了出來，沒料到五竹卻沒什麼反應。

范閒自幼就清楚，五竹不會表揚自己，但自己整出這麼多事，連肖恩都滅了，又將二皇子打得如此悽慘，總得給點兒聽故事的反應吧？

似乎察覺到范閒有些鬱鬱不樂，五竹想了想後，開口說了句話，聊作解釋：「都是些小事情。」

也對，自己與二皇子之間的鬥爭，在五竹叔及皇帝這種層級的人物看來，和小孩子爭吵沒多大區別。至於那個祕密協議，或許皇帝會感一絲興趣，但五竹叔肯定漠不關心。范閒想明白這點，不由得自嘲地笑了笑，很自然地伸出右手，說道：「最近手老抖，你得幫我看看。」

得知范閒體內真氣有暴走跡象的五竹，依然冷靜得不像個人，說道：「我沒練過，不知道怎麼辦。」

生死之事，范閒終於抓狂了，壓低聲音吼道：「連點兒安全係數都沒有的東西……我那時候才剛生下來，你就讓我練……萬一把我練死了怎麼辦？」

「小姐說過，這東西最好。」五竹很冷漠地回答：「而且以前有人練成過。」

「那自然有人練廢過。」范閒毫不客氣地戳中叔叔話語中的漏洞。

五竹毫不隱瞞：「沒有什麼太大的問題，頂多就是真氣全散，變成普通人。除非您愚蠢地在最後關頭還捨不得這些真氣。」

范閒氣結，五竹叔是個怪物，當然不知道真氣對於一般武者來說，是何等的重要。如果自己失去了體內的霸道真氣，不說壓倒海棠朵朵，這天下那麼多的仇人，隨時隨地都可能把自己滅了。

「那現在怎麼辦？」他像示威一樣舉著自己正在微微顫抖的右手，惱火說道：「難道就讓它不停抖著學吳孟達？現在只是手抖，等我體內真氣再厚實些，只怕連屁股都要搖起來了。」

五竹抬起頭，眼上的那塊黑布像是在冷酷地嘲笑面前的范閒。「您不練了，真氣自然就不會再更多了。」

一語驚醒夢中人。

范閒早已經習慣了每日兩次的冥想及武道修行，根本沒有想過停止不練，此時才省悟過來，在找到解決方法之前，自己首先應該做的，就是停止修煉無名功法上的霸道真氣。雖然在對戰之中，體內的真氣想必還是會很自然地發展壯大，但總比自己天天餵養著，要來得慢一些。

他點點頭，嘆息道：「只好如此，讓大爆炸來得更晚些吧。」

五竹忽然開口說道：「費介給您留過藥的。」

范閒愣了愣，沒想到他還記得小時候的事情，點了點頭，解釋：「那藥有些霸道，我擔心吃了之後會散功。」

五竹低著頭，似乎在回憶什麼事情，忽然開口說道：「應該有用，雖然只能治標。」

這時候范閒可不敢再全部信這位叔叔的話，畢竟這個害死人的無名功法也是對方大剌剌地扔到自己枕頭邊上的。他苦笑著說道：「這些事情以後再說，先說說你的事情……我說叔啊，以後你玩失蹤之前，能不能先跟我說一聲。」

「有這個必要？」五竹很認真地問道。

「有。」范閒連連點頭。「出使北齊的路上，我一直以為你在身邊，那箱子也在身邊……所以我膽子大到敢去欺負海棠朵朵，哪裡想到你不在……這樣搞出事來，會死人的。」

五竹遲疑了片刻後說道：「喔，知道了。」

范閒心裡鬆了一大口氣，他自幼習慣了五竹待在離自己不遠的地方，比如馬車中、比如雜貨鋪裡、比如海邊的懸崖上。進京之後，五竹在他身邊的時間就少了許多，雖說他如今的實力已經足以自保，但他明白，隨著自己在這個世界上的發展，必定會面臨越來越多的挑戰，有這樣一位叔叔守在身邊，會讓他覺得世界全是一片坦然大地，整個人會有安全感許多。

「我打算搬出去。」范閒輕輕咳了一聲。「住在後宅裡還是有些不方便，人太多了，你不可能和我們一起住。」

五竹偏了偏頭，很疑惑為什麼要為了自己住進來，就要搬個家。

「婉兒還沒有拜見過叔叔你。」范閒很認真地說道：「你是我最親的人，總要見見我的妻子。」

五竹緩緩說道：「我見過。」

「她沒有見過你。」范閒苦笑起來。「而且你總一個人在府外漂著，我都不知道你會住在哪裡，你平時做些什麼，這種感覺讓我……嗯，有些不舒服。」

五竹再次偏了偏頭，似乎明白了范閒想要表達什麼，牽動了一下唇角，卻依然沒有笑，緩緩說道：「您處理，不過我不希望除了您妻子之外，有任何人知道我在您的身邊。」

范閒喜悅地點了點頭，接著卻想到一件事，為難說道：「若若也不行？我還一直想著也要讓她見見你。」

「不行。」五竹冷漠說道：「就這樣吧，您辦您的事情去，就當我沒有回來一樣。」

范閒嘆了幾口氣，聽著書房外面已經隱隱傳來下人起床的聲音，只好揉著手腕走出書房。

書房中，五竹那張似乎永遠沒有表情的臉，終於露出了他五百年才展露一次的笑容，而且這抹笑容顯得多了一絲玩笑的意味，似乎是在取笑范閒不知道某件事情。

秋園之中，草染白霜，天上日頭溫溫柔柔。范閒裹著一床薄薄的棉被，半躺在園中的一方軟榻上，聊作休息，偶爾咳嗽幾聲，但情況比昨天夜裡已經是好了許多。

園內一角豎著個鞦韆，幾個膽大的丫鬟正在那兒盪著，淡色的裙兒像花朵一樣綻放在長繩繫著的小板上。鞦韆旁，思思和四祺這兩個大丫鬟正滿懷興致地看著，臉上偶爾流露出豔羨之意，但自矜身分，卻是不願意踏上去一展身手。

范閒瞇著眼睛看著那處，看著鞦韆上那丫鬟的裙子散開，像花，又像是前世的降落傘，裙下的糯色褲兒時隱時現，讓他不禁想起那部叫做《孔雀》（註1）的電影。

一隻手從旁邊伸過來，餵他吃了片薄薄的黑棗，這棗片極清淡，切得又仔細，很符合他的口味。他三兩下嚼了，有些含糊不清說道：「不在父親那孝順著，怎麼跑我這兒來了？」

林婉兒和范若若分別坐在他身旁，服侍著這個毫不自覺的病人。范若若微微一笑，說道：「老待在房裡，我也嫌悶啊，哥哥病了，還有興致來園子裡看丫鬟們盪鞦韆。」

林婉兒恥笑道：「他哪是來看鞦韆，是看鞦韆上的人還差不多。」

范閒也不辯解，笑著說道：「看景嘛，總是連景帶人一起看的。」接著高聲喊：「思思，別做小媳婦兒模樣！想盪就上去盪。」

這話容易產生歧義，他出口之後就先自己愣著了，好在旁邊的姑娘們沒有聽出個所以然來，只有他自己在那裡尷尬地笑著。

他略作掩飾地咳了咳，忽然想到一件事情，問著身邊的林婉兒：「這秋愈發寒了，妳看，家裡園子那些菊花都有些蔫凍，上次說過宮裡要在京郊辦賞菊會，怎麼還沒個消息？等初雪一落，想看也沒處看去，難道宮裡那幾位不怕掃了興？」

註1　電影講述生活在二十世紀七、八〇年代河南安陽（劇中稱鶴陽）的一個極為平凡的五口之家，在一段時期內各人發生的故事。

林婉兒白了他一眼，笑著說道：「是比往年要晚了些，不過傳來的消息，大概是要去懸空廟看金線菊吧，那些小菊花耐寒得很，應該不怕的。」

范閒忍不住搖頭，知道賞菊推遲和京裡最近的熱鬧分不開關係。最近這兩天，京都裡的大勢已定，雖然很多人都以為在這個時候，自己應該強撐病體，才能鎮著二皇子那方，但他心裡明白，監察院做事，並不需要自己太操心，所有的計畫都已經定了，又有言冰雲看著，分寸掌握得極好，應該無礙。

他的身體已經稍好了些，不過依然裝病不去上朝聽參，也不肯去一處或是院裡待著，只是躲在家中園子裡當京都病人，像看戲一般，看著二皇子在那邊著急。

「高些！再高些！」

范閒躲在軟榻上，在妻子與妹妹的服侍下，看著膽氣十足的思思踩著鞦韆越盪越高，似要盪出園子，飛過高牆，居高臨下地去看京都的風景，忍不住笑著喊了起來。

第十二章　陳園有客

鞦韆越盪越高，忽然思思似乎在高空中看見什麼，趕緊不再蹬板，任由鞦韆慢了下來。還不等鞦韆完全停好，她就急急忙忙地跳下來，連落在草地上的鞋也沒穿，就往范閒那邊跑。

旁邊扶著鞦韆的幾個小丫鬟嚇了一跳，四祺正準備打趣她幾句，但看著她神情，很識趣地住了嘴。就連三位主子也覺得納悶，心想這姑娘發什麼瘋了？怎麼如此驚慌，以范府的權勢，在京都裡還會怕什麼來客？除非是太監領著禁軍來抄家。

「府門口……是靖王爺的馬車！」

思思氣喘吁吁地跑到范閒的軟榻前，撫著起伏不停的胸口說道。

范閒一怔，馬上醒過神來，從軟榻上一躍而起，喊：「快撤！」一邊往園後跑，一邊還不忘回頭讚揚了思思一句：「丫頭，機靈。」

看這俐落無比的身手，哪裡像是個不能上朝的病人？軟榻旁的林婉兒與范若若疑惑著互視一眼，也馬上省悟過來，面色微變，趕緊站起身來，吩咐下人們安排出府的事宜，又喊藤子京趕緊去套車。

一時間，先前還一片歡聲笑語的范宅後園，馬上變成了大戰之前的後勤區，眾人忙成一團，收拾軟榻的收拾軟榻、迴避的迴避，給主子們找衣裳的最急，忙了一陣子，終於用最短的時間，收拾好一切，將范閒簇擁到小門外，此時，藤子京也親自駕著馬車到門口。

「這還病著，就得到處躲。」林婉兒將一件有些厚的風褸披在范閒身上，埋怨道：「舅舅也真是的，都說了不用來看的。」

范閒哪有時間回答她，像遊擊隊員一樣，奮勇往馬車裡鑽進去。

林婉兒嘲諷一笑，轉臉見小姑子也是滿臉緊張，抱著一個小香爐跟著范閒往馬車裡鑽，不由得大感意外，說道：「若若，妳又是躲什麼？」

之所以思思瞅見了靖王家的馬車，范閒便要落荒而逃，林婉兒身為妻子自然明白其中道理。最近范家和二皇子一派正在打架，李弘成被范閒不知道潑了多少髒水，最近這些天一直被靖王禁足在王府中，靖王此時來，不用說，一是來找范建問問事情到底是怎麼回事，二是來和范閒說道說道。至於三嘛，不用想也知道，肯定是替李弘成說幾句好話，順路幫著兩邊說和說和。

皇帝的親弟弟來了，而且這麼多年來，范家子女都是把靖王當長輩一樣敬著，相處極好，如果對方來說和說和，范閒能有什麼辦法？而范閒偏生又不可能此時與二皇子一派停戰。何況多說幾句，以靖王骨子裡的狡獪，哪會猜不到是范閒在栽贓李弘成。范閒可是怕極了這個長輩的滿口髒話，對方的身分、輩分又能壓死自己，自己能有什麼輸？於是乎，當然只好拍拍屁股，趕緊走人，三十六計，逃為上計。

聽著林婉兒問話，一向表情寧靜的范若若極不好意思地回了個苦笑，窘迫說道：「嫂嫂，這時候見面多尷尬。」

林婉兒一聽之後愣了愣，馬上想到，自家欺負了李弘成好幾天，靖王府名聲被相公弄得臭了，這時候若若去見未來公公確實不大合適。她忽然間想到相公和小姑子都躲了，自己留在府裡那可怎麼辦？怎麼說，來的人也是自己的舅舅，而且舅舅那張嘴……林婉兒打了個冷顫，轉手從四祺手上取下自己的暖袍，一低頭也往馬車裡鑽進去。

馬車裡的兄妹二人愣了，問道：「妳怎麼也進來了？」

林婉兒白了他們二人一眼。「舅舅上門問罪，難道你們想我一人頂著？我可沒那麼蠢。」

范府下人們對那位老王爺的脾氣清楚得很，見自家三位小主子都嚇成這樣，也忍不住笑了起來。就在低低的哄笑聲中，藤子京一揮馬鞭，范府那輛印著圓方標誌的馬車便悄無聲息地駛了出去，馬車裡隱隱傳來幾個年輕人互相埋怨的聲音。

馬車極小心地沒有走大街，而是繞了一道，脫了東城範圍，沒有被靖王家的下人們瞧見。看著馬車消失在街的盡頭，門口的范府下人們馬上散了，不一會兒工夫，果然聽著一道聲若洪鐘的聲音響徹范府的後園——

「我幹他娘的！」靖王站在一大堆面色不安的下人前，叉著老腰，看著空曠寂寥、連老鼠都沒剩一隻的後園，氣不打一處來。「這些小混蛋知道老子來了，就像道屁一樣地躲了，我有這麼可怕嗎？」

人群最前頭，如今范閒三人名義上的娘——柳氏聽到王爺那句「幹他娘的」，不由得臉上有些愁苦，壓低聲音回道：「王爺，我先前就說過，那幾個孩子今天去西城看大夫了。」

靖王看著那個還在微微盪著的鞦韆，呸了一口，罵道：「范建的病都是范閒治好的，他還用得著看個屁的大夫！」

花開兩朵，各表一枝。不說這邊靖王在對著後園中的空氣發飆，單提那邊馬車裡的三位年輕人此時逃離范府，正是一身輕鬆，渾覺著這京都秋天的空氣都要清爽許多，心情極佳。

自范閒打北齊回國之後，便連著出了一串事情，莫說攜家帶口去蒼山度假、去京郊的田莊小憩，竟是連京都都沒怎麼好好逛過，整日裡不是玩著陰謀，就是耍著詭計，在府上與自己生悶氣。這幾天大局已定，范閒稍清閒了些，卻又因為自己裝病不上朝，總要給足皇帝面子，不好意思光明正大地在街上亂逛，所以只好與妻子、妹妹在家嘮嗑嘮到口乾。

幸虧靖王今天來了，想來范建也不會因為范閒的出逃而生氣，這才給了三人一個偷偷摸摸遊京都的機會。

坐在馬車上，范閒將窗簾掀開一道小縫，與兩個姑娘貪婪地看著街上的風景與人物。那些賣著小吃的攤販不停吆喝著，靠街角上還有些賣稀奇玩意的，一片太平。

林婉兒嘟著嘴說道：「出是出來了，可是又不方便下車，難不成就悶在車子裡？」

范若若也皺了皺眉頭說道：「哥哥這時候又不方便拋頭露面……」她忽然說道：「不過哥哥你可以喬裝打扮吧？」

范閒笑了一聲，說道：「就算這京裡的百姓認不出我來，難道還認不出妳們這兩朵花？」

明知道他是在說假話，但林婉兒和范若若還是有些隱隱的高興，女孩子還真是好哄。

「去一石居吃飯吧。」林婉兒坐得有些悶了，出主意道：「在三樓清個安靜的包廂出來，沒有人會看到咱們的，還可以看看風景。」

說來也巧，這時候馬車剛剛經過一石居的樓下。范閒從車窗裡望出去，忽然想到自己從澹州來到京都後，第一次逛街，就是和妹妹、弟弟在一石居吃飯，當時說了些什麼已經忘了，好像是和風骨有關，不過倒是記得打了郭保坤一黑拳，還在一位親切的中年婦人手中買了一本盜版的《石頭記》。

郭家已經被自己整倒了，那位前禮部尚書郭攸之因為春闈的案子被絞死在天牢之中，只是此案並未株連，所以不知道郭保坤流落到何處。

他沒有回答林婉兒的話，反而略有些遺憾說道：「一石居……樓下，怎麼沒了賣書的小販？」

范若若看了他一眼，輕聲說道：「哥哥開澹泊書局後，思轍去找了些人，所以官府就查得嚴了些……京都裡賣書的販子少了許多。」

范閒微微一怔，這才想起來，當初弟弟曾經說過，要黑白齊出，斷了那些賣盜版的人的生意。想到此處，他很自然地想起如今正在北上的范思轍，下意識開口說道：「思轍下月初應該能到上京。」

馬車裡一下子安靜了起來，林婉兒和范若若互視一眼，半晌後才輕聲說道：「北邊挺冷的，也不知道衣服帶夠了沒有。」

范閒低下頭微微一笑，說道：「別操心這件事情……他都十三了，會照顧自己的。」話雖如此說著，心裡怎麼想的又是另外一回事，至少范閒對二皇子那邊是惡感更增，再瞧著那一石居也是格外不順眼，冷冷說道：「崔家的產業，是給老二送銀子的，我不去照顧他家生意。」

林婉兒此時不好說什麼，畢竟二皇子也與她一起在宮中待了近十年的時間，總是有些感情。雖然相公與表哥之間的爭鬥，她很理智地選擇了沉默和對相公暗中支持，但總不好口出惡語。此時看著氣氛有些壓抑，她嘿嘿一笑說道：「既然不支援他的產業，那得支援咱們自己的產業……要不然……」

她眼珠子一轉，調笑說道：「咱們去抱月樓吧。」

帶著老婆、妹妹去逛青樓？范閑險些沒被這個提議嚇死，咳了兩聲，正色說道：「抱月樓可不是我的產業，那是史闡立的。」

林婉兒白了他一眼，說道：「誰不知道那是個障眼法，你開青樓就開去，我又沒有說什麼。」

范若若在一旁偏著頭忍著笑。

范閑眉頭一挑，笑著說道：「怎麼是我開青樓，妳明知道我是為弟弟擦屁股。」

林婉兒不依道：「總之是自家的生意。你不是說那裡的菜是京中一絕嗎？我們又不去找姑娘，只是吃吃菜怕什麼？而且自家生意，又不用擔心你裝病出來瞎逛的消息被別人知道。」

范閑斷然拒絕。「妳要吃，我讓樓裡的大廚做了送到府裡來，一個姑娘家家的，在青樓坐著，那像什麼話？」

林婉兒調皮地吐了吐舌頭，說道：「菜做好了再送來，都要冷了。」

范閑沒好氣道：「那把廚子喊家裡來總成了吧？」

林婉兒見他堅持，不由得嘆口氣，萬分可惜道：「倒是真的想去抱月樓坐坐，看看小叔整的青樓是什麼模樣。」她眨著大眼睛說道：「說真的，我對於這種地方還真是挺好奇。」

一直沉默著的范若若忽然開口說道：「逛逛就逛逛去……」她看著范閑準備說話，搶先堵道：「姑娘家在青樓坐著不像話，難道你們大老爺們坐著就像話了？」

她微笑著撐頷於窗櫺之上。「再者，聽哥哥說，你讓那位桑姑娘去負責抱月樓的生意，我已經大半年沒有聽桑姑娘唱過曲子了，不去抱月樓，能去哪裡聽？」

林婉兒見小姑子贊同自己的意見，膽氣大增，腆著臉求范閒道：「你知道我喜歡聽桑文唱曲的，這大半年不見人，如今才知道是被可惡的小叔子搶到了抱月樓去，你就帶我們去吧。」

范若若接著說道：「男人逛得，憑什麼我們就逛不得？」

范閒一時語塞，留意地打量妹妹幾眼，發現這丫頭現在似乎是越來越犀利大膽了，而且思想和這世上的其她女子果然不同。就看先前的對話，她明顯比婉兒顯得正大光明、有理有據、女權得多，當然，這首先得怪自己對她從小的教育，不過總覺得這丫頭所表露出來的非凡氣質，還來自於別的地方。

他苦笑一聲說道：「其實看看倒真無妨，妳們知道，我也是個最愛驚世駭俗的傢伙，不過……最近京裡不安分，我不想讓那些言官有太多可以說的。」

一聽他說起正事來，林婉兒和范若若都很懂事地住了嘴。

范閒扭頭往車外望去，卻是一怔，發現前方不遠處，就是那座貴氣十足中夾著清媚氣的抱月樓前樓，不由得笑罵趕車的藤子京：「你還真拉到這兒來了？只知道哄自己的女主子，就不知道順順我的意思，你還想不想去東海郡做官？要知道你家的已經跟我說了好幾次。」

藤子京呵呵地憨厚一笑，沒有說什麼，反倒是林婉兒和范若若捂著嘴巴笑了起來。

范府馬車到了抱月樓，雖然不知道車裡坐的是范閒，但抱月樓那些精明的知客敢不恭敬？就連在三樓房間裡將養棍傷的石清兒……都一瘸一拐地下來侍候著，待瞧見車裡竟然是傳說中重病在身的范閒，石清兒不由得唬了一跳。

能看見傳說中的年輕老鴇，車中兩位身分尊貴的姑娘有些滿意，不過令她們失望的是，桑文竟然不在樓中，說是被哪家府上請去唱曲了。

少了桑文，范閒當然不會允許她們去抱月樓瘋鬧，但心裡也有些納悶，如今的桑文已是自由身，更是暗中入了監察院，根本不需要看京都別的王公貴族臉色，怎麼還會去別人府上唱曲呢？誰家府上能有這麼大面子？

馬車駛離抱月樓，看著有些鬱鬱失望的兩位姑娘，范閒笑著安慰道：「既是出來玩的，得開心些……抱月樓也不是京都最奢華的地方，這裡的廚子做的菜也不是最好吃的。」

話還沒有說完，林婉兒搶先說道：「休想騙我們，這抱月樓的名聲如今可是真響，要說這家還不成……除非你是說宮裡。」她嘻嘻笑著說道：「我倒不介意進宮去瞧瞧那幾位娘娘，反正也有些天不見了……不過相公你，難道不怕舅舅在宮裡看見裝病的你後，龍顏大怒？」

范閒笑著擰了擰她的鼻尖。「別咒我……我帶妳們去個地方，絕對比宮裡還要舒服，做出來的菜，連御廚都比不上。」

二位姑娘好生驚異，心想普天之下，莫非王土，怎麼可能還有地方比皇宮更奢華？就算那些鹽商、皇商們有這種實力，可是也沒有這個違制的膽子啊。

馬車駛出了京都南門，到了郊外後，行人變得稀少了起來，那些在暗中保護范閒的啟年小組密探與范府侍衛，不得不尷尬地現出身形，有些莫名其妙地互望一眼，然後老大不自在地跟在馬車後方不遠處，隨著馬車向京郊一座清淨的小山行去。

離山愈近，山路卻不見狹窄，依然保持著慶國一級官道的制式，只是道旁山林更清幽，美景撲面而來。黃色秋草之中夾雜著未凋的野花，白皮青枝淡疏葉的樹林分布在草地之後，無數道層次感極豐富的色彩，像是被畫匠塗抹一般，很自然地在四周山林間散開，美麗至極。

林婉兒與范若若不由得讚嘆著，這裡的風景果然極佳，只是怎麼平常卻沒有聽人提起？就連往年的郊遊踏青似乎也沒有來過這裡。按理講，這種好地方，早就應該被宮裡或者是哪位權重位高的大臣奪了來修別宅，為什麼自己卻不知道這是誰家的？不過看那山道的寬窄，就能猜到待會兒要去的府邸，一定是位很了不得的人物所住。

只是見范閒依然故弄玄虛，二女都有些不愉快，所以閉嘴不與他說話，只是欣賞著四周景致。

山道漸漸道了盡頭，馬車轉進一片林子裡，一座占地極廣的莊園就這樣突兀地出現在眾人面前，就像是神仙居住的地方，驟然間撥去法術弄出來的雲霧，出現在凡人的眼前。莊園裡的建築都不高大，但分布得極為合適，與園中的矮木青石相雜，暗合自然之理，雖不浮華，但那些簷角、門扣的細節，卻明顯地透露著清貴之氣。

「比皇宮怎麼樣？」范閒笑著問道。

林婉兒閉上了因為吃驚而張開的嘴，恥笑道：「……各有千秋……不過又不是咱們家的莊子，你得意什麼？」

范閒揮揮手，說道：「此間主人倒是說過，將來要給我，只不過我卻嫌這裡有一般不好，不想搬過來。」

此時連范若若都吃了驚，訝異說道：「這還有什麼不好的？」

「女人太多。」范閒正色說道：「這莊子裡不知道藏著多少絕色美人。」

不理會身邊兩位姑娘的驚愕，馬車在范閒的指揮下停了下來，他在二女的注視下下了車，取出腰間那塊提司的牌子，很突兀地伸到旁邊的草叢中。

像是變戲法一樣，草叢裡變出一個人來，那人穿著很尋常的衣服，就像是山中常見的樵夫，這樵夫仔細驗過腰牌，又盯著范閒看了半天，才萬分不好意思說道：「大人，這是死規矩，請您見諒。」

「我又沒怪你。」范閒笑著說道：「車裡是我媳婦和妹妹。」

那樵夫不敢應什麼，恭恭敬敬地退回去，另覓了一個不起眼的潛伏地點。

馬車重新駛動，沿著山道往莊園去，一路上無比安靜，但此時馬車裡的兩位姑娘猜也能猜到，這條路一定不比皇宮的戒備差，甚至可以說是步步殺機，就算是一支小型軍隊想攻進來，只怕都會慘敗而歸。

當然，這兩位姑娘冰雪聰明，此時也終於猜到這座山莊的主人是誰了。

能夠擁有比皇宮更高級的享受，能夠住著這樣一座莊園，能夠擁有這般森嚴的防備，除了那位監察院的主人，還能有誰呢？

在馬車後方，一直負責保護馬車的那兩隊人也極聰明地遠遠停住前進的步伐，很無奈地蹲下來，開始放空。已經到了這個地方，哪裡還用得著自己這些人當保鏢。

啟年小組今日的頭領蘇文茂對范府的侍衛頭子點了點頭。

那侍衛頭子也有些尷尬地回了禮。

「知足吧。」蘇文茂笑著對道路那方的同行說道：「像咱們這種人，能離院長大人的園子這麼近……也算是託提司大人的福了。」

「那是。」侍衛頭子有些豔羨地望了遠處美麗的莊園一眼。

然後兩邊人坐在草地裡，開始嚼草根、放空、望天、打呵欠。

美麗的莊園裡住著陳萍萍，是整個慶國除了皇帝之外，權力最大的那個老跛子。和一般的文武百官不一樣，陳萍萍在慶國朝廷裡的地位太過特殊，而且一向稱病不肯上朝，所以才有時間長年住在城外的園子裡，而京中那個家基本上是沒怎麼住過。

今天，范閒這個小裝病的，來看陳萍萍這個老裝病的，畢竟是來過幾次的人，所以也是熟門熟路，直接到了園子門口，園上的匾額上寫著兩個潑墨大字——「陳園」，乃是先皇親題，貴重無比。

范閒看著門外停著的那兩輛馬車，忍不住皺起眉頭，萬萬沒有想到，今天居然有客人。以陳萍萍那孤寒的性情、監察院萬惡的名聲，一般的朝臣是斷然不會跑來喝茶的——今天來的客人是誰呢？

林婉兒在他的身後下了車，只看一眼，就看出頭一輛馬車的標記，微笑說道：「皇家的人。」

范閒微微一怔。

陳園門口那位老人家飛奔下臺階來迎著了，他知道面前這位年輕的范提司與天底下所有官員都不一樣，是自家院長大人最為看重的後輩，更是院長大人欽定的接班人，自然不敢拿喬，極有禮數同時又極為小聲地說道：「是和親王與樞密院的小秦大人。」

范閒偏了偏頭，撓了撓有些發癢的後頸。大皇子與小秦？他知道那位小秦如今也在門下議事，已經是進入了朝廷中樞的重要大臣，而最關鍵的是小秦的上面還有老秦，那位前軍事院院長，如今的樞密院正使。這一家子牛人，在慶國的軍方有極深的勢力。大皇子在西邊打了好幾年仗，與秦家關係匪淺，這兩個人跑到陳萍萍府上來，是做什麼呢？

范閒站在石階下，沒有急著進去，而是在想對方這次拜訪會不會與自己有關係。雖說軍方與監察院的關係一直非常和睦，但這事還是有些怪異。他笑了笑，也不在乎自己郊遊的事情被朝廷知道，便帶著妻妹往園子裡走，他倒要瞧瞧，這個大皇子又是存著什麼樣的心思。

穿過美麗至極、裝飾也極為華貴的亭園，終於來到陳萍萍待客的正廳。也不等人通報，范閒大踏步地闖了進去，本沒有想好說些什麼，但一看著廳裡一角那位正滿臉不安唱著曲的桑文，不由得哈哈大笑道：「我就猜到了，整個京都敢強拉桑姑娘來唱曲的，也只有您這一家。」

原來不在抱月樓的桑文，竟是在陳園之中！

桑文是抱月樓掌櫃，又是監察院新進人員，陳萍萍把她拉來唱個曲，當然只是說句話的問題。

笑聲迴盪在廳中，坐在主位上的陳萍萍似笑非笑地抬起眼來，看著不期而至的三位年輕男女，一貫陰寒的眸子裡多了一絲暖意，枯瘦的雙手輕輕撫摸著自己腿上多年不變的灰色羊毛毯子，笑罵道：「你不是嫌我這裡女人多嗎？怎麼今天卻來了？來便來吧，還帶著自己的老婆和妹妹，難道怕我喊些女人來生吃了你？」

坐在客位上的兩位年輕人微微一驚，扭頭往廳口的方向望去，一時間不由得愣住了。倒是桑文停了唱曲，滿臉微笑地站起身來，向范閒及兩位姑娘行了一禮。

片刻後，其中那位身著便服、但依然止不住身上透出一股軍人特有氣質的年輕人站起身來，先是極有禮數地向范閒身後的林婉兒行了一禮，然後向范若若溫和問安，這才滿臉微笑地對范閒說道：「小范大人，幸會。」

范閒見過秦恆，知道對方家世極好，又極得皇帝賞識，乃是慶國朝廷的一顆新星，前途不可限量，拱手回禮道：「見過小秦大人。」

雖說秦恆的品秩如今還在范閒之上，但雙方心知肚明彼此的實力、地位，所以也沒必要玩那些虛套。秦恆溫和一笑說道：「今日前來拜訪院長大人，沒想到還見著小范大人，秦某的運氣還真不錯。」

范閒見他笑容不似作偽，心裡自然舒服，應道：「不說日後再親近的假話，今日既然遇著了，自然得喝上幾杯才行。」

秦恆哈哈大笑道：「小范大人果然是妙人，行事大出意料，斷不提稱病不朝之事，反要盡興飲酒，讓我想打趣幾句竟也開不了口。」

范閒看了坐於主位的陳萍萍一眼，苦笑道：「當然，咱們做晚輩的，還得看主人家捨不捨得拿好酒待客。」

陳萍萍開口罵道：「你比老夫有錢！」

秦恆面不變色，微含笑容，心裡卻是咯登一聲，無比震驚。朝臣們一向以為范閒能夠在監察院裡如此風光，主要是因為皇帝的賞識與超前培養，但此時見范閒與人人畏懼的陳萍萍說話，竟是如此「沒大沒小」，而陳萍萍的應答也是如此自然，他這才感覺到一絲異樣。看來陳院長與這位范提司的關係……果然是非同一般！

皇帝的賞識固然重要，但真要能掌控監察院……最重要的，依然還是陳萍萍的態度。

直到此時，秦恆才真切地認識到，眼前這個叫做范閒的年輕人，總有一天，會真正地將監察院牢牢控制在手中，那麼軍方……結交此人的速度，必須加快一些了，而不再僅僅是自己在門下省替范閒說幾句好話，再藉由他人的嘴向范府傳遞善意。

不過幾句對話，場間已經交換了許多有用的資訊，范閒也明白，陳萍萍是藉這個機會，向軍方表示他自身最真實的態度，加強自己的籌碼。

二人又寒暄了好些話，范閒似乎才反應過來，一轉身準備對安坐一旁的大皇子行禮。

按理講，他這番舉動實在是有些無禮，不過廳裡的人都知道他與大皇子第一次見面的時候就鬧過彆扭，而秦恆與大皇子交好，所以不是很在意這件事情；至於陳萍萍……他可不在乎什麼宮廷禮節之類的破爛東西。

正當范閒以為大皇子會生氣的時候，他扭頭一看，自己卻險些氣了起來。自己的老婆正乖巧地坐在大皇子身邊，眉開眼笑地與大皇子說些什麼——娘的，雖然明知道婉兒從小常去寧才人的宮裡，等於說是大皇子看著她長大，兩人情同親生兄妹，但看著這一幕，范閒依然是老大不爽。

更不爽的是，居然連范若若也坐在下首，津津有味地聽大皇子說話！

范閒豎著耳朵聽了兩句，才知道大皇子正在講西邊征戰，與胡人爭馬的故事。慶人好武，大皇子長年戍邊，更是民間的英雄偶像，竟是連林婉兒與范若若也不能免俗。

范閒心裡有些吃味，嘴巴有些苦，心想：小爺……小爺……小爺是和平主義者，不然也去打幾仗讓妳們這些小丫頭看看我的馬上威風。

他心裡不爽，臉上卻是沒有一絲反應，反而是呵呵笑著，極為自然地向大皇子行了一禮，說道：「下官范閒，見過大殿下……喔，是和親王。」

大皇子瞧見范閒，心裡本就有些鬱悶，此時聽著他這腔調，忍不住開口說道：「我說范閒……本王是不是哪裡得罪你了？見著面，你不刺本王幾句，你心裡就不痛快？」他扭頭對林婉兒說道：「晨兒，妳嫁的這相公……實在是不怎麼樣。」

林婉兒與大皇子熟得不能再熟，見他說自己相公，哪裡肯依，直接從几上拿了個果子塞進他嘴裡，說道：「哪有一見面就這樣說自己妹夫的？」

范閒呵呵一笑，妹夫這兩個字比較好聽，他自去范若若下首坐著，早有陳園的下人送來熱毛巾、茶水之類。雖然明知道大皇子與秦恆來找老跛子肯定有要事，但他偏死皮賴臉地留在廳中，不給對方自然說話的機會。

林婉兒知道京都之外，使團與西征軍爭道的事情，這事情其實說到底還真是范閒的不是，但她也清楚范閒這樣做的原因；但既然現在已經有了二皇子做靶子，范閒也就沒必要再得罪一個大皇子，而且她也很不希望自己的相公與最親厚的大皇子之間起衝突，於是下意識裡便拉著二人說話，想和緩一下兩人的關係。

這番舉動，大家心知肚明。只是男人嘛，總會有個看不穿的時候，所以大皇子眼觀鼻、鼻觀心，不予理會；范閒卻只是笑咪咪地與秦恆說著話，問老秦將軍身體如何，什麼時候要抽時間去府上拜訪拜訪。

陳萍萍像是睡著了一般，半躺在輪椅上。說來也奇怪，就算是在自己富奢無比的家中，他依然堅持坐在輪椅上，而不是更舒服的榻上。見此情形，林婉兒無可奈何，只好嘆了一口氣。范若若卻在一旁笑了起來。一個能征善戰的大皇子，一位朝中正當紅的年輕大臣，居然像是兩個小男孩一樣鬥氣，這場面實在有些滑稽。

最後連秦恆都覺得和范閒快聊不下去了，大皇子才忽然冷冷說道：「聽說小范大人最近重病在床，不能上朝，就連都察院參你都無法上摺自辯，不想今日卻這般有遊興……」

范閑打了個呵欠說道：「明日就上朝，明日，明日。」

秦恆一愣，心想莫非他不玩病遁了？那明天朝廷上就有熱鬧看了……只是……自己被大皇子拖到陳園來，要說的那件事情，當著范閑的面，可不好開口。

他不好開口，大皇子卻是光明磊落得很，直接朝陳萍萍很恭敬地說道：「叔父，老二的事情，您就發句話吧……」他偏頭看了范閑一眼，繼續說道：「朝廷上的事情我本不理會，但京中那些謠言未免太荒唐了些，而且老二底下那些官員，著實有好幾位是真有些才幹的，就這樣處理了，對朝廷來說，未免也是個損失。」

秦恆心想他倒是光棍，當著范閑的面就要駁范閑的面子，但事到臨頭，也只好硬著頭皮苦笑道：「是啊，院長大人，陛下又一直不肯說話，您再不出面，事情再鬧下去，朝廷臉面上也不好看。」

范閑笑了笑，這二位還真是光明磊落。大皇子與秦恆的來意十分清楚，二皇子一派已經被監察院壓得喘不過氣來，又不好親自出面，只好求自己的大哥出面，又拉上了樞密院的秦家。對方直接找陳萍萍真是個極好的盤算，這不是在挖自己牆角，而是在抽自己鍋子下面的柴火——如果陳萍萍真讓范閑停手，他也只好應著。

不過該得的好處已經得了，京都府尹撤了，六部裡的那些二皇子派的官員也都倒了或大或小的楣，范閑並不是很在意這些，反而很在意大皇子先前的那聲稱呼。

他稱陳萍萍為叔父！

縱使陳萍萍的實力再如何深不可測，與皇帝再如何親近，但堂堂大皇子稱其叔父，依然是於禮不合，說出去只怕會嚇死人。他的叔父是誰？是靖王，而不能是一位大臣。

范閒想著的時候，陳萍萍已經睜開了有些無神的雙眼，輕輕咳了兩聲，說道：「老二的事情待會兒再說，我說啊……」他指著林婉兒與范若若，咳著說道：「咳……咳……妳們這兩個丫頭第一次來我這園子，怎麼也不和主人家打聲招呼？」

其實，沒有幾個人不怕陳萍萍，尤其是在許多傳說與故事中，陳萍萍被成功地塑造成為一個不良於行的暗夜魔鬼形象。林婉兒與范若若的身分雖然清貴，但面對慶國黑暗勢力的領導人，依然有些從心裡透出來的害怕，所以一進廳後，就趕緊坐到大皇子身邊。

此時聽著陳萍萍開口，不得已之下，林婉兒和范若若才苦著臉站起來，走到陳萍萍面前福了一福，行了個晚輩之禮。

陳萍萍笑了一聲，開口說道：「怕什麼怕？妳們一個人的媽、一個人的爹……比我可好不到哪兒去。」這說的自然是永陶長公主與老奸巨猾的范建。他接著對大皇子說道：「你說的那件事情，正主既然已經來了，你直接和他說吧……他能做主。郡主、范家小姐，幫老傢伙推推輪椅吧，老夫帶妳們去看看陳園的珍藏。」

二女和桑文推著陳萍萍的輪椅離開正廳，只留下范閒、大皇子、秦恆三人面面相覷，心想這老傢伙做事也太不地道了，將自己的家當戰場留給晚輩們打架，而自己卻帶著三個如花佳人去逛園子。

第十三章　秋林、私語、結果

秦恆是聰明人，不然就算他父親在軍方的地位再如何顯赫，也不可能三十歲左右的年紀就鑽進了門下省議事，所以他很鎮定地站了起來，對大皇子和范閒拱了拱手，說道：「人有三急，你們先聊著。」

不等二人答話，他便已經邁著極穩定的步子，沒有漏出半絲異樣情緒，像陣風似的掠過廳角，在陳園下人的帶領下，直赴茅廁而去。

范閒忍不住笑了起來，想到自己大鬧刑部衙門之時，代表軍方來找自己麻煩的大理寺少卿，最後眼見衝突升級，也是尿遁而逃——看來他們老秦家對這一招已經是研究得爐火純青了。

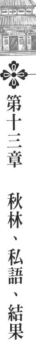

廳間的氣氛有些沉悶，終究還是大皇子打破了沉靜，悠悠說道：「秦恆與我，都是打仗熬出來的，我們這些軍人性情直，所以話也明說，我不喜歡看著將士們在外拋頭顱、灑熱血，京都裡面的權貴們卻互相攻訐，惹得國體不寧。鬧出黨爭來，不論最後誰勝誰負，朝廷裡的人才總是會受些損失。」

范閒整理了一下衣襟，略坐了數息時間，似乎是在想些什麼，這才緩緩開口，語氣裡不自禁帶了一絲冷冽：「和親王……的意思，下官倒也聽得明白，只是這件事情的起由，想必您也清楚，將士們在外為朝廷水裡來火裡去，難道……我監察院的官員們不也是如此？我想，院裡那些密探在異國他鄉所承擔的危險，並不比西征軍的將士要少。我是監察院一員，性情雖然談不上耿直，但也不是一個天生喜歡玩手段的人物，要我為朝廷去北邊辦事，想來我會開心些……但是如果有人來惹我，哪怕這股力量是來自朝廷內部，我也不會手軟。」

大皇子沉默著，忽然抬起頭來準備說幾句。

范閒一揮手，說道：「不過是些利益之爭，與國體不寧這麼大的事情是扯不上關係的。我是監察院提司，如果連自己的利益都無法保護，我怎麼證明自己有能力保護朝廷的利益、保護陛下的利益？」他接著冷笑道：「大殿下也不要說不論誰勝誰負的話，如果眼下是對方咄咄逼人，我被打得毫無還手之力，難道……您願意為我去做說客？」

大皇子皺了皺眉頭，本就有些黝黑的臉，顯得愈發深沉。「范閒，你要清楚你自己的本分，你是臣子，做事情……要有分寸。」

這話其實很尋常，在皇子們看來，范閒的舉動本來就有些過頭了；而且他身為臣子，在事件中所表現出來的膽氣未免也太大了些。大皇子心想自己提醒對方一句，應該是一種示好才對，根本不可能想到范閒因為自己的身世，每每聽到此類的話，便感分外刺耳。

「我是臣子。」范閒盯著大皇子的雙眼。「但在我眼前，所謂君臣之別只在於……君，是皇上，太子是將來的皇上……除了這二位之外，我想包括您在內，我們所有人都是臣子，沒有什麼本質上的區別。」

大皇子有些吃驚地看著范閒，似乎想不到對方竟然敢說出這樣一番話來，瞇著眼睛，眼中寒光一射即隱。「看在晨兒的分上，必須再提醒你一次，天子家事，參與得太深，將來對於你范家來說，也不是什麼好事。」

范閒笑了笑，說道：「天子無家事，大殿下難道還沒有明白這個道理？」

大皇子被「天子無家事」這五個字噎住了，惱火地一拍椅子扶手。

范閒眯著眼睛，和聲說道：「院長家的家具都是古董，大殿下下手輕些。」

大皇子愣住了，沉默片刻後，搖著頭說道：「范閒，或許我真是小瞧了你。」

范閒微愕問道：「這話從何說起？」

「我的志向在於馬上，而軍方如果要在天下這個大舞臺上漂亮地四處出擊，我們需要一個穩定的後方。」大皇子眯著眼睛說道：「所以包括我在內的很多人，都認為朝廷需要平靜。這些年來，我遠在西邊，但知道朝廷裡雖然有些不安穩，卻總是能被控制在一定的範疇之內……直到你，來到了京都。」

范閒搖頭笑著，不知道該如何接話。

「你的出現太突然，你的崛起也太突然。」大皇子望著他說道：「突然到以至於朝廷裡的大多數人都沒有做好準備，而你已經擁有了足以打破平衡的能力。」

最後，大皇子說出了今天的中心思想：「有很多人……希望你能保持京都的平衡，而不是狂飆突進地掃蕩一切。」

范閒沉默下來，知道對方說的這番話，不僅是代表他的態度，也代表了軍方絕大多數人的態度。

自己由澹州至京都，短短兩年不到的時間，就已經掌控了監察院，成就了一世文名；先不說來年掌不掌內庫的問題，先說目前自己文武兩手皆抓的實力，就已經有了在官場之上呼風喚雨的能力。而這一次與二皇子一派的戰爭，目前的勝負傾向，讓自己的實力得到最充分的展示。一位年輕大臣擁有了輕易打擊皇子的能力，總會讓官場之上的其他勢力感到一絲驚悚。

軍方傳話讓自己對二皇子手下留情，不是一種威脅，也不是一種對於天家尊嚴的維護，而是一種試探，看自己這個將來要接掌監察院的人，究竟是不是一個有足夠理性、足夠誠意去維持慶國平衡的人物。畢竟軍方與監察院一向關係良好，甚至可以說慶國的軍人們在前線打仗，能活多少下來，與監察院領導者的智慧、氣度，有直接的關係。

「你想過沒有，為什麼這次我要打這一仗？」范閒不再稱呼對方為殿下，也沒有將對方的提醒放在心上，反而是笑吟吟地問了這麼一句。

大皇子微微皺眉，他本沒有深思過這個問題，此時被范閒一問，他才想明白，監察院向來不插手皇子之間的爭鬥——想到種種可能，他霍然抬頭，有些詫異地看了范閒一眼。

范閒微微一怔，似乎沒有想到大皇子對於權場上的詭計如此不通，但臉上卻依然掛著笑容。「我只是要出出氣，同時讓某些人清醒一些。」

極長的沉默之後，大皇子忽然間眉梢一抖，似乎想明白某些事情，竟是哈哈大笑了起來，旋即平靜說道：「我那二弟，其實也是位聰明人，這次會在你的手裡吃這麼大個虧，想來也能讓他警惕警惕……說不定，會有些意想不到的結果。」

彼此都是聰明人，范閒馬上抓住這話裡隱藏著的意思，想了想後，和聲說道：「或許……下官與大殿下您的意圖，有些巧合，只是能不能讓二殿下獲得那種好處，還得看您怎麼勸說了。」

大皇子極感興趣地瞧了他一眼，似乎承認這點，又不敢相信這點，疑惑地道：「本王只是不明白，你為什麼對這件事情……這般操心。」

范閒心想，怎麼說也是兄弟，好不容易重生一次，莫非還真準備看著玄武門上演？但這理由是無論如何也說不出口，只好打哈哈推了過去。而且他對大皇子依然心有警惕，雖說朝廷上下公認這位皇子心胸最為寬廣，唯好武事，對於帝位向來沒有覬覦之心……但畢竟是那賊皇帝的兒子，誰知道對方究竟是怎麼想的。

「得饒人處且饒人。」大皇子意味深長地看了范閒一眼，以他的身分，替二皇子來說和，講出這種姿態的話來，已經是相當不容易。

范閒微笑點頭，他心知肚明自己不可能對二皇子趕盡殺絕，自然不在乎賣這個人情。這個決定根本與大皇子與軍方的態度無關，純粹是因為宮裡那位皇帝……在看著自己。

老大哥在看著你。

范閒給足了軍方面子，大皇子也不好再說什麼，畢竟他知道自己那位二弟也不是個吃素的角色。這件事情說到底，范家也付出了極大的代價，若一點兒利益都撈不回來，他們斷然不會罷手。只是事情說完了，兩個並不熟悉的人坐在陳園的廳中，竟是一時找不到話題，場面顯得有些冷清尷尬。

秦恆出恭，特別地久，二人坐在椅子上，有些沒滋味地喝著茶，忽然間范閒開口說道：「大公主最近如何？下官忙於公務，一直沒有去拜見，還請大殿下代為致意。」

官場之上，開啟話題是很有學問的一件事情，范閒挑這件事情來說，自然有他的想法。果不其然，大皇子正色說道：「小范大人一路護送南下，本王在此謝過。」

這就是范閒的厲害處，擇個適當的話題，才能夠有效地拉近彼此間的距離，同時還得是讓對方承自己情的那種。他笑了笑，自謙了幾句，便開始與大皇子聊起了北國的風物。

大皇子與北齊大公主的婚事是訂在明年春天，如今北齊大公主基本上住在宮中，與大皇子也曾經見過幾面。據京都傳言，這一對政治聯姻的男女，似乎對彼此都還算滿意。范閒是上次的正使，所以按慶國人的傳統看法，算是大皇子的媒人。

一番淺淺交談之後，范閒終於對大皇子的印象有了些許的改觀。身為皇子，卻擁有如此疏朗直接的性情，實在是很罕見，或許是因為他的生母出身並不怎麼高貴，當年只是東夷城女俘的關係。大皇子並沒有老二、老三及太子骨子裡的那種權貴之氣，反而耿直許多，講起話來也是鏗鏘有力、落地有聲，並不怎麼講究遮掩的工夫。

難怪自己的妻子與這位皇子的交情最好——范閒如是想著，臉上浮著笑容與對方周旋，聽著對方一談到兵事便興致勃勃，只好在心裡嘆著氣。他深有自知之明，知道自己在軍事方面，實在是沒有什麼天才，與這種領兵數年的實力人物相比，還是沉默是金為好。

「范大人見過上杉虎嗎？」大皇子的臉上忽然流露出一股悠然嚮往，略有一絲敬慕的神情。

范閒微微一愣，說道：「在上京宮中似乎遠遠見過一面，不過沒留下什麼印象。」

大皇子一拍大腿，望著他恨恨說道：「卿不識人，卿不識人，如此大好的結交機會，怎能錯過。」話語間不盡可惜之意。

「喔？」范閒眉梢一挑，好奇問道：「大皇子為何對上杉虎如此看重？」

「一代雄將。」大皇子很直接地給出四字評語，雙眼一瞇，寒聲說道：「獨立撐著北齊北面綿延三千里的防線，防著蠻人南下十餘年，還奇兵迭出，直突雪域千里，大斬北蠻首級千數……小范大人或許有所不知，胡人、蠻人雖然都極其凶悍，但西胡比起北蠻來說，還是弱了不少。本王這些年在西邊與胡人打交道，愈發地覺著上杉虎在北齊朝廷如此不穩的情況下，還能支撐這麼多年，實在是……相當地可怕。」

「可惜，上杉虎已經被調回了上京……說不定將來有機會與大殿下在沙場上見面。」范閒微笑著說道。

大皇子臉上浮現出一絲自信的光彩，緩緩說道：「若能將此將收為朝廷所用，自然有無上好處……不過……將來若真的戰場相見，本王雖一向敬慕其人兵法雄奇詭魅，但少不得也要使出畢生所學，與他好生周旋一番。」

所謂豪情，便如是也。范閒看著大皇子渾身散發出來的那種氣勢，內心深處偶現惘然，知道自己自幼所習便是偏了方向，加之又有前世的觀念作祟，只怕今生極難修成這種兵火裡練就出的豪情。

但他也有自己的信心，微微一笑說道：「雖未學過上杉虎兵法，但觀其於雨夜之中狙殺沈重一事，此人果然行事敢出奇鋒，於無聲處響驚雷，出天下人之不意，殺伐決斷，實為高人。」

大皇子似笑非笑，有些詭異地望了他一眼，說道：「北齊鎮撫司指揮使沈重……這件事情，只怕與小范大人脫不了關係吧。」

沈重的死，是范閒與海棠朵朵定好計畫裡的第一步。其實也有些人在疑心慶國在其中扮演的角色，但此時被大皇子點了出來，范閒依然心頭一凜，微笑著打馬虎眼：「殿下應該清楚，我們這種人做的都是見不得光的事情……比不上殿下或是那位上杉將軍如此雄武，但有時候，也能幫朝廷做些事情。」

大皇子盯著他的雙眼，忽然說道：「這便是本王先前為何說小瞧了你……上杉虎雖然不可一世，卻依然被小范大人妙手提著做了回木偶……小范大人行事，果然……高深莫測。」

上杉虎在雨街之中狙殺沈重，具體的事情都是北齊皇帝與海棠朵朵巧妙安排，但是讓世人誤會自己在其中扮演了更重要的角色，會讓自己的可怕形象與旁人對自己的實力評估再上一個層級，這種機會范閒當然不肯錯過，恬不知恥地自矜一笑，竟是應了下來。

「聽聞……范大人是九品的強者？」大皇子看了范閒一眼，眼神裡蘊含了許多意思。

范閒微微偏頭，輕聲一笑應道：「殿下，我沒有和您打架的興趣……不論勝負，都是朝廷的損失啊。」

大皇子沒有想到范閒竟是如此狡黠，馬上就聽出了自己的意思，接著又用先前自己說和時的那句話堵住他的嘴，不由得好生鬱悶。他是好武之人，當然想和一向極少出手的范閒較量一番。

「想教訓我的人很多。」范閒想到待會兒可能會碰見影子那個變態，苦笑說道：「不多殿下一個，您就打個呵欠，放了我吧。」

大皇子又愣了愣，他這人向來性情開朗直接，極喜歡交朋友，但畢竟身為皇子，加上數年軍中生涯鑄就的血性、殺氣，哪裡有多少臣子敢和他自在地說話？倒是面前這個范閒，在京都城門之外，對自己就不怎麼恭敬，今日在陳園裡說話，也多是毫不講究，嬉笑怒罵，竟似是沒有將自己視作皇子。

他深吸一口氣，覺得這個世界確實有些不一樣了……至少在面前這個叫范閒的年輕人周邊，他所感覺到的世界已經不一樣了。

「小范大人說話有意思，我喜歡和你聊天。」大皇子看著秦恆終於回來，微笑著站起身來，說道：「你給我面子，那京都外爭道的事情咱們就一筆勾銷，不過……將來如果我要找你說話的時候，你可……別玩病遁或是尿遁。」

范閒笑著行了一禮。「莫敢不從命，大皇子說話，比那幾位也有意思些。」那幾位自然說的是皇帝的幾個皇子。

大皇子沒有與陳萍萍告別，他知道這位古怪的院長大人並不在意這些虛禮，便和秦恆出了陳園。出園之前，秦恆小聲與范閒說了幾句，訂好了范閒改日上秦府的時間。

上了馬車，出了陳園外戒備最森嚴的那段山路，又穿過那些像是山賊一樣蹲在草地裡的范府侍衛與啟年小組成員，大皇子這才放下車窗的青簾，冷冷說道：「范閒，果然非同一般。」

秦恆笑著說道：「按父親的意思，范閒越強越好……不然將來監察院真被一個窩囊廢管著，樞密院的那些老頭只怕會氣死……咱們軍中那些兄弟也不會有好日子過。」

大皇子點了點頭，忽然嘆口氣說道：「離京數年，回來後還真是有些不適應，竟是連可以輕鬆說話的人也沒有。」他的親兵大部分都被遣散，而西征軍的編制也已經被打散，兵部另調軍士往西方戍邊。他如今在京都，與北方那位雄將的境遇倒是有些相似，只不過他畢竟是皇子，比起上杉虎來說，待遇、地位自然要強太多。

「和小范大人聊得如何？」

「不錯。」大皇子說道：「你父親應該可以放心了，就算叔父告老，我相信以范閒的能力，監察院依然能保持如今的高效，有力地支援軍方的工作。」

秦恆搖了搖頭。「這個我也相信，只是在我看來，這位小范大人，或許猶有過之……」

「小范大人心思縝密，交遊廣至異國，一身武藝已至九品超強之境，對於監察院事務也是掌控得無比漂亮……更不要忘了他詩仙的身分，一個能讓莊大家贈予藏書的文人領袖，將來卻會成為監察院的院長……這樣一個人……」他滿臉不可思議的神情。「從來沒有出現過。我想他將來，會比陳院長走得更遠。」

大皇子嘆息道：「不要忘記，明年他還要接手內庫……只是這般放在風口浪尖上，迎接天下人的注視與暗中的冷箭，也不知道父皇是怎麼想的。」

提到了皇帝，秦恆自然不方便接話。大皇子笑著看了他一眼，繼續說道：「不過范閒畢竟還年輕，而且比起叔父來說，他有一個最致命的弱點，想來他自己也很清楚，所以這次才藉著老二的事情發威，震懾一下世人，將自己的弱點率先保護起來。」

「什麼弱點？」秦恆好奇問道。

「他有羈絆。」大皇子瞇著雙眼嚴肅說道：「叔父不一樣，叔父無子無女，父母早亡，一個親戚都沒有，一個真正的朋友都沒有，園中佳人雖多，卻是一個真正心愛的女人都沒有，真可謂是孤木一根……敵人們根本找不到叔父的弱點，怎麼可能擊潰他？范閒卻不同，他有妻子、有妹妹、有家人、有朋友……這都是他的弱點。」

秦恆一想，確實如此。整個慶國，所有的人都不知道陳萍萍這一生究竟真的在乎過誰……除了皇帝之外。

「無親無友無愛，這種日子……想必並不怎麼好過。」秦恆畢竟不是一位老人，一思及此，略感黯然。

「叔父不容易。」大皇子面帶尊敬之色說道：「范閒要到達這種境界，還差得遠。」

陳園之中，歌聲夾著絲竹之聲，像是無力的雲朵一樣綿綿軟軟、膩膩滑滑地在半空中飄著，十幾位身著華服的美人正在湖中平臺上輕歌曼舞。坐在輪椅上的陳萍萍，在林婉兒、范若若的陪伴下，滿臉享受地看著這一幕，桑文此時正抱著豎琴，在為那些舞女們奏著曲子。

何等輕鬆自在的王侯生活，偏生離開園子的馬車中，那兩位慶國軍方的年輕人，對陳萍萍的生活卻感到十分同情。

范閒從另一頭走過來，陳萍萍輕輕拍了拍手掌，歌舞頓時散了，又有一位佳人小心翼翼地領著幾位女客去後方稍歇。林婉兒知道范閒此時一定有話要與陳萍萍說，便在那位佳人的帶領下離開了，只是臨走前望了范閒一眼，想問問他與大皇子談得如何。

范閒笑著點點頭，安了一下妻子的心，便走到陳萍萍的身後，很自覺地將雙手放在輪椅的椅背上，問道：「去哪兒？」

陳萍萍舉起枯瘦的手，指了指園子東邊的那片林子。

范閒沉默著推著輪椅往那邊去，老少二人沒有開口說話。此時天色尚早，但秋陽依然冷清，從林子的斜上方照了下來，將輪椅與人的影子拖得長長的，輪椅的圓輪吱吱響著從影子上輾過。

「他叫您叔父。」范閒推著輪椅，在有些稀疏的無葉秋林間緩步，笑著說道：「不怕都察院參你？這可是大罪。」

「你怕都察院參你？又不會掉兩層皮，參我的奏章如果都留著，只怕陛下的御書房已經塞滿了。」陳萍萍面無表情說道：「他叫我叔父是陛下御准，誰也說不了什麼。」

「陛下准的？」范閒有些驚訝。

陳萍萍回過頭瞄了他一眼，淡淡說道：「寧才人當年是東夷女俘，那次北伐，陛下險些在北方送了性命，全靠著寧才人一路小心服侍，才挺了過來，後來才有了大皇子。」

范閒聽過這個故事，知道當時皇帝身處絕境之中，是輪椅中這位枯瘦的老人，率領著黑騎將他從北方搶回來，一聯想，他就明白了少許，說道：「您和寧才人關係不錯？」

「一路逃命回來，當時情況比較悽慘，留在腦子裡的印象比較深刻，後來關係自然也就親近了些。」陳萍萍依然面無表情地說著：「當時情況，不可能允許帶著俘虜逃跑，寧才人要被砍頭的時候，我說了一句話，或許就是記著這點，她一直對我還是比較尊敬。」

范閒樂了。「原來您是寧才人的救命恩人。」

陳萍萍閉著雙眼，幽幽說道：「陛下當時受了傷，身體硬得像塊木頭，根本不能動，那些擦身子、大小便的事情……總要留一個細心的女人來做。」

「後來聽說寧才人入宮也起了一番風波……那時候陛下還沒有大婚，就要納一個東夷女俘入宮，太后很是不高興。」范閒問道：「您是不是也幫了她忙？」

陳萍萍笑了起來，笑得臉上的皺紋成了包子皮。「我那時候說話，還不像今天這麼有力量……當時是小姐開了口，寧才人才能入宮。」

范閒嘆了口氣後說道：「原來什麼事……我那老媽都喜歡插一手。」

「她愛管閒事。」陳萍萍說道，忽然間頓了頓。「不過……這也不算閒事，總要她開口，陛下才會下決心成親吧。」

范閒在他的身後扮了一個鬼臉，說道：「老一輩的言情故事，我還是不聽了。」

「聽聽好。」陳萍萍陰沉笑著。「至少你現在知道了，在宮裡面，你還是有一個可以信賴的人。」

「寧才人？」范閒搖了搖頭。「多年之前一小恩，我不認為效力能夠延續到現在。」

陳萍萍說道：「東夷女子，性情潑辣、恩仇分明……而且十五年前為小姐報仇，她也是出了大力的……也是因為如此才得罪太后，被重新貶成了才人，直到今天都無法復位。」

「您確認大皇子沒有爭位的心思？」

陳萍萍冷漠說道：「他是個聰明人，所以在很小的時候，就選擇了逃開。由母知子，寧才人教育出來的皇子，要比老二和太子爽快得多。」

范閒默然，片刻後忽然開口問道：「寧才人知道我的事嗎？」

「不知道。」陳萍萍教育道：「手上拿著的所有牌，不能一下子全部打出去，總要藏幾張放在袖子裡。」

「陛下……知道我知道嗎？」

「不知道。」

「這算不算欺君？」

「喔，陛下既然沒有問，我們這些做臣子的，當然不方便說什麼。」

一老一少都笑了起來，笑得像兩隻狐狸似的。

「老二那件事情就這樣了？」

「你的目標達到了沒有？」

「一共治了十七位官員，他在朝中的力量清得差不多，吏部尚書那種層級的，我可沒有能力動手。」范閒扳著手指頭。「崔家也損失了不少，據北邊傳來的消息，他們的手腳被迫張開了，要斬他們的手，估計會容易很多。」

「不要讓別人察覺到你的下個目標是崔家。」陳萍萍冷冷說道：「明日上朝，陛下就會下決斷，老二很難翻身了。」

「我家會不會有問題？」

「你在不在乎那個男爵的爵位？」
「不在乎。」
「那就沒問題，放心吧，你那個爹比誰都狡猾，怎麼會讓你吃虧。」不知道想到了什麼，陳萍萍陰狠說道：「趁我不在京都，把你從澹州喊了回來……鬼知道他在想什麼。」
「那是我父親。」范閒有些頭痛地提醒陳萍萍。
陳萍萍拍拍輪椅的扶手，嘲諷說道：「這我承認，他這爹當得真不錯。」
范閒有些不樂意聽見這種話，沉默了起來。陳萍萍似乎沒有想到這孩子對於范建如此尊敬，有些欣慰地笑了笑，問道：「你今天來做什麼？」
「帶著老婆、妹妹來蹭飯吃。」范閒牽起一個勉強的笑容。「順便讓她們開開眼，看看您這孤寡老頭養的一院子美女。」
他忽然間不想繼續和老人開玩笑，帶著一絲憂鬱問道：「我一直有個問題想問您。」
「說。」
「您……真的是一位忠臣嗎？」這個問題顯得有些孩子氣般的幼稚。
陳萍萍卻回答得很慎重，許久之後才認真說道：「我忠於陛下，忠於慶國……而且你現在也應該清楚，不論你做什麼事情，都是陛下看著你在做，他允許你做的事情，你才能夠做到……所以說，忠於陛下，其實也就是忠於自己，你一定要記住這一點，永遠地忠於陛下。」
這到底是忠於陛下還是忠於自己呢？范閒不想就這個問題再深究下去。
「不過你這次出手太早了，比陛下的計畫提前了一些。」陳萍萍閉著雙眼，幽幽說道：「而且你行事的風格顯露得太徹底，陛下並不知道你已經猜到了身世，難免會對你心存懷疑。」

范閒默然，知道這是此事帶來的最大麻煩。

「不用擔心，我來處理。」陳萍萍輕聲說了一句。

范閒便不再擔心，推著輪椅，走出了這片美麗又淒涼的林子。二人向西而行，將身後的影子漸漸拉離開來，只是輪椅的輪子卻始終撕扯不開那道影子的羈絆。

第二日，朝會準時召開，稱病不朝數日的范氏父子終於站到了朝廷上，準備迎接狂風驟雨一般的參劾與朝中官員們的斥責。都察院的奏章已經遞上來許久，戶部尚書范建自承己過，家教不嚴，以至於出了范思轍這樣一個不肖子；范閒也上書請罪，就抱月樓命案一事，自承監管不嚴。

但至於別的罪名，范家卻是一概不受。反正陰了京都府尹、雨中殺人滅口的事情，對方根本沒有什麼證據，而且所有的首尾都做得極乾淨，足以堵住悠悠言官之口。

相反的，范家對二皇子一方的指控，對方卻是有些難以應付，畢竟在京都府外殺人的是八家將之一的謝必安，而謝必安最終卻暴斃於獄中，一條條的罪狀，都直指二皇子。

令朝臣們奇怪的是，二皇子那邊的攻勢並不凶猛，所有的反擊都只是淺嘗輒止。片刻後，眾人才猜到，想來雙方已經達成了某種暗中的協定，換句話說，也就是二皇子認輸了。

皇帝一直坐在龍椅上安靜聽著，只在范閒出列請罪之時，眸子裡才閃過一道不可捉摸的神情。

不多時，經門下議事，皇帝親自審定，這件事情終於有了一個定論。

戶部尚書范建，教子不嚴，縱子行凶，但念在其多年勞苦，又有首舉之事，從輕處罰，罰俸三年，削爵兩級，責其閉門思過。

監察院提司兼太學奉正范閒，品行不端，私調院兵，雖有代弟悔罪之實，但其罪難恕，著除爵罰俸，責其於三年之內修訂莊墨韓所贈書冊，不得有誤。

刑部發海捕文書，舉國通緝畏罪潛逃之范氏二子，范思轍。

京都府尹已被捉拿下獄，除官，後審。

某國公……

最後是對二皇子的處理意見：品行不端，降爵，閉門修德六月，不准擅出。

結果終於出來了，上面的每一字、每一句都值得官員百姓們好生揣摩，但不論如何，范氏父子看似削爵除爵的懲罰有些重，卻沒有什麼實質性的損失。反而是二皇子一派，生生折損了許多官員，自己更是要被軟禁六個月，處罰不可謂不重，所有人都清楚，這一仗，是范家勝了。

但有心人聽著皇帝親擬的旨意，卻發現一個極有趣的巧合，范閒與二皇子的罪名都很含糊，都是品行不端四個字。只是身為監察院提司，品行不端無所謂，但身為皇子，被批了品行不端四個字，影響就有些大了。

朝中風向為之一變，所有人都知道二皇子再不像往年那般倍受皇帝恩寵，只是皇帝也沒有再次單獨傳召范閒入宮，人們不禁在想，莫非兩虎相爭，一傷俱傷，范閒那超乎人臣的聖眷……也到此為止了？

不過范閒似乎沒有什麼反應，成天笑咪咪地待在太學裡，與那些教員們整理書籍，間或去監察院裡看上一看。

他還抽了兩天時間，分別去秦老將軍的府上拜訪一次，又攜著林婉兒與妹妹進宮去拜見各位娘娘，很湊巧地在北齊大公主暫居的漱芳宮裡遇見了大皇子，當然，這次入宮並沒有見到皇帝。

暗地裡，他還在與言冰雲商量很多事情，針對內庫北方走私線路的布置，已經漸漸進入了正題，就等著一刀斬下崔家的那隻手，斷了信陽和二皇子最大的經濟來源。關於體內真氣的事情，他也在用心侍候，同時在等費介的回信，看那藥究竟吃還是不吃。

就這樣沒過兩天，在深秋的一場寒風裡，已經被推遲許久的賞菊大會終於開始了。范閒將自己裹成粽子一樣，有些畏懼地看著窗外頹然無力的最後一片枯葉，心想這麼冷的鬼天氣，哪裡還有不要命的菊花會開？

第十四章　菊花、古劍和酒（一）

孤標亮節、高雅傲霜，說的正是中原士民們最愛的菊花。菊花並不少見，而范閒當年待的澹州，更是盛產這種花朵，澹菊花茶乃是慶國著名的特產，這些年京都范府年年都要在范老夫人那邊採辦許多入京。

正因為如此，范閒對於這種花是相當熟悉，時常還想著澹州海邊懸崖之側，瑟縮開著的那朵小黃花。他知道菊花雖然耐寒，前世元稹的詩中還曾大言不慚地說過此花開過更無花，但終究不是冬日臘梅，在這般寒冷的深秋天氣裡，只怕早應該凋謝成泥才是。

馬車穿越了山下重重森嚴至極的關防，在大內侍衛及禁軍的注視下，范府幾位年輕人下了馬車，沿著秋澗旁的山路往上爬了許久，一拐過水勢早不如春夏時充沛的那座瀑布，便陡然間看到一方依著慶廟式樣所築的廟宇出現在眾人面前、出現在山石如斧般雕刻出來的山崖上。

懸空廟依山而建，憑著木柱一層一層往上疊去，最寬處也不過丈許，看上去就像是一層薄薄的畫，被人隨手貼在平直的懸崖面上。山中秋風甚勁，呼嘯而過，讓觀者不由得心生凜意，總忍不住擔心這些風會不會將似紙糊一般的廟宇吹垮捲走——傳說這是慶國最早的一間廟宇，是由信奉神廟的苦修士一磚一石一木所築，總共花去了數百年的時間，用意在於宣揚神廟無上光明，勸世人一心向善。

神廟向來不干涉世事，神祕無比，但似乎數千年來總在暗中影響著這片大陸上的風雲變幻，在已經消失在歷史長河中的許多傳聞中，都能隱約看到神廟的身影；加上苦修士們雖然人數不多，但一向持身甚正，極得百姓們的喜愛，所以神廟在平民百姓心中的地位，依然相當崇高。

身為統治者的皇室們，對於既影響不到自己、但依然擁有某種神祕影響力的神廟，保持著相當的敬意。這種表面工夫，是政治家們最擅長做的事情，也是他們最願意做的事情。

所以慶國皇族每三年一次的賞菊大會，便是定在懸空廟舉行，這已經成了定例。賞菊大會，更大的程度上是為了調劑皇族子弟之間的利益衝突，加深彼此的了解，從而避免那種魚死網破的情況發生。至少，不要再出現幾十年前兩位親王同時被暗殺、一時間慶國竟是找不到皇位接班人的恐怖情況。

慶國皇室如今人丁不盛，所以賞菊會上還會邀請一些姻親乃至皇室最親近的家族參與。依照最近這些年的慣例，秦家、葉家這兩個軍中柱石自然是其中一分子。秦家在軍中擁有相當的實力，葉家長年駐守京都，而且家中又出現了慶國如今唯一一個擺在明面上的大宗師，地位有些超然。

除此之外，就是幾位開國時受封的老國公家族，還有新晉的幾家，比如尚了一位偏遠郡主的任家。至於范家能夠位列其中，倒不是因為范家如今的權勢，臣子家的權勢並不怎麼放在皇家人的心中，也不是因為范閒娶了林婉兒，從而與皇室有了那麼一絲偷偷摸摸的親戚關係——而是因為范家的那位老祖宗，親手抱大了皇帝和靖王這兩兄弟，其中親密，不足為外人道，單以私人關係論，范家倒是皇室最親近的一家人。

范閒氣喘吁吁地扠腰站在懸空廟下，看著三三兩兩站著的慶國權貴人物，忍不住低聲咕噥了一句：「賞菊、賞菊，這菊又在哪裡？」

范建此時早已經被請到了避風的地方，老一輩人總會有些特權。馬車停在山下，一應護衛都被留在禁軍的布防範圍之外，於是范府來人現在只剩一男二女這個鐵三角的搭配。三角之一的林婉兒呵呵一笑，指著山下說道：「在這兒了。」

范閒一愣，往山崖邊上踏了一步，一陣惱人的秋風迎面吹來，不由得瞇了瞇眼睛，緊接著卻是吸了一口氣，讚道：「好美的地方。」

懸空廟所依的山崖略有些往裡陷去，像個U形一般，山路沿側邊而上，所以上來時，范閒並沒有注意到山路旁的那片山野裡有什麼異樣。此時登高於頂，向下俯瞰，視野極其開闊，發現這片山野裡竟是生滿了菊花，這些菊花的顏色比一般的品種要深許多，泛著金黃，花瓣的形狀有些褊狹長。

「金黃之菊，果然符合皇家氣派。」范閒站在崖邊，看著漫山遍野的金星般花朵，讚嘆道：「這麼冷的天氣，還開得如此熾烈，真是異象。」

林婉兒解釋：「是金線菊，據說是懸空廟修成之後，當時的北魏天一道大師根塵，親手移植此處，從此便為京都一大異景。」

「根塵？」范閒悠然嘆道：「莫非是苦荷大宗師的太師祖？」

「正是。」

范閒搖了搖頭，依然往山下看著，多看了幾眼，才發現那些異種菊花生得並不如何繁盛。山間的泥土並不肥沃，所以往往是隔著好幾尺才會生出一株菊花，只是此時觀花者與山野間的距離已經被最大限度地拉開來，所以形成了一種視覺上的錯覺。讓人們看上去，總覺得那些星星點點的金黃花朵，已經占據了山野裡的每一個角落，被深秋的山色一襯，顯得格外富麗堂皇，柔弱之花大鋪雄壯之勢。

已經有人上來打招呼了，只不過由於最近皇帝對范閒比較冷淡，加上林婉兒的身分也不允許那些年輕的大族公子哥們與范閒說太多年輕人應該說的話題，所以只是稍一寒暄便分開。范閒一邊溫和笑著與眾人說話，一邊卻開始放空，覺得有些無聊，下意識便按照自己的職業習慣觀察起四周的環境。

懸空廟孤懸山中，背後是懸崖峭壁，上山只有一條道路，今日慶國皇室聚會於此，山下早已布滿禁軍，重重布防，內圍則是由宮典領著的大內侍衛們小心把守；至於那些低眉順眼的太監們當中，有沒有洪四庠的徒子徒孫，誰也不知道。只不過范閒沒有看見虎衛們的身影，略微有些奇怪，不過以目前的布置，真可謂是滴水不漏，莫說什麼刺客，就算是隻蚊子要飛上山來，也會非常頭痛。

他微笑著與任少安打了個招呼，看著對方有些不好意思地被人拖走，心裡也笑了起來。岳父辭相已久，原先的那些人脈終於要漸漸淡了。往上方望去，范閒不由得瞇起眼睛，慶國權力最大的幾個人此時都在這座木製廟宇中，遠遠似乎能夠瞧見最上面那一層，一位穿著明黃衣衫的人物，正倚欄觀景，那位自然是皇帝。

仰頭看著，范閒心裡有些莫名的情緒，腦中忽然一轉，很好笑地幻想出一副場景——如果這時候北齊人或者是東夷城的高手們，把這座懸空廟燒了，這天下會忽然變成什麼樣子？當然他也知道，今日京都布防甚嚴，根本不可能發生這種事情，只是依然很放肆地想著，如果自己要爬上這座廟宇，應該選擇那些落腳點，選擇何等的路線，才能在最短的時間內上到頂樓。

這真的純粹只是職業習慣而已。

一位太監從廟中急急忙忙地走過來，廟前空地上的年輕貴族們趕緊讓開一條道路。那太監走到范氏三人面前，很恭敬地低聲說道：「陛下傳婉兒姑娘晉見。」

林婉兒微微一愣，看了一眼范閒，柔聲問道：「戴公公，只是傳我一個人？」

戴公公可是范閒的老熟人，也知道在眾人矚目的場景中，如果范閒沒有被傳召入廟，會帶來什麼樣的議論，偷偷用歉疚的眼光看了范閒一眼，沉穩說道：「陛下並無別的旨意。」

范閒笑了起來，對林婉兒說道：「那妳去吧。」頓了頓後輕聲笑著說道：「舅舅總是最疼外甥女的，這個我知道。」

看著林婉兒消失在懸空廟黑洞洞的門中，范閒瞇了瞇雙眼，沒有說什麼，領著妹妹向另一角走去，準備去看看那邊可能獨好的風景。不料有人卻不肯讓他輕閒下來，一個略有些不安的聲音響了起來——

「師父。」

回頭一看，果然是葉靈兒那丫頭。看著對方有些不安的臉色，范閒清楚是為什麼，明年葉靈兒就要嫁給二皇子，而自己與二皇子之間看似鬥氣般的爭鬥，實際上暗中卻是血濺肉散，暴戾十足。對方既然是葉重的女兒，哪裡會不清楚其中的真實原因。

他望著葉靈兒溫和一笑，說道：「想什麼呢？是不是怪我把妳未來相公欺負得太厲害？」

葉靈兒見他神色自若，這才回復了以往的疏朗心性，笑著啐了一口，說道：「還擔心你不肯和我說話了。」

范若若在一旁笑了起來。「這又是哪裡的話？」

葉靈兒嘆了口氣，說道：「思轍也不知道在哪裡……日後牌桌子上少了他一個人，還真有些不習慣。」范府後園之中，這一、兩年裡時常會開麻將席，席上四人分別是范若若、范思轍，另兩位就是林婉兒和葉靈兒這一對閨中密友。

「還不是妳和若若給思轍、婉兒送錢。」范閒笑著說道：「這牌局散了，妳也可以少輸點兒，樂還來不及。」

正說著，秦恆遠遠走了過來，還未近身已是嚷道：「你們躲在這裡說什麼呢？」看他這聲音宏亮的，只怕是刻意想讓場間眾人聽得清楚。

范閒苦笑道：「在說關於麻將牌的事情。」

秦恆來了興致，一拍范閒的肩頭，說道：「這個我拿手。」他看了一眼四周，微微皺眉道：「賞菊會……本是陛下讓這些大族子弟們親近的機會，你身邊卻這麼冷清？」以范閒如今滔天的權勢，就算那些人自卑於身分，也總要來巴結幾句才對，斷不至於弄得如此冷清。

范閒臉上一片平靜，應道：「今日才知道這菊只能遠觀，不能近玩……我的性情你也清楚，本就不耐和這些人說什麼……至於結交親近——」他笑了起來。「實在是沒有這個興趣。」

所謂賞菊會，在他看來，不過是類似於前世如酒會一般的交際，又有些像茶會，藉此來顯示一下彼此與皇室之間的親疏關係，確立一下地位。只是對於范閒來說，他根本不屑於靠皇權的威嚴來宣示自己的存在，所以覺得很是無趣。

秦恆年已三十，家中早有妻室，只是秦家之人必定要每三年來看一次黃花，他已經看了不知道多少次，早就厭了，聽范閒這般說著，忍不住點了點頭。

今日二皇子與靖王世子李弘成並沒有被特旨開解出府，依然被軟禁，所以並沒有來到懸空廟。

「師父，這裡景致不錯，作首詩吧。」葉靈兒眨著那一雙清亮無比的眼眸。

范閒每次看見這姑娘像是寶石一樣發光的雙眼，總覺得要被閃花了，下意識瞇了瞇眼睛，應道：「為師早已說過不再作詩。」

葉靈兒稱他師父，還可以看作是小女生玩鬧，而且這件趣事也早已經在京都傳開，但范閒居然大剌剌地自稱為師，就顯得有些滑稽了，秦恆與范若若都忍不住笑了起來。

秦恆打趣道：「小范大人在北齊寫的那首小令，已然風行天下，難道還想瞞過我們？」

范閒大感頭痛，隨口抛了首應景，搖頭說道：「別往外面傳去，我現在最厭憎寫詩這種事情了。」

范若若正在低頭回味「不是花中偏愛菊，此花開盡更無花」兩句，忽聽著兄長感嘆，忍不住問道：「為什麼？」

「因為，被追著屁股，要求寫詩，是，世界上，最痛苦的事情。」

范閒一頓一頓地說著，旋即在三人迷惑不解的眼光中哈哈大笑起來，笑得是如此開心、如此私密、如此無頭無腦。

聚集在懸空廟前正在飲茶吟詩閒話的權貴們，忽聽著這陣笑聲，有些驚愕地將目光投過去，便瞧見了崖邊那四位年輕人，很快地便認出這四人的身分，不禁心頭微感震動。

小范大人聲名遍天下，眾人皆知，只是他已經將二皇子掀落馬來，如今卻又和秦、葉兩家的年輕一輩站在一起，莫非這又代表著什麼？

范閒不會在乎別人的目光，只是忽然間鼻子微微抽動，嗅到一絲煙燻的味道，心想難道今天的主餐是火腿？他轉過頭去，卻看見懸空廟的一角，正有一絲極難引人注目的黑煙在升起。

場間五感敏銳，自然以他為首，卻沒有別人發現有什麼異樣，就連那些在四處看守著的大內侍衛都沒有什麼反應。

而那些人還在看著懸崖邊四位迎風而立的年輕人，心中不知生出多少感慨、多少羨慕。

秋風一過，那道黑煙便像是被撩撥了一下，驟然大怒大盛，黑色之中突現火光，而范閒的身子也已經隨著這一陣風急速無比地向懸空廟前掠了過去。

「秦恆，護著這兩個丫頭。」

話音落下，他已經來到廟前，看著那處猛然噴出的火，感受到撲面而來的高溫，一揮掌劈開一個向自己胡亂出刀的大內侍衛，罵道：「眼睛瞎了？」

火勢沖了起來，由於懸空廟是木製結構，所以火勢起得極快，那些參加賞菊會的年輕權貴們驚呼著四處躲避，一時間亂得不可開交。雖說是秋高物燥，但這場火來得太過詭異，而大內侍衛統領宮典此時正在最高的那層樓上，所以下方的侍衛們不免有些慌亂。

范閒對那些侍衛和太監們喝斥道：「備的沙石在哪裡？」

他一發話，這些人才稍微清醒了些，知道范閒的身分，便開始聽從他的指揮，有條不紊地一步一步進行，先去請出廟宇中一樓的那些老年大臣，然後急派侍衛上樓護駕、傳遞消息，同時分出十幾個高手，開始小心翼翼地在四周布防。

他們反應很快，動作很乾脆俐落，雖然那些權貴們惶恐不安，但侍衛與太監們還是鼓起勇氣在滅火，不多時，便將樓下的火苗壓制住了，包括范建在內的那些老大人趁機從一樓裡退出來。只是懸空廟的樓梯很窄，報信的人很慢，頂樓的人一時還撤不下來。

看見父親無恙，范閒略覺心安，但依然心有餘悸，沒想到自己先前的幻想竟然變成了現實，如果這火真的蔓延開來，正在頂樓賞景的皇帝……只怕真要死了。

肯定是有人縱火，不知道對方是怎麼隱藏身分，進入看防如此森嚴的廟前？只是這放火的手段太差，竟是讓自己發現了。

事情肯定沒有這麼簡單，范閒在一片混亂的廟前，強行保持冷靜，分析著這件事情，卻始終沒個頭緒，但想到林婉兒這時候還在頂樓，他的心情微亂，很難平靜下來，心中生出一絲不祥的感覺，只是他此時也不敢貿然登樓，怕被有心人利用。

「范閒，上去護駕！」范建走到他的身前，冷冷說道。

「是。」范閒早有此心，此時來不及研究父親眼中那一絲難以捉摸的神情，領著兩個武藝高強的侍衛，向懸空廟頂樓行去。只是他不肯走樓梯，而是雙腳在地上一蹬，整個人便化作一道黑影，踏著懸空廟那些狹窄無比的飛簷，像隻靈活無比的鬼魅一般，往樓頂爬去。

第十五章　菊花、古劍和酒（二）

手指摳住廟宇飛簷裡的縫隙，范閒的身體輕擺而上，腳尖踩著突出數寸的木欄外側，身子忽地拔高，幾縱幾躍，一身絕妙身法與小手段完美無比地結合，不過是一眨眼間，便已經攀到懸空廟最高的那層樓。

下方的情況已經穩定下來，火勢已滅，而那些慶國的老大人們畢竟是久歷戰火的狠辣角色，只稍一亂，很快便鎮定下來。在幾位大老的安排下，除了布置侍衛之外，又另布一層防衛，務必要保證懸空廟的安全。此時眾人焦慮地抬頭望去，剛好看見范閒的身影像道閃電般掠至頂樓，沒有人想到范閒的身手竟然厲害到如此地步，不由得齊聲驚嘆起來。

范閒右手牢牢握住頂樓下方的簷角，左腿微屈，左手放在藏在靴中的黑色匕首把上，在山風中微微飄蕩。頂樓裡一片安靜，但他卻不敢就這樣冒失地闖進去，對著上面喊了一聲：「臣范閒。」

頂樓裡似乎有人說了一句什麼，范閒瞇眼看著頂樓裡無數道寒光漸漸斂去，這才放下心來。有人在裡面說了一聲：「進來。」

咯吱一聲，木窗被推開了。

范閒不敢怠慢，腰腹處肌肉一緊繃，整個人便彈了起來，輕輕飄飄地隨山風潛入廟宇頂層，生怕驚了聖駕。雙腳一踏地面，他眼角餘光看著那些如臨大敵的侍衛緩緩退後一步，知道自己先前若是不通報就闖了進來，只怕迎接自己的，就是無數把寒刀劈面而至。

眼光在樓中一掃，沒有看到預想中的行刺事情發生，他心中略鬆了一口氣，接著便看到走廊處，太后的身影一閃而逝，自己最擔心的林婉兒正扶著太后；而那位神祕莫測的洪四庠正袖著雙手，佝僂著身子，走在最後面。

下面起了火，太后與宮中女眷們已經先退了。

「你怎麼來了？」

一道威嚴裡透著從容的聲音響了起來，范閒一愣之後才反應過來，轉過身來，對著左手方欄旁的那位中年人行了一禮，平靜說道：「下方失火，應該是人為，臣心憂陛下安危。」

慶國的皇帝，今天穿了一件明黃色但式樣明顯比較隨興的衣服，他負著雙手，看著欄外。此處地勢甚高，一眼望去，無數江山盡在眼中，滿山黃菊透著一股肅殺之意。皇帝似乎並不怎麼擔心自己的安危，目光平靜望著這一片屬於自己的大好河山，脣角微翹，對於廟下那些如臨大敵的官員們露出一絲嘲笑之意。

此時樓中的太后與娘娘們已經離開，在三樓處，與上樓來迎的侍衛合成一處，小心翼翼地退往樓下。透風無比的懸空廟頂樓上，除了那位平靜異常的皇帝，還有太子、大皇子、三皇子這三位皇室男丁，與十幾個宮中帶刀侍衛，還有四、五個隨侍的小太監。

范閒目光一掃，便將樓中的防衛力量看得清清楚楚，眉間不禁閃過一絲憂慮。樓下那場火明顯有蹊蹺，只不過被自己見機極快地撲滅，沒有給人趁亂行動的機會。不過那些隱藏著的刺客，一定還在廟中，只是不知道以慶國如此強大的實力，怎麼還可能讓人潛了進來——但他身為監察院提司，對於慶國的防衛力量相當有信心，就算有刺客潛伏著，也只能是那種一劍可亂天下的絕頂高手，人數怎麼也不可能超過三個。

然而宮典不在樓中，這個事實讓范閒心頭一緊。洪四庠扶著太后下了樓，這個事實更是讓范閒微感頭痛。難道那些刺客放這場火，只是為了將那位宮中第一高手調下樓去？此時的樓上，除了帶刀侍衛之外，真正的高手……似乎只有自己一個人了。范閒略有些自大地評判著樓中局勢，畢竟在他心中，大皇子的馬上功夫可能不錯，但真正面對這種突殺的局面，他和一位優秀刺客的差距太大。

看皇帝的神情，似乎他並不怎麼把這件事情放在心上，也許這是身為一代君主所必須表現出來的沉穩與霸氣；但范閒卻不想因為這個中年人偶有傷損，而造成慶國無數無辜者的死亡，微微皺眉，對皇帝身後強自表現鎮定的太子使了個眼色。

太子微微一愣，馬上知道范閒在想什麼，躬身對皇帝行禮道：「父皇，火因不明，還請暫退。」

誰知道皇帝根本不理會東宮太子所請，緩緩轉身，清矍的面容之上透著淡淡自嘲，看著范閒說道：「火熄了沒有？」

范閒微微一怔，點頭道：「已經熄了。」

「那為什麼還要走？」皇帝的左手輕輕撫著欄杆，悠悠說道：「朕這一世，退的時候還很少。」

范閒面色寧靜，心裡卻已經開始罵娘，心想這人愛裝酷玩刺激，自己可沒這種興趣。他沉聲說道：「雖沒什麼異動，但此處高懸峰頂，最難防範……還請陛下以天下為重，馬上回宮。」

以天下來勸諫一位皇帝，是前世宮廷戲裡最管用的手段，不過很明顯，對於慶國的皇帝沒有什麼用處，他反而轉過身去，冷冷說道：「范閒，你是監察院的提司，如果有人膽敢刺殺朕……那是你的失職，難道你要朕因為你的失職，而受到不能賞花的懲罰？」

范閒氣苦，心想自己只不過是監察院提司，雖然六處確實掌管著這一部分業務，但今天這賞菊會本來就沒有讓院裡插手，自己怎麼可能料敵先機？不過他旋即想到，監察院遍布天下的密探網路，最近確實沒有探聽到什麼風聲，這天底下敢對慶國皇室下手的勢力，不外乎是那麼兩、三家。那兩、三家最近一直挺安靜的，最難讓人猜透的東夷城也保持平靜，四顧劍一直是監察院的重點觀察對象，可以確認對方還停留在東夷城中。

看著皇帝一片安寧的神情，范閒心中不禁犯起了嘀咕，難道這場火……並不是一場刺殺的前奏？難道自己真的太過於緊張了？

看著范閒陷入了沉默，場間有資格說話的三位皇子都以為他是受了皇帝的訓斥，臉面上有些過不去。太子輕咳一聲，準備為范閒分說些什麼，但驟然間想到，范閒最近這些時日裡將老二打得悽慘，讓自己「大感欣慰」，但是這個臣子的實力似乎也已經恐怖到自己無法掌控的地步，此時父皇打壓對方，說不定另有深思。所以他住嘴，只是向范閒投了一道安慰的目光。

大皇子卻不會考慮這麼多，沉聲說道：「父皇，小范大人說得有理，雖說這天下，只怕還沒有敢行刺父皇的賊子，但是為了安全，也為了樓下那些老大人安心，您還是先下樓吧。」

皇帝似乎很欣賞大皇子這種有一說一的態度，但對范閒卻依然沒有什麼好臉色，冷冷說道：「范閒，你身為監察院提司，遇事慌張如此，實在深負朕望。」

范閒心裡又多罵了幾句娘，面色卻愈發謙恭，自嘲笑道：「陛下教訓的是。」

皇帝略帶一絲考問之意看著他，忽然說道：「你心中是否有些許不服？」

「是。」范閒忽然間心頭一動，直接沉聲應道：「臣以為，陛下以一身繫天下，安危無小事，更須珍重才是，再如何小心謹慎也不為過。這黃花之景年年重現，慶國的陛下卻只有一人，哪怕被人說臣驚慌失措、膽小如鼠，臣也要請陛下下樓回宮。」

樓裡一陣尷尬的沉默，誰也沒有料到范閒竟然敢當眾頂撞皇帝，還敢議論皇帝的生死，甚至直接將先前皇帝對他的訓斥駁了回去！

「你的膽子很大……」不知道為什麼，聽到這番話後，皇帝的臉色終於輕鬆了一些，看著范閒說道：「如果說你膽小如鼠，朕還真不知道，這天底下哪裡去找這麼大的老鼠。」

這本是一句笑話，但除了皇帝之外，頂樓上的所有人都處於緊張的情緒中，根本沒有人敢應景笑出聲來。只有膽大包天的范閒笑了笑，笑容卻有些發苦。

忽然間，皇帝的聲音沉下了三分，便是那雙眼也閉了起來，任欄外的山風輕拂著已至中年、皺紋漸生的臉頰——

「朕這一世，不知道遇到多少場刺殺，你們這些小孩子，怎麼可能知道當年的天下，是何等的風雲激盪？」皇帝輕笑道：「這樣一個錯漏百出的局，一把根本燃不起來的火，就想逼著朕離開，哪有這麼容易。」

范閒看著這一幕，在暗地裡鄙視著一國之君也玩小資，一顆心卻分了大半在四周的環境上。宮典與洪四庠都不在，虎衛不在，有的只是侍衛與三位……或者說四位皇子？那些近身服侍皇帝的太監雖然忠心無二，往上三代的親眷都在朝廷的控制之中，但想靠著這些人保護皇帝，實在是遠遠不夠。尤其是洪四庠隨太后離去，讓范閒非常擔心。

忽然間他心頭一震，想到一樁很微妙的事情——如果這時候陛下遇刺，自己身為監察院提司豈不是要擔最大的責任？在樓下時，父親怎麼沒有考慮到這一點？

戴公公大聲說道：「陛下一生，遇刺四十三次，從未退後一步。」

范閒一愣之後，馬上想到了遠在北齊的王啟年，在心中罵道，原來所有成功的男人身後，都有一位或幾位優秀的捧哏。

皇帝緩緩睜開雙眼，眼神寧靜之中透著一股強大的自信。「北齊、東夷、西胡、南越，還有那些被朕打得國破人亡的可憐蟲們，誰不想一劍殺了朕？但這二十年過去，又有誰做到了？」他輕聲笑道：「當遇刺已經成為一種習慣之後，范閒，你大概就能明白為什麼朕會如此不放在心上。」

那是，您這是熟練工種啊——范閒今天在肚子罵的髒話比之前每一天都多，但在其位，謀其政，自己既然當了監察院的提司，就得負責皇帝的安全。最關鍵的是，他可不想自己背一頂天底下最大的黑鍋，於是乎，依然不依不撓、厚著臉皮、壯著膽子勸皇帝下樓回宮。

皇帝終於成功地被他說煩了，大怒罵道：「范建怎麼教出你這麼個窩囊廢來！陳萍萍怎麼就看中了你！」

范閒堆著滿臉笑容，心裡繼續罵著：有本事您自個兒教啊，這本來就應該是您的業務範圍。

此時局勢早已平靜，估計著再厲害的刺客也只能趁機遁去，不然待會兒禁軍撒網搜山，肯定沒有什麼好下場。所以樓中眾人的心緒稍許放鬆了一些，看著一向喜怒不形於色的皇帝在痛斥范閒，不禁感到有些好笑。太子依然無恥地用溫柔目光安慰著范閒，大皇子有些不忍地轉過頭去，倒是最小的三皇子滿臉笑容，許是心裡看著這幕，覺得很出氣。

不知道皇帝今天為什麼如此生氣，對范閒劈頭蓋臉罵個不停，就像是在訓斥自家兒子一般。畢竟范閒如今也是一代名人、朝中重臣，在深重文治的慶國朝廷今日，這樣大傷臣子臉面的事情還是極為少見。

范閒滿臉苦笑聽著，卻聽出了別的味道，只怕這位皇帝也在和自己懷疑同樣的事情，所以才格外憤怒——如果說這齣戲是老跛子或者是父親暗中安排的，自己只能讚一聲他們膽大心狠無恥弱智，居然玩這麼一招勇救皇帝的戲給皇帝看——皇帝不是傻子，至少智商不會比自己低，怎麼會看不出來？只是看來皇帝相信范閒也是被蒙在鼓裡。

他在心裡嘆了一口氣，心想大概不會有什麼正經刺客了，一場鬧劇而已。

但問題是，陳萍萍不是一位幼稚園大班生，范建也不是第一天上學嚇得在鐵門口哭的小姑娘，皇帝更不會相信自己最親信的兩位屬下會做出如此荒唐的事來為范閒邀寵——皇帝生氣的原因，其實和范閒沒多大關係。

皇帝終於住了嘴，回過身重重地一拍欄杆，驚得樓內中人齊齊一悚。范閒卻是個慣能揣摩人的主，對身邊的戴公公一努嘴，做了個嘴形，示意他那位罵渴了。

戴公公剛調太極宮不久，正小意著，看范閒提醒，不由得一樂，便準備端茶過去侍候。

「換酒。」皇帝並未回身，卻知道范閒這小子在自己身後做什麼，注視著欄外美景、天上浮雲的眼中，終於忍不住湧出一絲詭笑之意。「冷吟秋色詩千首，醉酹寒香酒一杯，既上高樓賞遠菊，不飲酒怎麼應景？」

每三年一次的賞菊會都會配菊花酒，早備在旁邊，只是懸空廟詭異起了場小火，鬧得眾人不安，竟是忘了端出來。此時聽著皇帝旨意，一位專司此職、眉清目秀的小太監，趕緊端著小案桌走向欄邊，腳尖落地無聲，分外謹慎小心。

聽著那句詩，范閒卻是心頭微驚，這是《石頭記》三十八回裡賈寶玉的一首菊花詩，皇帝此時唸了出來，自然是要向自己表明，他實際上什麼都知道。只是此事終究瞞不住世人，范閒早有心理準備。

「《石頭記》這文章，一味寫男女情愛，未免落了下乘，不過文字還算尚可……但這些詩詞，就有些拿不出手了。」

樓間三位皇子並隨從們，並不清楚皇帝為什麼忽然在此時說起文學之道，微微一怔。范閒知道再不能退，苦笑著躬身說道：「臣遊戲之作，不曾想能入陛下青目，實是幸哉。」

「喔？朕本還以為……你是怕人知道此書是你託名所著，所以刻意在詩詞上下些卑劣工夫，怎麼幼稚怎麼來。」

范閒嘆息一聲，不知如何回答。此時場中眾人終於知道一向在民間、宮中暗自流傳的《石頭記》，原來是出自范閒之手，震驚之餘，卻又生出理所當然的情緒。這書一向只有澹泊書局出，而且文采清麗，實非俗品，若不是文名驚天下的范閒所著，還真不知道如何在世上何處去尋這樣一個人出來。

皇帝接過酒杯，嗅了嗅杯中微烈的香氣，輕輕啜了一口，淡淡笑著，不再理會窘迫的范閒與吃驚的兒子們。

盤上放著兩杯酒，本預著皇帝與太后一人一杯，此時皇帝自取一杯飲了，還剩一杯，而此時太后已經下樓，便有些不知該如何分配。他看看太子，又看看大皇子，眉頭皺了之後又舒開，下意識便將手指頭指向了范閒，忽然間發現有些不妥，在途中極生硬地一轉，指向正躲在角落裡一面笑一面吃驚的三皇子。

三皇子年紀還小，苦著臉說道：「父皇，孩兒不喜歡喝酒。」像這種話，也只能是小傢伙說出來，才不會被判個逆旨之罪。

皇帝沉著臉，冷冷說道：「比酒更烈的事情，你都敢做，還怕這麼一杯酒？」

三皇子臉一苦，被這股冰寒的氣勢一壓，竟是嚇得險些哭了出來，趕緊謝恩，邁著小腳走到欄邊，伸出小胳膊取下酒杯，便往嘴裡送去。

噹的一聲脆響，三皇子手中的酒杯落在地上，滾了遠去，他目瞪口呆地望著那道迎面而來的寒光，似乎怎麼也想不明白，自己只不過是喝杯酒而已，怎麼這名侍衛卻要砍死自己？

畢竟是位皇子，從小生長在極複雜、極危險的境況下，他馬上反應了過來——有人行刺！

他的身後就是皇帝，如果他抱頭鼠竄，那麼這雪光似的一刀，便會直接斬在皇帝的身上。當然，三皇子並沒有苦荷那種踏雪無痕的身法，也沒有葉流雲那種棺材架子一樣堅強的一雙散手，就算他再如何強悍地擋在皇帝面前，估計著這驚天一刀，也會把他直接劈成兩半，順帶取了皇帝的首級。

躲與不躲都一樣，所以三皇子選擇了最正確的做法，他死死地站在原地，盯著那片刀光裡刺客模糊的臉，雙腿發抖，褲襠全溼，不顧一切地尖聲叫了起來！

啊！

尖銳的叫聲響徹頂樓之前，場中所有人都發現了行刺的事實。因為從來沒有人想過慶國皇宮的大內侍衛裡居然會有刺客，所以當那把刀挾著驚天的氣勢，砍向欄邊捉著小酒杯的皇帝時，沒有人能夠反應過來，從而讓那把刀突破了侍衛們的防守圈。

只有范閒例外，他一吐氣、一轉腕，一拳頭便打了過去。這名刺客隱藏得太深，出手太突然，刀芒太盛，以至於他根本不敢有絲毫保留，身後腰處的雪山驟現光明，融化而湧出的真氣就像是一條大河一般沿著他的右臂，運到他的拳頭上，然後隔著幾步的空氣，向那片刀光裡砸下去。

這一拳相當地不簡單，拳風已經割裂開空氣，帶著微微的嗡嗡聲，就像是一記悶雷般，在刀光裡炸響，將那片潑雪似的刀光炸成粉碎！

事情當然沒有這麼簡單。

范閒胸中一悶，極為震驚地發現使刀之人居然也是一位九品的強手。不過也對，敢來行刺天下權力最大君主的刺客，沒有九品的身手，怎麼有臉出手。

拳風初響後，他的人已經衝到三皇子身邊，左手一翻，黑色的匕首現出，極為陰險地扎向刺客的小腹。

刺客手中的刀只斷了一半，刀勢卻愈發地凌厲，速度更快，竟似要以命搏命一般。侍衛們終於清醒過來，大叫著往這邊過來，與范閒前後夾攻，這名刺客就算是九品強者，也沒有什麼辦法。

就在這個時候，懸空廟正前方天上的那朵雲飄開了，露出了太陽，那輪熾烈的太陽。

光芒一閃，樓間泛起一片慘白色，然後出現一名全身白衣、手持一柄素色古劍的刺客——沒有人知道這個刺客是怎麼出現在頂樓，也沒有人發現他藉著陽光的掩飾已經欺近皇帝的身前。

嗤嗤兩道破風聲起，皇帝身邊的兩名侍衛最先反應過來，將皇帝往後拉了一把，付出的代價是這兩個人喉頭一破，鮮血疾出，連刀都沒來得及拔出來，就摔倒在地。

一個白衣人，拿著一把古意盎然的劍，直刺皇帝面門！

先前豪言一生未退的皇帝，在這宛若天外來的一劍面前，終於被悍不畏死的貼身侍衛拖後幾步。

此時那把奪人心魄的劍尖離他還有一尺遠，但所有人似乎都覺得那一截劍尖已經刺中皇帝的咽喉。

所有人都知道慶國皇帝不會武功，又有幾個侍衛狂吼著堵在皇帝身前。事出突然，眾人又心憂皇帝安危，所以這些侍衛選擇了最直接的方法，用人肉之牆擋住對方的劍勢。

無數鮮血飛濺而起，皇帝的雙眼卻依然一片寧靜，死死盯著那個一無往前、劍人合一的白衣刺客。

侍衛們的實力足夠強盛，只是需要反應的時間。懸空廟下面還有洪四庠，還有葉、秦兩家唯一的兩名九品強者，此時只要能阻止那名白衣劍客一剎那，就可以保住皇帝的性命。

但誰來阻止？侍衛們已經做足了他們應做的本分，他們知道自己的同僚當中出了刺客，自己只怕也很難再活下去——為了替家人留些活路，他們拚命的本領都已經拿出來，之後替皇帝擋劍的事情，應該是留給皇帝這幾個兒子來做吧……

連環的幾擊，卻只發生在極短暫的時間內。

當時，三皇子受驚脫手的酒杯還在地上骨碌骨碌轉著，滿臉震驚的大皇子正準備衝到皇帝身前，替他擋下那柄殺氣十足的劍，卻只來得及踏出兩步，腳後跟都還沒有著地。

此時，范閒陰險遞出去的黑色細長匕首，距離刺客的小腹還有幾寸距離，卻已經感覺到身後那股驚天的劍勢。

滿天的血飛濺，就像是滿山的菊花一樣綻開。侍衛們死不瞑目的屍首在空中橫飛，他們死都沒有想明白，那名白衣劍客怎麼可能躲在懸空廟的上方，那裡明明已經檢查過了。

所有的一切，都像是慢動作一樣，十分細緻又驚心地展現在范閒眼前。

他甚至還能用眼角餘光看清楚，太子滿臉悽愴地向皇帝趕去，那副忠勇的模樣，實在令人感動無比。但很可惜，太子很湊巧地踩中了弟弟失手落下的酒杯，腳下一滑，整個人呈現一種快要滑稽的姿勢摔倒在地上。

上天註定，機緣巧合，此時只有離皇帝最近、反應最快的范閒，來做這位忠臣孝子……范閒後頸的寒毛都豎了起來，身後那柄劍上的殺意，比身前這位九品刺客更加純粹、更加狂盛，在極短的時間內就激起他深埋內心深處的戾氣。他有信心在這一瞬間內，同時救下皇帝和身旁的三皇子，只是……肯定要被後面那個白衣劍客重傷。

但他決定搏了，這麼好的機會，吝嗇的范閒不肯錯過；這麼強的敵人，好勝的范閒，不肯錯過！

就在這個時候，令范閒有些心寒的是，刺客們的最後一招終於出手。

這一次，對方使出了埋在慶國宮廷侍衛裡已經十年的釘子，又不知花了多大的代價，請動那名白衣劍客，拚著要折損自己在慶國十餘年的苦心經營，誘走了洪四庠，適時而動，才造就了當前這個極美妙的局面——但是，那名九品刺客不是殺招，甚至連那名劍招凌厲的白衣劍客也不是殺招。

真正的殺招，來自慶國皇帝的身後！

那名先前奉上菊花酒的眉清目秀小太監——皇帝被白衣劍客一劍逼退數步後，便正好擋在了他的身前。只見他一翻小案桌，伸手在廊柱裡一摸，就像是變戲法一樣，變出一把灰濛濛的匕首，狠狠地向著皇帝的後背扎下去！

匕首是藏在懸空廟的木柱裡，柄端被漆成了與木柱一模一樣的顏色，而且經年累月，根本沒有人能夠發現那裡藏著一把凶器。沒有人知道這把匕首放在這裡多久，也沒有人知道對方針對慶國皇帝的這個暗殺計畫謀劃了多久。

只看這番耐性與周密的安排，就知道對方志在必得——謀殺一國之君，最需要的不是實力，而是決心和勇氣。

此時慶國皇帝的身前，是一柄古意盎然卻劍勢驚天的長劍，他的身後，是一柄古舊至極卻極其陰冷的匕首，根本毫無轉圜之機！

范閒知道自己面臨著重生以來最危險的一次考驗，比草甸上與海棠朵朵的爭鬥更加恐怖；但他來不及嗟嘆什麼，便已經下意識做了他所以為正確的選擇，黑色匕首脫手而出，刺向了對方的雙眼。

他知道自己不是神仙，就算是五竹或者是四大宗師出現在自己的位置上，也不可能在擊退面前刺客、保住老三性命的情況下，再與那名白衣欺雪的劍客硬拚一記，還有足夠的時間與力量，去幫助皇帝對付身後的那名小太監。

宮中那位小太監沒有什麼功夫，但是他手中那把陳舊至極的匕首，卻是最要人命的東西。

所以他選擇先救三皇子，再救皇帝，雖然這種選擇在事後看來是大逆不道，但在范閒眼中看來，三皇子只有八歲，還是個小孩子。救人，自然是先救小的。

黑色匕首像一條黑蛇一般，刺向了第一位刺客的眉宇間。

對方此次籌劃得極詳細，當然知道范閒最恐怖的手段，就是這把黑色的細長匕首，傳說中是費介親自開光的不祥之物。那名九品刺客不敢怠慢，半截直刀一閃，直接將這把匕首狠狠地擊向樓下。

他想看看，被世人譽為文武雙全的范閒，在失去了武器的情況下，還能怎麼面對自己的一刀。

匕首剛剛飛出欄杆的時候，范閒已是急速轉身，將自己的後背晾給刺客；而在轉身的過程當中，他以根本沒人能看清的極快速度，在自己的頭髮裡拈了一拈，借勢向後輕輕一揮。

一根細細的繡花針，不偏不倚地扎進那名刺客的尾指外緣，只扎進去一點兒，連血似乎都不可能冒一滴出來。

但那名刺客卻是悶哼一聲，頓覺氣血不暢，一刀揮出，斬去了自己的尾指。

他抬頭，已然不見范閒。

像隻鬼魂似的范閒，此時已經來到那名白衣劍客身前，攔在對方與皇帝之間，隨他而至的，自然還有那三支勾魂奪魄的黑色弩箭與幾大蓬已經分不清效用、但混在一起一定是十分狠毒、足以爛腸破肚的毒煙！

一大片黃的青的白的煙，在懸空廟最頂層的木樓裡散開，真是說不出的詭異，就像是京都偶爾能見的煙火一般。

不料那白衣劍客竟似對范閒陰險的作戰方式十分了解，早已避開那三支弩箭，也屏住呼吸，依然是直直地一劍，穿千山、越萬水，破煙而至，殺向范閒的面門。

此時所有手段都使出來了的范閒，正擋在皇帝身前，就算這一劍刺過來，也只會首先刺中范閒的身體。就算他大仁大義到肯替皇帝送命，也只能做到這個地步了，至於皇帝身後那個行刺的小太監……嗯，請皇帝自求多福吧。

一劍臨面！

范閒體內的霸道真氣無比狂虐起來，此時不知道是心神在指揮真氣，還是真氣已經控制住心神，只聽他尖嘯一聲，雙掌疾出，體內的真氣竟似被壓縮成極堅固的兩截山石，透臂而出，迎向那柄寒劍。

白衣劍客微微皺眉，知道自己如果依然持劍直進，就算刺透范閒的胸口，只怕也會被這恐怖的兩掌盡數拍碎胸骨。

嗤的一聲，那柄古劍就像是仙人撥弄了一下人間青枝般，微微一蕩，刺進范閒的肩頭！

在這一瞬間，白衣劍客捨劍，與范閒對掌。

轟的一聲巨響，勁力直震四周，灰塵大作，毒煙盡散，白衣劍客就算再如何天才，也及不上范閒自嬰幼兒時期打下的真氣基礎，左手稍弱，腕骨喀喇一聲，居然折了。

但令范閒心驚膽顫的是，白衣劍客被自己震退之時，居然還能隨手拔去插在自己肩頭的那柄古劍！這得是多快的速度、多妙的手法！

一擊不中，馬上退去，正是一流刺客的行事風格。白衣劍客腳尖在欄邊一點，再也不看范閒一眼，便往廟下躍去，衣衫被山風一吹散開，就像是一隻不沾塵埃的白鶴翩然起舞一般。

便在白衣劍客與范閒交手的那一瞬間，場間響起兩聲不怎麼引人注意的響聲。

那名讓范閒應付得有些狼狽的九品刺客，此時滿臉血紅，雙肩肩骨盡碎，鮮血橫流，眼中帶著一絲不甘與絕望，倒了下去！

在他倒下去的同時，嘴角流出一絲黑血，等身體觸到地板時，已經死得十分徹底。在這名刺客的身後，赫然站著洪四庠。

那位一直佝僂著身子的洪四庠安靜站著，依然袖著雙手，就像是先前根本沒有動手。

但范閒卻想到刺客還有最狠的那一招，有些絕望地轉身，卻看見了一幕令他十分震驚、令他許多年之後都還記得的畫面。

拿著匕首意圖行刺的小太監已經昏倒在地板上，頭邊是一片木屑！

而他行刺的目標，慶國的皇帝，手中拿著先前盛放酒杯的半片木盤，這是先前他在混亂中唯一能抓到的一件武器，他望著腳下的小太監寒聲說道：「朕雖然不是葉流雲，但也不是你這種角色能殺的！」

確實，慶國皇帝雖然不修所謂武道，但畢竟也是馬上打天下的勇者，尋常打架，那還是很有幾把刷子。

驚魂未定的范閒，看著皇帝拿著半片木盤的身影，不知道怎麼想起了前世看的古惑仔電影……好一招板磚！

懸空廟下響起一陣驚叫、狂嚎與痛罵，想必是那位白衣劍客已經逃下去。看來慶國的權貴們果然膽量足、性情辣，知道對方是行刺皇帝的刺客，竟紛紛圍上去。

又是一聲驚呼與悶哼，遠遠傳上樓來。

此時不是賞功罰罪的時候，范閒伸頭往欄邊一看，只見地面上，京都守備師師長葉重正掩脣而立。以他的眼力，能看清楚對方正在吐血，想必是先前與那名白衣劍客交手時，下了狠勁。

葉重是慶國京都少有的九品強者，既然他偷襲之下都吐了血，那名白衣劍客自然傷得更重。果不其然，遠處滿山的菊花之中，可以瞧見那名白衣劍客略顯遲滯的身影。

「傳說中，四顧劍有個弟弟，自幼就離家遠走，沒有人知道他在哪裡。」皇帝站在范閒的身後冷冷說道：「范閒，替朕捉住他，看看他們兄弟二人是不是一樣都是白痴！」

連遇驚險，一向沉穩至極的慶國皇帝終於動了怒。

范閒知道此時輪不到自己說什麼，既然洪四庠上了樓，皇帝接下來的安危就輪不到自己關心了。雖然肩頭還在流著血，但他已經躍出欄杆，像隻黑鳥般，疾速地往樓下衝去。

樓下又是一片驚呼。

「看戲啊！」范閒面色一片冰寒，皇帝既然發了話，自己沒什麼辦法。

在他掠過之後片刻，葉重也終於調息完畢，黑著一張臉，往那名白衣劍客逃遁的方向掠過去。宮典是他的師弟，如果今天捉不住那名刺客，只怕整個葉家都要倒楣，跳進大江也洗不清，就算拚了這條老命，他也要親手捉住那名刺客，而且是活捉！

緊接著，侍衛之中的輕功高手，也化作無數道箭頭，射向山野之間。

山下有禁軍層層包圍，山上有范閒、葉重這兩名九品強者領著一群紅了眼的大內侍衛追殺，不知那名白衣刺客還能不能逃出去。

第十六章　匕首，又見匕首！

懸空廟裡，皇帝已經褪去先前的怒容，滿面平靜，就像是腳下的木屑、樓中的鮮血、侍衛與刺客的屍首、受傷和昏迷的人們、四周空氣裡的微甜味道並不存在；就像是自己沒有遇到一場敵人籌謀數年之久的謀殺，只是在進行三年一例的賞菊會。

有人開始收拾廟宇內的殘局，許多宮中高手擠在頂樓，似乎是想把這層樓壓垮。起先負責皇帝安全的侍衛面色慘白，那些太監們包括戴公公在內都瑟瑟發抖，不知道皇帝遇刺，會替自己的命運帶來些什麼改變，還是說會直接中止自己的命運旅程。

太子從地上爬起來，滿臉淚珠，與大皇子齊跪在皇帝面前，請罪道：「兒臣無能，讓父皇受驚了。」

大皇子說得沉重無比，他在西方殺敵無數，卻沒有想到，當刺客來襲之時，自己竟是連做出反應的能力都沒有，而那位他本來有些瞧不起的范閒……竟然身手如此了得，見機如此之快。

「一入九品，便非凡俗……你們雖是朕的兒子，碰見這些亡命徒，反應不及，也是自然之事。」皇帝似乎沒有怪罪兒子們的意思，只是看了角落裡那個死在洪四庠手下的九品刺客一眼，又看了一眼被太子踩破的酒杯，眉頭微微皺了皺。

他輕輕攬著懷中還在害怕不已的三皇子，眼睛卻看向樓下那片漫山遍野的菊花，山坡之上，隱隱能看見枝葉輕飛而碎。

「老奴去吧。」洪四庠在皇帝身後謙卑說著，似乎並不認為自己在一場刺殺之後，應該牢牢地守護在皇帝身邊。「小范大人最近在生病，老奴有些擔心。」

地板上范閒臨去前扔下的藥囊十分顯眼，毒煙漫樓，總會有些人吸了進去，所以他留下了解毒丸。看著地上的藥囊，想到那孩子的細心，皇帝的眸子裡閃過一絲微微歉疚。他這時候才想起來，范閒這個孩子，最近身體一直有問題，而且洪四庠上次去范府看過後，也證明了他身上的病確實有些麻煩。

他的手指輕輕在懸空廟的欄杆上點了幾下，篤篤作響。下方一直縮在權貴後方的范建似乎心有感應，向樓上看了一眼。

「你不要去了。」皇帝對洪四庠冷冷說道：「朕派人。」

話音落處，懸空廟下方的山坳裡又傳來數聲異響，數名身影從隱伏處站起身來，身負長刀，沿著陡峭的山石縫隙，衝入了花海中，不一時便超過提前幾刻出發的大內侍衛，追尋著最頭前三個人的蹤跡而去。

正是虎衛。

山裡有座廟，廟前自然就是山溝溝，只是這山溝溝有些陡。

范閒就在山溝溝裡的田野中疾行著，間或伸手撥去迎面衝來的枝椏，嗅著山野間金線菊瓣碎後的淡淡香氣，像是吃了鴉片一樣，體內的真氣依循著那兩個通道快速流轉，極快地補充了他精神與力量的消耗。他雙腳就像是長了眼睛般，奇準無比地踏上下方的岩石，身如黑龍，以一種令人瞠目結舌的速度向著山下衝去。

說起跳崖，這個世界上除了五竹之外，還沒有誰能比他更快。更何況，今天與白衣劍客一戰，體內修為受了大震撼後自然有所提升，真氣的充沛程度與精神狀態，都處於巔峰，左肩的傷勢根本算不得什麼。

他身前數十丈處，那個若隱若現的白色身影，身法也算是極其精妙，像朵雲一般聚攏散開，便柔和無比地緩了下衝之力，速度沒有減慢，但終究比不上范閒藉著地心引力加速。

兩個人的距離越來越近。

至於後面那些還在尋覓下山道路的大內侍衛，已經不知道被甩了多遠；而那位聲名赫赫的葉重，一身修為明顯是放在那個「重」字上面，也被拉下好一長段距離。

茶還未冷，兩人就已經一先一後地衝到山腳下。看著遠處隱約可見的禁軍兵馬旗幟，范閒心頭稍鬆了口氣，卻意外地發現前方的白衣劍客身形一斜，強行扭轉了前進的方向，擦著山腳疏林的邊緣，往西方掠去。

已經踏上了平地，范閒的速度本來應該不及那位白衣劍客，但白衣劍客受了葉重一掌，明顯吃了大虧，速度始終提不起來，所以被他死死綴著。

不過看對方選擇的方位，范閒依然止不住心頭微凜。

山上、山下聯絡不便，皇帝遇刺的消息就算已經傳了下來，這些山下的禁軍，只怕也難以馬上做出反應。更何況白衣劍客選擇的方向，正是禁軍最難照顧到的地方。那裡是一片原始的密林，林子的面積並不寬大，卻足以掩護白衣劍客輕身而出。

他沉默地追趕著，企盼禁軍統領不會因為宮典的失職，而忘記那個方向。

令他欣慰的是，那片密林外面明顯也有防備，白衣劍客在高速奔行的過程中，又是強行一轉，往兩點鐘的方向穿過去。

范閒緊緊跟著。

白衣劍客再轉。

范閒再跟。

數次突刺一般的轉變方向，白衣劍客卻極漂亮地保持與遠處禁軍的距離，而范閒也根本沒有多餘的力量喊來兄弟們幫忙。

嗖的一聲，白衣劍客陡然加速，往正前方的一處湖面掠去！

等范閒也咬牙跟著衝過去之後，才有些恐懼地發現一個事實。

自己已經跟著那位刺客穿過了山腳下的禁軍包圍！

前方一片空曠，無人防守。范閒心中劇震，完全不能了解那名白衣劍客是怎樣擺脫了層層禁軍的注視。除了二人身法確實夠快之外，唯一的解釋就是——這個白衣劍客對於禁軍的布置、對於慶國朝廷的應急反應都已經熟悉到一種很可怕的程度！

聯想到宮典今天一直沒有出現在懸空廟中，范閒感到一絲涼意沿著後背爬了上來，但此時不是思考陰謀詭計的時候，葉重太重、侍衛太慢，身旁無人，如果讓這名刺客從自己的眼前就此消失，范閒知道自己會惹上多大的腥羶。

不能回頭，只能飛、只能追，一追再追。

對於自己的追蹤技能，范閒有足夠的信心，尤其是在北海之畔的夜裡，自己領著幾名虎衛，硬生生將當年縱橫天下的肖恩追得悽慘不堪後，他根本不相信，除了四大宗師之外，還有誰能逃得出自己的跟蹤。

但今天，連番的意外接踵而來，讓他有些心寒，先是對方能夠輕易穿透禁軍的封鎖，緊接著白衣劍客又表現出十分強悍的擺脫能力，由山腳直至湖邊，穿湖而過，在農舍與田野間穿梭。那名白衣劍客有好幾次都已經消失在他的視野中，如果不是范閒眼力驚人，運氣過人，只怕早就已經被對方擺脫了。

而且白衣刺客在這一路上所表現出來的沉穩……甚至像是本能反應一般的躲避，實在是讓范閒十分佩服。他自幼接觸監察院的東西，當然知道這得需要多少年的浸淫才能達到。

尤其是注意到對方在掩滅痕跡時的手法，十分老練，而且透著一股陰沉味道，總讓范閒感覺很熟悉——就像是他已經非常熟悉的那片黑暗一般，與這名劍客的一身白衣，透著格格不入。

想必這才是白衣劍客的真實一面，冷靜且不必提，陰狠、決斷，無一不是人間極致。

懸空廟上那一劍，雖然煌煌、壯烈至極，但在范閒看來，卻沒有此時對方散發出的黑暗氣息來得驚人。此人所表現出來的真正實力，只怕早已經超越了年老的肖恩，還在自己的真實實力之上。

范閒越來越心驚。懸空廟上，自己確實太衝動了些、太熱血了些，此時冷靜下來，才能正確地評估對方那一劍的威勢。若不是葉重傷了對方，或許范閒此時要做的唯一一件事，就是馬上停腳，離前面那個白衣劍客越遠才會越安心。

二人身前，京都在望，城郭高聳，氣勢逼人。

呼的一聲，白衣劍客去勢不頓，單手脫去身上的雪白長衫，露出裡面一件樸素簡單的衣服，就如同京中居民常見的穿著。

白衫落在泥地中，片刻之後，一隻腳尖在衣上輕輕一點，一道身影疾速掠過去。范閒看著遠方已經喬裝成普通百姓的劍客，對於他的佩服到了無以復加的程度。對方不像是一般的刺客一樣往郊外逃去，反而自投羅網，殺入京都。這京都不知有多少萬人，那人混入人海中，想必也有可靠的身分做掩飾，就算監察院全力發動，只怕也再難找到他了。

今日皇室集會於懸空廟，京都防衛自然鬆懈，城門處的小兵只覺得眼前一花，揉了揉眼，卻不知道發生什麼事。

范閒看得清楚，那人已經混入京都的人群中，也不忌憚驚世駭俗，直接從城門處衝過去。

入城之時並未受阻，他依然能夠勉強綴在那個刺客後。在京都這樣複雜的地形中，才是真正考驗黑暗刺客們能力的時候。范閒使盡了渾身解數，才沒有跟丟前面那個影子一樣的人物，好在今日精神狀態奇佳，速度沒有一絲減退。

沉默的追殺與反跟蹤，在京都的民宅、小巷間進行著，凶險處或許不及上次北海畔，但緊張的程度卻猶有過之。

樓角身影一飄，竹下布鞋一點，穿過熱鬧的舊市街，撞翻了一個賣糖葫蘆的小販。便是這一撞，讓范閒判斷清楚，刺客受的傷重，看來已經支持不住了，才會控制不住自己的身體。

一條死巷子，驟然出現。一陣急促而輕微的腳步聲之後，范閒終於成功地將那個人堵在巷口盡頭。

連番跋涉，用心用力用神，他的臉色有些不自然的蒼白，頰上卻是兩朵亢奮的紅暈，雙眼裡晶亮一片，正是體內真氣充沛到極點的顯示。

而巷口裡的那個刺客情況比較糟糕，白衣已去，一身普通的衣服下面，已經能看見隱隱沁出的血水。

刺客轉過身來，是一張范閒完全陌生的臉，同樣蒼白無比，想來平日裡極少見陽光，也不知道易容過沒有。

他嘶啞著聲音，看著離自己只有十步遠的范閒，問道：「小范大人，你不累嗎？」

范閒微微一怔，輕聲說道：「本官沒想到你能跑這麼遠。」

刺客微微一笑，輕輕將手伸進衣衫裡，緩緩取出那柄寒若秋水的古劍，一劍在手，他全身上下的氣質為之一變，馬上由一位逃亡的黑暗刺客，變成了一位高傲的劍客，渾身充滿自信與驕傲。

「我本不想殺你。」

范閒默然，知道對方如果沒有受傷的話，確實有足夠的實力說出這樣狂妄的一句話。感受著巷子盡頭那股拂面生寒的劍意，他下意識準備扣住暗弩的扳機，取出藏在靴中的黑色匕首，拋出最拿手的毒煙……不料……匕首沒摸到，毒煙用完了，暗弩不在了。

「你是赤裸的。」無名刺客冷漠說著。「你只有三支弩箭、一把匕首、十四粒爆煙丸，而現在……你是赤裸的。」

范閒微微低頭，面色沉了下去，知道自己確實跟裸奔入京差不多，一向能夠幫助自己的三大法寶已經不在身邊——有這三大法寶在手，他敢和海棠朵朵正面打上一架。而此時，面對一位實力絕對不在海棠朵朵之下的絕頂高手，范閒能怎麼辦？他只有祝福對方的傷勢發作得更快一些……五竹能來得更快一些。

他體內如今已至頂峰之境的充沛真氣，讓他的心神堅毅自信起來，在經絡裡快速流轉的真氣，就像是無數個調皮的孩子在勸說著他，憑藉自身的實力，與對方狠狠地戰一場。

而出乎意料的是……他只是深深地吸了一口氣，壓下戰意，用沒有夾雜一絲情緒的目光看著對方，微笑說道：「說出你一個能讓我滿意的身分……我就不追。」

這是交易，這是他冒著奇險，一直追蹤這位絕頂高手到京中……也要做成的一筆交易。懸空廟的刺殺太古怪了，宮典的離奇失職、刺殺時機關層出迭見的絕妙安排、面前這位刺客的出現與離開、對慶國內部事務的熟悉，都揭示了一個可怕的真相。這次刺殺，肯定不只一方勢力參與其中，而且一定有慶國內部的人員參與！

范閒只需要知道此事的真正起源，而不是像個勇士一樣地為皇帝洗去恥辱。他不是一位單純的忠臣，更在乎的是，這次刺殺與自己、與父親、與監察院之間的關係。

「不要說氣節這類的話。」范閒依然低著頭，笑著說道：「你我都是一路人，知道承諾這種事情沒有任何意義，給出我所需要的資訊，我放你離開。」

刺客沉默著，默認了他的話，但就在范閒以為對方會接受這個看似對雙方都很公平、絕對雙贏的交易時，對方忽然說道：「現在的問題是，如果我殺了你，我不一樣也可以離開？」

這個世界真的很妙，范閒強悍地拒絕了二皇子那個和解共生、在所有人看來都很美滿的提議，而此時，也有人很強悍地拒絕他。

靠的是什麼？當然是實力。

劍光似乎在一瞬間內，照亮了整條小巷。深秋裡的落葉，也被這劍風颳拂起來，紛亂地飛舞在二人之間。那柄古意盎然的長劍，就在淒美落葉的陪伴下，突兀而決然地來到范閒的面前。

就如同在懸空廟頂樓一樣，范閒體內真氣疾出，運至雙掌上，開天闢地一般，挾著雄渾至極的掌風，拍向對方的面門，對於迎面而來的長劍根本看都不看一眼。

掌風凜冽，將那名劍客的頭髮震得向後散去，就像是道道鋼刺一般。

武技之道，他不如對方，於是只好搏命；而且他很清楚，越是殺人無算的絕頂刺客，越是珍惜自己的生命；越是驕傲，怎麼可能換命？

如他所願，對方果然橫劍一揮，向著他的手掌上斬去。范閒奇快無比地收手，化為兩道黑影，直擊對方的太陽穴。這雙拳出得乾淨俐落、簡單至極，卻是異常凶悍。

便在這時，與他對戰的劍客，卻做了一件讓范閒怎麼也想不到的事情！

劍客不再像大畫師一樣瀟灑揮劍，不再妙到毫巔的運劍……他直接棄劍。

長劍脫手，急射而出，直襲范閒的咽喉。他的身體卻異常古怪地縮了起來，避過了范閒的凌厲拳風，將手放到自己的左腿靴口處。

取出一把暗沉無光的匕首！

范閒悶叫一聲，收拳而回，交錯一擊，仗著自己的霸道真氣，生生將那奪命一劍擊飛。古劍化作一道直線飛了出去，嗤的一聲插在巷牆中，不停顫抖著，嗡嗡作響。

更令他大驚的是，對方居然從靴子裡摸出了匕首向自己刺過來，這一招范閒實在是太熟悉了！

劍客古劍在手之時，便是光明正大、大開大合、堂堂正正的絕代劍手，所以范閒用霸道真氣相應；但是這名劍客棄劍之後，整個人的光采便似乎蕩然無存，化作了秋風之中的一道魅影，手裡提著一把尖銳的匕首，突刺而出。

這種強烈的氣質變換，在驟然之間發生，范閒險些應對不及，左臂被劃了一道血痕！霎時，兩道黑灰色的身影就在巷中纏鬥起來，貼身的搏擊，全以奇詭之道而行，刃出無聲，指出陰險，在極小的範圍之內，進行著極凶險的刺殺。兩個人的動作越來越快，彎肘提膝、撩腹踩腳，由牆角站至牆上，再摔到地面……一連串肉體格擊之聲連串響起，驚心動魄。

如果范閒不是從小被五竹錘鍊長大，如果不是深受監察院風格的浸淫，一直走的就是這個路子，只怕早已經被那把匕首戳出無數個血洞。但饒是他躲得再快，終究還是被那把似乎染上噬魂之氣的匕首，在身上割了無數道血口子。

對方肯定對監察院官服的構造十分清楚，刀尖所割，全是沒有重點保護的地方。

而最令范閒心驚膽跳的是，對方竟將自己研究得十分透澈，將自己的出手路線算得死死的，自己賴以保命的小手段，每每在發動之前，就被對方猜得先機，躲了過去。不論是擰尾指，還是插眼珠、捏陰囊、倒肘擊……什麼樣無恥下流陰險的招數，都失去了效用！

一抹淺灰色的光芒，閃過范閒的眼簾，匕首的尖端很直很直地扎下來，這讓他想起了五竹的那根棍子，讓他想起五竹說的那句話──直、狠、準。

之所以范閒在快要嗝屁的時候還有閒情回憶往事，是因為他還有一招大劈棺，腳下的靴尖裡還藏著刀片。

他一甩手，體內暴戾的真氣一下子迸了出去，監察院官服的袖子都被震得絲絲碎裂，右手被真氣所激，不停地顫抖，隱隱有了幾絲澹州海崖下葉流雲散手的風韻，啪的一聲擊出。

像個幽靈一樣附在他左臂處的刺客，只覺一股強大而錐心的真氣撲面而來，范閒這一拍的手指根根散開，宛若枯枝一顫！

刺客胸口一悶，被震了出去，腳尖也往下一踩，不偏不倚踩在范閒陰險踢過來的靴刀尖上，飄然退開三尺！

范閒一聲悶哼，捂著受了傷的左臂，看著面前這個可怕的敵人，發現對方也在掩唇流血，稍覺安心。

只是，五竹還沒來。

刺客橫肘，將灰暗的匕首橫舉在眼前，嘶啞著聲音說道：「這是學你的。」

范閒陰沉著臉，感受自己的精力隨著傷口鮮血的外溢而不斷流失，冷聲道：「不用客氣。」

沒有時間留給他治傷調息，而對方明顯在傷勢的耐受力方面，比自己還要強悍，所以范閒沒有第二句話，腳尖在巷牆上一點，踹落幾塊灰磚，整個人撲了過去，去勢若虎，一往無前！

刺客退一步，躍起，反手撩刀，刺向他的太陽穴。

范閒身形一滯，氣勢由極暴戾轉至極陰柔，整個人的身軀極冒險地繞著那柄匕首轉了小半圈，右手的兩根手指間寒芒一閃，從自己的頸後鬼魅般地伸出去……剎那辰光裡，便要輕拈毒針，扎中那隻穩定異常地握著匕首的手……的虎口！

可他沒有料到，刺客反手撩的那刀，竟是個假象。當針尖探過去的時候，對方已經從容容地拉回匕首三寸，讓毒針扎在匕首的橫面上，針尖寸短，顯得脆弱無比！

緊接著，刺客一膝頂在范閒的後腰窩裡。一股劇痛讓他橫過身去，然後便看見了那柄恐怖的匕首距離自己胸口只有極短的距離。

看著這把匕首，范閑絕望了，對方竟然準備得如此充分，連自己最後保命的三根針都摸得一清二楚！

而……五竹還沒來。

腰間著了重重的一記，范閑的一聲悶哼卻變作了極其狂暴的一聲呼喊！

「啊！」

生死之際終於激發出他體內最大的潛力，將那股強悍的殺傷力全數吸入雪山之中，催發著霸道真氣運至自己的雙臂，夾住了匕首！

雙掌與匕首一夾，發出了極難聽的嘶嘶聲，就像是燙紅的烙鐵正在粗糙的腳掌上慢慢劃過。

兩個人距離得如此近，以至於范閑能看到對方眼神裡的那絲微笑。

倒楣這種事情，總是接二連三，此時范閑已經到了最危險的時候，他身體裡最大的那個隱患，也終於爆發出來，發出凶暴的怒吼。

暴戾的真氣，就像是不聽話的孩子，又像是難以馴服的野獸，異常不穩定地在他的經絡中開始跳動；而雪山處的真氣蘊積，似乎也隨著這一場耗費心神的纏鬥，終於突破極限。

爆了。

就在極短的瞬間內，范閑便已經感受到從來沒有經歷過的苦楚，身上每一處能夠有感覺的神經，都像是被撕裂一般，痛楚無比；而體內的真氣就這樣狂肆地衝破了管壁，殺進他的身體內，片刻間湮沒在臟腑中，再也無法調動出來。

真氣全無，雙掌自然無力。

嗤的一聲輕響，那柄始終無法真正刺中范閒的灰暗匕首，就這樣簡簡單單、甚至有些荒謬地刺進他的胸口。

范閒鬆開雙掌，不可思議地看著自己胸上突然多出來一把匕首，而且只能看見後面那一截。

就連那名絕頂刺客，似乎都驚呆了，傻傻地看著范閒胸前的匕首，而沒有接下來的動作。

不知道過了多久，那種痛楚才傳到范閒的腦中，他才明白自己中了很深的一刺，只怕這條小命就要這麼糊裡糊塗地交代在異世界的一條小巷中。

不甘啊！自己還有很多事情沒做，還沒生孩子，《紅樓夢》還沒有抄到七十八回，還沒有去內庫看葉輕眉的家什，還沒有去神廟偷窺，還沒有站在皇宮的大殿上向天下人宣告自己的身分。

最不甘的是……瞎子，你怎麼還沒來呢？

「意外。」

很意外的是，說出這兩個字的，除了臨死不忘前世周星星的范閒外，還有對面那位劍客，只不過范閒說得極為不甘，對方說得極為無辜。

刺客終於鬆開了握著匕首的手，范閒雙腿一軟，就往地上倒下去。

當慶國皇帝最精銳的虎衛，終於千辛萬苦地趕到小巷時，沒有來得及參加這場激鬥，只來得及看著一個普通百姓模樣的人，鬆開了范閒胸口那柄匕首，化作一道黑色的影子，直接掠過巷尾那堵牆。

而范閒，這些虎衛們暗中傳頌，無比強大的大人物，就像是一位酒後的醉鬼般，直挺挺地摔倒在巷中的地上。

「快追！」有虎衛低聲吼道。

「分二，先救人！」

這一行虎衛的頭領高達，沉著一張殺氣騰騰又陰鬱至極的臉，蹲在范閒旁邊，看著面前這個帶著自己出使北齊的年輕官員，心裡無比緊張和擔心。

不知道過了多久，終於有聲音在巷子裡響了起來——

「死不了。」范閒氣喘吁吁靠在高達的懷裡，望著胸前一大片殷紅。「插得不夠深……不過，快請御醫……去府上找我妹妹拿解毒丸……另外請陛下急召費介回京……小命要緊。」

說完這句話，范閒雙眼一閉就昏了過去，只是昏迷之前還用有些模糊的視線，看了那名刺客逃遁的那堵土牆一眼。意外重傷後的古怪情形，已經讓他隱隱猜到那名可怕刺客的身分，只是這事太複雜、太可怕，可怕到他寧肯下意識讓自己昏迷不醒，也不願意就這件事情再繼續思考下去。

第十七章　傷者在宮中

車簾隨著迎面而來的風飄了起來，露出車外一角的青青山色，和向後疾退的長長石板路，就像是無數幅的畫面，正在不停地倒帶。

畫面的一角，是一片黑色的布巾正在飄動，化作流溢的黑光，漸漸占據整個畫面。

畫面轉而一亮，斑駁的亮化作了很眼熟的小花，在澹州的山崖間開放著，有一隻略顯粗糙但格外溫暖的手伸了過來，摘了一朵。

花兒在民宅的露臺上被陽光與海風晒乾，混入茶中。開水沖入杯中，蕩起茶葉與乾花，泛起金黃潤澤的琥珀色，又有一隻手伸了過來，穩穩地端起杯子，放在面前。

「少爺，喝杯思思泡的新茶吧，今天是她入門頭一天。」許久不見的冬兒滿臉溫和笑容，不知道為什麼，她今天沒有在澹州當豆腐西施。

范閒搖了搖頭，接過茶來，送到另一邊，看著坐在自己旁邊正不停啃雞腿的林婉兒，嗔怪說道：「油膩膩的，妳也吃得下去，喝杯茶清清嗓子。」

林婉兒沒有說話，反而是坐在自己右手邊的妹妹笑了起來，眉宇間的淡淡憂色全數無蹤，讓自己看著很是欣慰。

「該走了。」臉上蒙著一塊黑布的五竹冷聲說道。

「去哪兒呢？」范閒下意識問了一句。

「去看小姐。」

「好。」范閒沒有一絲異議，無比興奮地站起身來，走到床邊去提行李，還有那一個……黑黑的箱子。但不知道怎麼回事，今天這箱子格外的重，怎麼提也提不起來，把自己搞得滿頭大汗。

一滴汗順著昏迷中的范閒額角，滑落下來，滴在枕頭上面，他有些迷糊地將眼簾撐開一條小縫隙，無神地看著上方的彩繪，知道自己身處在一個很陌生的房間中，不由得渾身一寒，想著——

「難道……又穿了？」

如果死一次就要穿一次，范閒或許情願自己上一次就死得徹底些，何必來這世上走一遭，看了那麼些人，遇了那麼些事，動了那麼些情，生出不捨來，卻又離開，偏還記得。

范閒有些渙散的目光終於適應了房間裡的光線，開始像嬰兒一樣地學習聚焦，終於瞧清楚在自己身邊，林婉兒的一雙眼睛已經哭成紅腫的小桃子，死死抓著床單的一角，咬著下唇，不肯發出聲音。

看來自己還活著，還是在慶國這個世界裡，只是不知道自己是躺在哪裡。

低頭有些困難，但他從胸口處傳來的疼痛裡，知道自己的傷並沒有治好。此時房間四周裡，全是那些低眉順眼的閹人，正滿臉惶恐地四處找尋什麼，假裝著忙碌與悲哀。

門口處，一群穿著御醫服飾的老頭們正哀哀戚戚地對著一位中年人說話。

「陛下，臣等實在無法。」

中年人大怒道：「如果救不回來，你們就陪葬去！」

半昏迷狀態中的范閒，看著這一幕，卻忍不住冷笑起來，只是脣角並不聽他的大腦指揮而翹起一角。

他在心裡想著，這倒是挺耳熟的臺詞，只是他這皇帝，到自己要死的時候才來發狠，似乎做人不怎麼厚道——與眼前情況相比，范閒下意識更希望是父親范建在對著太醫大吼大叫。

他想伸手拍拍林婉兒的手背，卻沒有力氣動彈一絲，體內無一處不痛，無一處不空虛，他強行提攝心神，卻是腦中嗡的一響，又昏了過去。

當范閒心裡還有餘暇腹誹皇帝、安慰老婆的時候，整個京都已經亂翻了天。

皇帝遇刺！

這件事情不可能瞞過天下所有人，所以很多人在黃昏的時候，就知道這件事情。不過令百姓們心安的是，皇帝並沒有在這次事件中受傷。但沒過多久，又傳來消息，監察院提司范閒，忠心護君，英勇出手，親手消弭了這一件天大禍事，然後不顧病後傷後的虛弱之身，自懸空廟追緝刺客入京，終於不支倒地，身受重傷，不知道還能不能活下來！

范閒在慶國民間的名聲一向不錯，一聞這消息，京都居民們大多端著飯碗表示真切的擔心與衷心的祝福，夜裡提著燈籠去慶廟替他祈福的人們竟是排起了長隊。

城東大街的范府沒亮幾盞燈，一片黯淡，下人們手足無措地等著消息。范閒受傷之後，被虎衛們直接送入宮中，皇帝返京後，便將重傷的范閒留了下來，令御醫們寸步不離看著。對於皇帝的這個表示，范府上下都覺得理所當然——少奶奶與小姐已經入了宮，還沒有消息傳出來，不過傳聞中大少爺被刺了一刀，傷勢極重，太醫一時間沒有很好的法子。

出乎所有人的意料，戶部尚書范建沒有入宮，只是坐在自己的書房裡，陰沉著一張臉，不知道在想什麼。

出了這麼大的事情，陳萍萍也不可能再在郊外的陳園裡看美女歌舞，他坐著輪椅，返回監察院，第一時間內展開對於行刺一事的調查，同時接手了懸空廟上被擒的那位小太監和九品高手的屍體。

靖王已經趕到宮中，柔嘉郡主留在閨房裡哭。

不知道京中還有多少小姑娘們在傷心。

二皇子緊閉著王府的大門，嚴禁屬下去打聽任何消息、做出任何反應，他知道自己現在的處境十分危險，值此多事之秋，任何不恰當的舉動都會替自己帶來滅頂之災。

大皇子守在搶救范閒的廣信宮外面，不停地踱著步。

宜貴嬪也領著三皇子站在廣信宮外面，今天三皇子這條小命等於是范閒救下來的；先不說宜貴嬪與范府的親戚關係，身為宮中女子的她，也知道在皇帝震怒的背後，所體現的是什麼，而自己應該表現出什麼樣的態度。

皇后沒有來，太子也只是在廣信宮裡假意關心幾句，安慰了林婉兒和范若若幾句，又請皇帝以聖體為重，便回了東宮。

據另外傳來的消息，太后雖然只派洪四庠來看了看，但老人家此時正在含光殿後方的小廳堂燃香祈福。

范閒重傷將死的消息，讓慶國所有的勢力做出了他們最接近真實的反應，不免感覺有些荒謬得可愛。

廣信宮以往是永陶長公主在宮中的居所，也正是范閒第一次夜探皇宮時便來過的地方，但他沒有在寢宮裡待過，所以先前醒來的那一剎那，沒有認出自己是躺在皇宮裡。雖然范閒是為了皇帝才受了這麼重的傷，但一位臣子被留在宮裡治傷，終究是一件很不合體統的事情，好在他還有個身分是永陶長公主的女婿。

吱呀一聲，廣信宮的門被推開了，皇帝沉著一張臉走了出來，看了一眼泫然欲泣的范若若，眉間略現疲態。

姚公公顫著聲音說道：「陛下，您先去歇歇吧，小范大人這裡有御醫們治著，應該無妨。」

皇帝的眸子裡閃過一道寒光。「那些沒用的傢伙……」

「陛下，我想進去看看。」范若若穩定住心神，對著皇帝行了一禮。「可是……太醫正不讓我進去。」

「嗯？」皇帝皺起眉頭。「為什麼？」他注意到范若若腳邊放著一個很尋常的提盒。

范若若咬著嘴唇說道：「哥哥一直沒醒來，但虎衛說過，讓我拿他平日裡常用的解毒藥丸來，想必是他昏迷前心中有數，只是御醫不……相信我的話。」

皇帝默然站在階上。御醫治病自然有自己的流程，拒絕范若若的藥也是正常。但此時的皇帝，與許多年裡都不一樣……似乎是第一次，他發現自己這麼多兒子裡，只有裡面那個才是最有出息的，也只有裡面那個，才不是為了自己的位置而思考問題……

懸空廟上，在那樣危急的關頭，如果范閒第一選擇是不顧生死地去救皇帝，只怕多疑成性的皇帝依然會對范閒有所提防。因為那樣的舉動，也許正是他身為一位權臣想表現自己的忠誠給一位君主看——而做皇帝這種職業的人，向來不會相信可以看得見的忠誠。

可問題是……范閒選擇了先救三皇子！

如果深究起來，都察院甚至可以就著這個細節，彈劾范閒大逆不道。只是皇帝本非尋常人物，他從這個細節裡面，自以為看清了范閒城府極深的表面下，依然有一顆溫良仁順的心……就像當年那個女子一般。

很好笑的是，范閒在那一瞬間根本不是這般想的。問題是，皇帝並不知道。

所以，皇帝很欣慰。

在知道范閒被重傷將死之後，他許多年不曾動搖絲毫的心，終於有了那麼一絲絲顫動，甚至開始懷疑起自己對范閒是不是壓榨得過於極端。自我懷疑之後，他更是對范建感到一絲毫無道理的嫉妒，一絲不能宣之於天下的憤怒——這麼優秀的一個年輕人，憑什麼……就只能是范建的兒子？

自己的幾個兒子？老大太直、老二太假、老三……太小。至於太子？皇帝在心底冷笑一聲，心想這個小王八蛋莫非以為自己沒有看見他故意踩中那個酒杯？

所以他將范閒留在宮中，一方面是為了盡快將范閒救活，另一方面也是一位中年男人骨子裡的某種負面情緒在作祟。

與他自幼一起長大的范建，或許對於皇帝的心理狀態十分清楚，所以在兒子身受重傷的情況下，也沒有入宮，只是很黯然地留在范府的書房中。

皇帝傳召，太醫正領著一位正在稍事休息的御醫走出宮門，滿臉苦色回道：「陛下，外面的血止住了，可是那把刀子傷著了小范大人的內腑。」

皇帝微抬下頷，示意了一下范若若的存在。「為何不讓范家小姐進宮？」

太醫正就算在此時，也不忘維護自己的專業精神，皺眉道：「那些藥丸不知道是什麼成分……刺客的刀上浸著毒，毒素還沒有分析清楚，所以不敢亂吃，怕——」

「怕個屁！」階下一直在坐在椅子上的靖王衝上來，啪的一聲，一耳光就甩在太醫正的臉頰上，罵道：「老子給了你兩個時辰！你不說把人救活，你至少也要把范閒救醒！只要他醒了，以他的醫術，要比你這糟老頭子可靠得多！」

太醫正挨了一記耳光，昏頭昏腦之餘大感恚怒，根本說不出話來。

皇帝正想訓斥靖王舉止不當，但聽著這幾句話，心頭一動，覺得實在是很有道理。如今費介不在京中，要說到解毒、療傷，只怕還沒有人比范閒更厲害。他皺眉說道：「不管怎麼說，先想法子，把范閒弄醒過來！」

話一出口，皇帝才發現，范閒果然是一個全才，而且如果他不是擔心自己和皇子們中了煙毒，將藥囊扔在頂樓裡，只怕他就算是被匕首的毒所侵，也不會落到如今這副田地——又想到范閒的一樁好處，他心裡忍不住嘆息一聲，暗道，如果這孩子的母親……不是她，那該有多好。

他搖了搖頭，在太監們的隨侍下回了御書房。

得了皇帝的聖旨，靖王領著范若若，一把推開宮門口的侍衛，根本不管那些御醫們的苦苦勸說，直接闖到床邊。

林婉兒雙眼紅腫，一言不發，只是握著范閒有些冰冷的手，呆呆地望著范閒昏迷後蒼白的臉，似乎連自己身後來了什麼人都不知道。

范若若看著這一幕，心頭微慟，卻旋即化作一片堅定，她相信自己這個了不起的哥哥，不可能這麼簡簡單單地死去。

「弄醒他。」靖王今日再不像是一位花農，而像是一位殺伐決斷的大將，瞇眼說道：

「如果吃藥沒用，我就斬他一根手指。」

范若若似沒有聽到這句話，直接從提盒裡取出幾個大小不等的木頭盒子。

靖王道：「妳知道……應該吃哪個？」由不得他不謹慎，畢竟御醫們不是全然的蠢貨，說的話也有些道理，如果藥丸吃錯了，鬼知道會有什麼效果，說不定此時奄奄一息的范閒，就會直接嗝屁！

范若若點點頭，很鎮定地從木盒中取出一顆淡黃色的藥丸，藥丸散發著一股極辛辣的味道。

她將藥丸遞到林婉兒手中，兩人都是冰雪聰明之人，林婉兒手掌一顫之後，也不多問一句，直接送到嘴裡快速咀嚼起來，又接過太監遞來的溫水，飲了一口，讓嘴裡的藥化得更稀一些。

在一旁好奇緊張圍觀的御醫們，知道這兩位膽大的姑娘家是準備灌藥了。反正自己也無法阻止，便有一位趕緊上前，用專用的木製工具撬開范閒的牙齒。

林婉兒低頭，餵了藥過去。

一直默然看著的靖王，忽然伸了一隻手過去，在范閒的胸口拍了一下，然後往下一順。

眾人開始緊張地等待。

不知道過了多久，范閒長長的睫毛微微顫抖一下，睜了開來，只是眼神有些無神。

「小范大人醒啦！」

早有知趣的太監高喊著，出宮去跟皇帝報信，殿內、殿外頓時熱鬧起來。

范閒受傷之後真正醒來的第一個念頭是：一定有很多人會失望吧。

然後他看著身邊緊張、興奮、餘悲猶存的那幾張熟悉臉龐，輕輕說道：「枕頭。」

林婉兒握著拳頭，雙唇緊閉，似乎緊張得說不出話來，拿了個枕頭墊在他的後頸處，知道相公是要看自己胸口的傷勢，所以又墊了一個，讓他的頭能抬得更高一些。

范若若移了一個燭臺過來，亮亮的火光將他受傷後的悽慘胸膛照得極清楚。

范閒閉著雙眼，先讓那股辛辣的藥力在體內漸漸散開，提升一下自己已經枯竭到極點的精力，這才緩緩睜開雙眼，朝著自己的胸口望去。

傷口不深，而且位置有些偏下，看著是胸口，實際上應該是在胃部上端。御醫們對外部傷勢的處置極好，范閒也挑不出什麼毛病來。

但他知道胃上應該也被刺破了一個口子，還在緩緩地流著血，自己的真氣已經完全散體，根本不可能靠真氣來自療……如果任由體內出血繼續，自己估計熬不過今天晚上。以這個世界的醫學水準，對於內臟的受傷，實在是沒有什麼辦法，這怪不得御醫。

「抹了。」他的精力讓他只能很簡短地發布命令。

范若若想都不想，直接取過煮過的粗布，將他胸膛上的那些藥粉全部抹掉，惹得旁觀的御醫們一陣驚呼。

毫不意外，范閒胸口處的那個傷口，又開始滲出血來。

「針。」范閒輕輕吐出一個字，勉強能動的手，反手握住正渾身發抖的妻子的冰冷小手。

范若若取出幾根長針。范閒的眼珠子向旁微轉，看著一旁的靖王說道：「天突、期門、俞府、關元，入針兩分。」

下針是需要真氣加持的，而此時身旁……似乎只有靖王有這個本事。范閒醒來之後感覺得清清楚楚，先前送藥入腹的那一掌，不知道夾著練了多少年的雄渾真氣。

靖王微微一怔，似乎沒有想到自己也要當大夫，依言接過細細的長針，有些緊張地依次扎在范閒所指的穴道上。

針入體膚，血勢頓止，四周的御醫瞠目結舌，不敢相信。

「三處。」范閒委頓無力地對靖王說了句。

靖王馬上明白了，監察院三處最擅長製毒，自己與皇帝關心則亂，竟是忘了讓他們入宮替范閒解毒，於是趕緊出殿去，讓人去傳監察院三處主辦及一應人員入宮，救病治人。

沒料到三處的人早已經在皇宮外等著了，三處主辦更是請了好幾次旨，要入宮去救范閒，只是今晚宮中亂成一團，禁軍統領有幾人被監察院傳去問話，竟是沒有人敢去請示皇帝，自然也就沒有誰敢讓他們入宮。

此時靖王代皇帝傳旨，監察院的人終於鬆了一口氣，直接入了宮門，趕到廣信宮裡。三處的人帶了一大堆東西，叮叮噹噹的好像是金屬物，躺在床上的范閒聽著這聲音，卻像是聽著佛旨綸音一般動聽。

三處主辦是費介師弟的弟子，就是范閒的師兄，在監察院裡與范閒向來相處得極為相得。此時看著范閒悽慘無比地躺在床上，冷師兄的臉一下子就陰沉了起來，他走到范閒身邊，一根手指搭在他的手腕上。

包括御醫在內的所有人，都緊張地注視他。

過了一會兒，冷師兄點點頭，望著范閒說道：「師弟的藥丸已經極好……不過，這毒是東夷城一脈的，試試院裡備著的這枚。」

范閒心頭微動，依言服下藥去，不知道是不是心理因素，精神頓時好了些。

天下所謂三大用毒宗師，費介為其一，肖恩為其二，還有一位卻是東夷城的怪人。三個人當中，費介涉獵最廣，本事無疑最強。但是用毒宗師，所選擇材料及製毒、布毒風格都有強烈的不同，像肖恩就偏重於使用動物油脂與腺體分泌，費介偏重使用植物樹漿，這也影響了范閒。偏生那個刺客匕首上餵的毒，卻是東夷城愛用硝石礦毒那派。兩派風格不通，想解起毒來，十分麻煩。院裡怎麼可能有常備的解毒藥？

所以范閒清楚，這藥丸一定是有人藉著冷師兄的名義，送入宮中替自己解毒，只是常年沉醉於毒藥學研究，從而顯得有些一根筋的冷師兄，卻很明顯沒有想到這點。

毒素漸褪，剩下的便是體內臟腑上的傷勢。看著監察院的解毒本領，御醫們終於有些佩服了，但還是很好奇，這位范提司和三處準備要怎麼處理體內的傷口？

「師弟，你以前讓處裡準備的那套工具，我都帶來了，怎麼用？」冷師兄似乎也不清楚那些東西的功能。

范閒看著自己胸口下方的那道血口子，喘息著說道：「我需要一個膽子特別大的人……還需要一個手特別穩的人。」

冷師兄常年與毒物、死人打交道，開膛剖肚的場面不知道看了多少年，膽子自然是足夠大的，至於手特別穩的人？三處裡面這些官吏，似乎都足以擔任。

但……范若若卻倔強地站到床前，說道：「我來。」

第十八章　燭光下的手術

躺在床上滿臉憔悴的范閒，第一時間內就表示了堅決的反對，第一是他自己對於縫合技術都沒有太大的信心；第二，他根本捨不得一向潔淨柔弱的妹妹看到自己血糊糊的胸腹內部，更何況待會兒還要親手去摸……

「婉兒，妳也出去。」范閒用有些發乾的聲音說道：「帶妹妹出去。」

林婉兒沒有說話，只是輕輕搖了搖頭。范若若堅持說道：「我的手是最穩的。」

聽到范家小姐這樣有信心的話，包括冷師兄在內的所有人都有些意外。

范閒看了她一眼，看著她往日平淡的眸子裡漸漸生騰起的自信，心頭微動，不知道他想了些什麼，蒼白的臉上浮現出淡淡微笑。「待會兒會很噁心的，而且妳是我的親人，按理講，我不應該選擇妳……不過既然妳堅持，那妳就留下來吧。」

說了一長串話，他的精神又有些委頓，不等他開口說話，身旁的林婉兒已經……又搖了搖頭，還是沒有說話。

場間一陣沉默，燭火映照著范閒臉頰，有些明暗交錯，他勉強笑著說道：「那諸位還等什麼呢？只是個小手術而已。」

三處拿來的那幾個箱子確實是依范閒的建議做的，不過真正的原創者卻是費介，而費介又是從哪裡學會這一套？除了范閒之外，應該沒有人知道。此時，他卻要做自己手術的醫學總監了，隨著他有些斷續的話語，留在廣信宮裡的所有人開始忙碌地動起來。

皇宮奢華，燭臺是足夠多的，眾人又想了些法子，讓這些燭光集中到床上，照亮了范閒袒露在被子外的胸腹。

小太監們急著燒開水、煮器械，讓宮中眾人淨手；而范若若則側著身子，小心而認真地聽哥哥講待會兒的注意事項與操作手法。冷師兄毫無疑問，是一位現成最好的麻醉師，那些小太監們就成了手腳俐落的護士。

而那些看著眾人忙碌、卻不知道大家在做什麼、傻在一旁的御醫眾，似乎變成了那個世界裡旁觀手術的醫學院三年級學生。

「反正不是婦科檢查。」范閒心裡這般想著，也就消了將這些御醫趕出門去的念頭，至於什麼殺菌、消毒——免了吧，皇宮裡也沒有這條件啊。

叮的一聲金屬撞擊脆響，迴盪在安靜的廣信宮裡，范若若有些緊張地點了點頭，示意哥哥自己準備好了。

林婉兒回頭擔心地看了小姑子一眼，又取了張雪白的軟棉巾擦去范閒額頭的汗。

范閒困難地笑了起來。「夫人，妳應該去擦大夫額上的汗。」

冷師兄滿不講理地準備餵藥，不料范閒嗅著那味道，緊緊閉著雙脣示意不吃，說道：「馬錢子太狠，會昏過去。」

冷師兄納悶問道：「你不昏怎麼辦？待會兒痛得彈起來怎麼辦？」

范閒雖然沒有關公刮骨療傷的勇氣，但此時只有他自己最擅長這個門道，當然不能允許自己昏迷後，將性命全交給妹妹這個小丫頭。他艱難說道：「用哥羅芳吧，少下些。」

冷師兄這才想到自己竟忘了那個藥。話說，這藥還是自己春天時推薦給范閒的，只是後來范閒北上南下用著，監察院三處自己倒是極少使用。他回到屋角翻了一會兒，找到一個棕色的小瓶子，欣喜地走回來，將瓶子伸到范閒的鼻子下。

一股微甜的味道滲入范閒的鼻中，過了一陣子，藥力開始發作了。

雖然視線並沒有模糊，但范閒的眼前景致卻開始有些怪異起來，似乎他可以同時看清楚兩個畫面，一個畫面是妹妹正拿著一把尖口鉗子似的器械擔心地看著自己，一個畫面是……很多……很多很多年前，在一個被叫做醫院的神奇地方，一位很眼熟的漂亮小護士正在和自己說話。

他的心神比一般世人要堅定許多，馬上知道自己開始出現短暫的幻覺，真實的畫面與幻想的畫面交織在一起，沒有多少時間留給自己。

「開始，快些。」他微微瞇起了眼睛。「若若如果支援不住，師兄馬上接替。」

他的膽子很大，竟似在用自己的生命在維護范若若的自信，只是在哥羅芳的作用下，他的神思總是容易飄離這個皇宮的手術室，忘記正在手術的病人就是自己。

范閒曾經用哥羅芳對付過肖恩、對付過言冰雲、對付過二皇子，今天終於遭報應了。

轉頭望著林婉兒雪白的臉頰，微腫之後顯得格外淒美的雙眼，又看著在自己的胸口處無比小心忙碌著的妹妹，他忽然傻傻地一笑，心想如果將來讓妻子與妹妹在家中都穿上粉紅粉紅的護士服，雖然想來只能看兩眼……但那得是多美妙的場景？

人之將迷，本性漸顯。

廣信宮外的人們還在焦急等待，他們都知道范閒已經醒了過來，並且強悍地按照自己的安排著手醫治自己的嚴重傷勢。慶國的人們雖然早已經習慣了范閒所帶來的驚喜，比如詩三百、比如戲海棠朵朵、比如春闈、比如一處、比如嫩豆腐……但大家想著，他自己身受重傷，卻要治自己，不知道能不能把自己從生死線上拉回來？

在御書房裡稍事休息的皇帝，似乎格外緊張這位年輕臣子，竟是又坐著御輦回到了廣信宮前。他看著一片安靜的殿前眾人，聽著殿內隱隱傳來的話語與某些金屬碰撞之聲，不由得皺起眉頭，想起很多年前，在北方艱難的戰場之上，自己似乎也見過類似的場景。

「怎麼樣了？」

靖王向皇帝行了一禮，擔憂說道：「御醫們幫不上忙，三處那些傢伙……解毒應該沒問題，但是那刀傷……太深了些。」

皇帝微微一笑，說道：「有她留下來的那些寶貝，應該沒有太大問題。」

靖王一怔，沉默著沒有回答，站到了皇帝身後，垂下的雙眸中一絲憤怒與哀傷一現即逝，化作古井無波。

不知道過了多久，廣信宮的門終於被推開了，宜貴嬪顧不得自己的主子身分，拉著三皇子探頭往那邊望去，焦急問道：「怎麼樣了？」

回答她的，是一聲極無禮的嘔吐聲——哇！

出來的是一位小太監，先前在殿中負責遞器械，此時第一個出宮，當然成了眾人的目光焦點所在。但聽著宜貴嬪的問話，他竟是答不出什麼，面色慘白著，似乎受了什麼刺激，扶著廊柱不停地嘔吐。

姚公公罵道：「你個小兔崽子，吐……」

還沒有罵完，又有一位臉色蒼白的年輕御醫走出宮門，竟是和小太監一道蹲著吐了起來。

當今世界本屬太平，小太監又自幼在宮中長大，杖責倒是看過，卻從沒有看過此時殿中那等陰森場景。那些紅的青的白的是什麼東西？難道人的肚子裡就是那種可怕的血糊糊的肉團？范家小姐真厲害，居然還能用手去摸！

而那位年輕御醫，習醫多年，也不過是望聞問切四字，最噁心的經歷也就是看看舌苔和東宮胯下的花柳，今天夜裡卻是頭一遭看見有人……居然用針縫皮，用剪子剪肉……那可是人肉人皮啊！

又過了陣子，今夜充當醫學院學生的御醫們都悄無聲息地退出廣信宮，只是眾人的臉色都有些不好看，雖然大多數人還能保持表面鎮定，但內心深處也是受了不小的震撼。

皇帝一看他們臉色，便知道范閒應該無礙，但依然問道：「怎麼樣？」

被靖王打了一記耳光的太醫正，先前也忍不住好奇心偷偷地去旁觀，此時聽著皇帝問話，面色一陣青紅夾雜，無比震驚說道：「陛下……真是神乎其技。」

靖王一聽這調調，忍不住痛罵道：「問你范閒……不是讓你在這兒發感嘆。」

太醫正卻是站直了身子，依然發著感嘆，鬍子微抖不止。「陛下，王爺，下臣從醫數十年，倒也曾聽聞過這神乎其神的針刀之法，不料今日竟真的看見了……請陛下放心，小范大人內腑已合，定無大礙，只是失血過多，一時不得清醒。」

他卻不敢說，小范大人在手術結束之後，終於沒有挺過哥羅芳的藥力，開始躺在「手術臺」上說起了胡言亂語，事涉貴族之家的荒唐事，荒唐不堪，這件事情是斷然不敢此時稟給皇帝知曉。好在那時候「手術臺」邊，除了自己這位頭號觀摩學生之外，就只剩下小范大人最親近的那兩位女子，應該無礙。

此時留在廣信宮外面的人，都是真心希望范閒能夠活過來的，聽到太醫正擲地有聲的保證，齊齊鬆了一口氣。

大皇子面露解脫的笑容，向皇帝行了一禮，便不繼續在廣信宮外候著，直接出宮回府。他不想讓眾人以為自己是在對范閒示好，也不想人們以為自己是在揣摩聖意，只是純粹地不想范閒死了，此時聽著對方安全，走得倒也瀟灑。

皇帝揮揮手，示意宜貴嬪領著已經睏得不行的三皇子先回宮，便抬步準備往廣信宮裡去看看，靖王自然也跟在他身後。

不料太醫正卻攔在兩位貴人身前，苦笑說道：「小范大人昏迷前說了，最好不要有人進去，免得……」

他皺眉想了半天，終於想起那個新鮮詞：「……感染？」

范閒這句交代，其實是想求個清淨而已。皇帝與靖王愣了愣，允了此事，不料又看著太醫正面露狂熱之意說道：「陛下，臣以為，小范大人醫術了得，應該入太醫院任職……一可為宮中各位貴人治病，二來也可傳授學生，造福慶國百姓，正所謂遺澤千世……」

這話實在是大善之請，又沒有什麼私心，但此時情勢緊張，皇帝終於忍不住搶在靖王之前發火了，大怒罵道：「人還沒醒來，你搶什麼搶！范閒何等才幹，怎麼可能拘囿在這些事務之中！」

靖王卻偏偏不生氣了，嘿嘿笑著咕噥一句：「當醫生總比當病人強。」

三處的官吏此時終於也退了出來，恭敬地向皇帝行禮，得了皇帝的幾句勸勉之後，便有些精力憔悴地離開皇宮。

此時廣信宮中，除了服侍的那幾位太監宮女之外，就只剩下了范閒及婉兒、若若三個人。

林婉兒心疼地看了范閒一眼，又心疼地看了面色蒼白的小姑子一眼，柔柔地擦去她額上的汗珠，這是范閒先前說過的。范若若一直穩定到現在的手，終於開始顫抖了起來，知道自己終於在哥哥的指揮下，完成一件很了不起的事情，哥哥的性命應該保住了，她的心神卻是無來由地一鬆，雙腿一軟，險些跌倒在地。

林婉兒扶住她，有些自嘲地笑了笑，依然沒有說話，這笑容裡的意思很明顯。雞腿姑娘覺得……身邊的人或多或少都能幫到范閒什麼，只有自己，似乎永遠只能旁觀，不能起到任何的作用。

「嫂子。」范若若終於發現了林婉兒異常的沉默，關切問道：「身子沒事吧？」

林婉兒被小姑子盯了半天，旋即微笑說道：「沒事。」

這兩個字說得有些含糊不清，范若若定睛一看，才發現嫂子的唇邊竟是隱有血跡，不由得唬了一跳，便準備喚御醫進來看。

林婉兒趕緊捂著她的嘴巴，生怕驚醒了昏迷中的范閒，有些口齒不清解釋：「木……事，剛凱咬著舌頭了。」

范若若微微一愣，馬上明白是怎麼回事，心中不由得一暖，對這位年紀輕輕的嫂子更添一絲敬愛——先前餵藥給范閒的時候，林婉兒心急如焚，只顧著將藥丸嚼散，情急之下咬傷自己的舌頭，但心繫相公安危，卻是一直忍到了現在。

廣信宮裡的白幔早已除去，此時月兒穿出晚雲，向人間灑來片片清暉，與當年這宮裡的白幔倒有些相似。宮外的人們漸漸散了，只留下足夠的侍衛與傳信的太監。宮內的宮女、太監們將腦袋擱在椅子上小憩著，時刻準備著應對范閒的傷勢之後可能有什麼變化，又有值夜的宮女移走了多餘的宮燭。

姑嫂二人安靜地坐在椅子上，看著昏暗燭光裡安詳睡著的范閒，臉上同時露出一絲寬慰的笑意。

層層皇城宮牆之外，一身粗布衣裳的五竹，冷漠地看著宮內某個方向，確認了某人的安全後，悄無聲息地遁入黑夜的小樹林中。

過了數日，皇宮之中，一處往日清淨、今日卻是布防森嚴的梅園深處，那位京都如今最出名的病人，正躺在軟榻之上發著感慨。

「什麼時候能回家？」

范閒蓋著薄被，躺在軟榻上，看著梅園裡提前出世來孝敬自己的小不點初梅，面色有些惱火。

皇宮裡的物資自然是極豐富的，各種名貴藥材經由太醫院的用心整治，不停往他的肚子裡灌，想不恢復得快都很難。皇宮裡的太監、宮女們在服侍人方面，自然也比范府要強很多。就連這梅園的景致都比范家後園強上不少，加上妻子與妹妹得了旨意，可以天天陪在自己身邊——這小秋陽晒著、小棉被蓋著、小美人陪著，似乎與自己在家裡的生活沒什麼兩樣——除了沒有鞦韆。

但他依然很想回范府，因為他總覺得那裡才是自己在京都真正的家。

在經歷了慶國皇宮第一次手術之後，仗著這近二十年勤修苦練打下的身體基礎，他恢復得極快，胸腹處依然未曾痊癒，但總算可以平躺著看看風景了。只是體內的真氣散離情況，沒有絲毫好轉，他的心裡有些微寒和恐懼。

范若若吹了吹碗中的清粥，用調羹餵了他一口。另一側，林婉兒伸手進他的寬袍之中，小心地調了一下雙層布帶裡穀袋的位置，這是范閒的要求，用布帶束住傷口，加上一點兒重物壓著，對於傷口的癒合極有好處。

范閒有些困難地嚥下清粥，埋怨道：「天天喝粥，嘴裡都淡出鳥來了……我想回家……不說吃抱月樓的菜，喝喝柳姨調的果漿子，也比這個強不少。」

林婉兒嗔道：「剛剛醒了沒兩天，話倒是多了不少，陛下既然恩旨允你在宮中養傷，你怕什麼閒言閒語……不過……口裡淡出鳥來是什麼意思？」

范若若也很不解。「什麼鳥？」

范閒面色不變，轉移話題：「我不是怕閒言閒語……只是有些想家。」

如今他身處皇宮，無法與啟年小組聯絡，皇帝又下旨不讓他操心，林婉兒與范若若乾脆就不出宮，他更不可能跟別的太監、宮女說。懸空廟的刺殺案件已經過去幾天的時間，他竟不知道任何相關資訊，更無法去當面質問陳萍萍有關影子的事情，實在很是不爽，很是不安。

第十九章　梅園病人

梅園在廣信宮之後，環境清幽無比，穿過天心臺，便到了吟風閣，也就是此時范閑養傷的地方。雖然是皇帝特旨將他留在宮中，而且宮中人都知道范閑對於皇家來說，是立了多大的功，但是一名男子長住宮中，總有些不大妥當。范閑也深知這點，便只是老老實實地留在梅園，對於各宮之人來訪，總以身體不適推脫了。

這時一位開朗之中帶著兩分憨氣的貴婦，卻熟門熟路地上了吟風閣，手裡牽著個孩子，身後跟著幾個宮女。

范閑微微一怔，發現是宜貴嬪，便沒有多說什麼。自從自己醒來後，宜貴嬪便天天帶著三皇子到這邊來坐，一來大家本是親戚，二來在懸空廟上自己救了三皇子一命，對方以此大恩為由，自己不好攔著；三來……范閑也清楚，這位娘娘心裡的打算是很實在的。

「姨，不是說不用來了嗎？怎麼今天還提了些東西？」他笑著說道。

依禮論，他總要稱對方一聲娘娘，但去年初次入宮的時候，宜貴嬪便喜歡范閑叫自己「姨」，喜歡這種透著一份親熱勁的稱呼，范閑也就不再堅持。今天宜貴嬪身後的宮女還提著幾個食盒，不知道裡面裝的是什麼。

「蟲草煨的湯。」宜貴嬪與他身邊的兩位姑娘見了禮，毫不見外地扯了個繡墩過來，坐到范閒身邊，說道：「不是宮裡的，是你家裡熬好了讓我送過來。」

范閒喔了一聲，看著側邊正在忙著倒湯的宮女們，裡面有一位眉眼極熟悉，笑道：「醒兒也過來了。」

醒兒正是他第一次入宮時，帶著他到各處宮裡拜訪的那位小宮女，她全沒料到這位大人還記著自己，不由得面色微紅，用蚊子般大小的聲音嗯了一聲。

倒惹得眾人都笑了起來。宜貴嬪笑罵道：「傷成這樣，還不忘……」

忽覺著這話不能繼續說下去，便嫣然一笑地住了嘴。她年紀並不大，加上性情裡天生有股憨美意態，所以極容易與人親近，轉頭與林婉兒說了幾句，又和范若若聊了聊家中的事情，讓她們安心在宮裡待著，范府沒有什麼問題。

坐在她身邊的三皇子，今日卻顯得比以往老實許多，更沒有抱月樓中的愎戾之態，低著頭、苦著臉，一言不發，只是偶爾會抬起頭來，偷偷摸摸地看榻上病人一眼。

懸空廟一事，早已經讓他消了抱月樓上對於范閒的憤怒。畢竟當時場中，除了這位「大表哥」之外，竟是沒有一個人在乎自己的生死，包括兩位親生兄長在內，都只知道去救父皇……當時若不是大表哥在場，只怕自己這條小命，早就已經斷送在那名九品刺客的手中。

九歲的孩子，再如何早熟，終究也只是純以好惡判斷親疏的年齡，三皇子此時看著范閒那張蒼白的臉，便想著懸空廟上范閒攔在自己身前，無比瀟灑的英勇姿態，心中生出說不出的敬慕感覺。

林婉兒看了三皇子一眼，詫異問道：「老三，你今天怎麼這麼安靜？」

三皇子嘻嘻一笑，說道：「晨姊姊，沒什麼。」

林婉兒更納悶了，笑道：「渾似變了個人。」

宜貴嬪心疼地看了自己兒子一眼，說道：「若不是范閒，這小子只怕連命都沒了，受了這麼大驚嚇，總要老實些才好。」

范閒躺在榻上，不方便轉頭，只用眼角餘光瞧著這些女人、孩子們說話，在醒兒的服侍下緩緩喝了碗蟲草熬的湯。醒兒拿回碗時，極快速地在他的手心上捏了捏，那指尖柔滑無比。

范閒微微一怔，知道這小宮女肯定不會在此時來挑逗自己，明白一定是宜貴嬪有些話想私下裡與自己說。他頓了頓，說道：「婉兒，妳帶三殿下去逛逛這園子吧……妹妹，妳也去。」

姑嫂二人互視一眼，知道他和宜貴嬪有話要說，便款款起身，拉著有些不捨的三皇子往園子深處走去，順道還帶走了服侍在旁的太監與宮女。

吟風閣裡，此時就只剩下范閒與宜貴嬪二人，只是年輕臣子總不方便單獨和一位年輕娘娘相處，所以醒兒很自覺地留下來。

范閒有些困難地轉了轉頭，看了醒兒一眼。

宜貴嬪會意，微笑說道：「從家裡帶進來的小丫頭，不怕的。」

「姨啊。」范閒苦笑道：「又有什麼事情，要這麼小心？姪兒身受重傷，剛醒沒兩天。」

宜貴嬪一揮手帕，笑著說道：「我不來找你，難道你就不想找我？」

這話沒有半分曖昧的情緒，只是她算準了范閒此時也極想知道宮外的消息。

懸空廟謀刺一事，實在是有些詭異，不只是宮中各位主子內心惴惴，宮外那些朝臣們好生不安，就連京中百姓們議論起來，都有些深覺怪異。飯桌旁、酒肆裡，百姓們大聲痛罵著刺客，小聲猜測著刺客的真實來路，竟是猜出了幾百種答案。

宜貴嬪清楚，皇帝想讓范閒安心養傷，所以斷了他的一切情報來源，而自己，正好可以幫助他獲得一些。

「不怕陛下責怪？」范閒似笑非笑地望著她。

「都這時節了。」宜貴嬪說話很直接，呵呵一笑道：「除了你，我又沒個人可以指望。」

范閒明白她說的意思。宮中一共四位娘娘有子，皇后先不說，寧才人、淑貴妃的皇子都已經長大成人，自有一方勢力；也就是面前的宜貴嬪，家庭出身雖然高貴，而且又有范府作為宮外的力量，可是三皇子實在是太年輕了。

他稍一沉默之後，將當時懸空廟的場景說出來。

雖然已經從兒子的嘴裡聽過一遍，但宜貴嬪此時仍然聽得心驚膽跳，雙手死死地握著手帕，似乎擔心隱藏在侍衛裡的刺客，會一刀將自己的兒子劈死了。

聽完之後，她恨聲說道：「怎麼可能有刺客埋伏到侍衛裡？宮中的侍衛三代老底都查得清清楚楚。」

「應該不是針對老……」范閒笑了。「我叫老三可以吧？」

「你是做哥哥的，當然隨你叫。」

「不是針對老三……」范閒輕聲解釋：「也許那名刺客會順手殺了老三，但是陛下才是他的真正目標，姨您放心吧，雖然太子現在有些緊張家中的實力，我和老二關係也不大好，但是老三還太小，應該不會被他們排作第一目標。」

這話放在皇宮裡說，膽子確實有些大。雖然吟風閣四周並沒有偷聽的人，但是宜貴嬪的臉色還是變了變，有些不自然地笑了起來。

她最擔心的就是，是不是宮中哪些人對自己的兒子不懷好意，此時聽范閒分說，心放了一大半，然後便開始小聲對范閒說起宮外調查的情況。范閒不知道調查的進展，她卻因為娘家的關係，在宮外有不少眼線，探聽的事基本上和真實情況差不多。

「宮典已經被抓了。」

范閒輕輕嗯了一聲，並沒有流露出內心深處的震驚。宜貴嬪用「抓」這個字，那說明朝廷已經對這件事情定了調。不過也不奇怪，身為禁軍統領兼任大內侍衛統領，當懸空廟刺殺事件發生的時候，竟然不在皇帝身邊！光這一條理由，就足夠將那位宮大統領踩翻在地，外加無數隻腳踏上去，讓他永世不得翻身。

范閒更感興趣的是——這個糊塗到了極點的大統領，當時究竟是在做什麼？

「他在京南四十里地的洛州……用他自己的話說，是奉旨前去辦事。」宜貴嬪一邊說著，一邊流露出疑惑的神情，就算宮典要為自己開脫罪名，也不可能說奉旨二字，這話一捅到皇帝那裡，馬上就會被戳穿。

「但至於去辦什麼事，監察院審了兩天，卻始終交代不清楚。」

范閒不由得倒吸一口涼氣，嘆息道：「我知道宮典這人一向耿直，但全沒料到，他竟然愚笨如此。」

「嗯？」

范閒搖頭嘆息道：「既然不是陛下的旨意讓他去洛州辦事……那一定就是那位，可問題是出了刺殺的案件，他怎麼還能將那位搬出來當救兵？就算他搬了出來，陛下也不可能認帳，只怕會讓他死得更快。」

宜貴嬪始終還是有些適應不了范閒言語的直接潑辣大膽，有些發苦地笑了笑。「這些事情……咱們就別管了。」

「是啊，我們可沒資格管。」范閒嘆息著。「葉家這下子可要倒大楣了，刺客的身分查清楚了沒有？」

「第一個出手的刺客，就是死了的那名九品高手。」宜貴嬪眼中閃過一絲後怕。「聽說是西胡左賢王府上的刺客，已經潛入慶國十四年了。」

「怎麼和西胡又扯上關係了？」范閒訝異道：「胡人怎麼可能在宮中當差這麼久，還沒有被人發現？」

「這胡人的來歷有些厲害。」宜貴嬪想了想，組織一下言語，解釋一番。

范閒這才知道，原來這位死在洪四庠手上的胡人刺客，是當年慶國開國之時，與西胡和親時，送過去的「假公主」的後代，雖然過去了很多年，但依然保有慶國人的面貌——其實那次和親很有名，因為當西胡被慶國打到最慘的時候，對方曾經想求和稱臣，派了一隊當年和親隊伍的後代回到京都，只是被慶國人堅決地拒絕對方的歸順。

那一支隊伍後來很悲慘地回去西胡，沒料到卻留了一位高手在京都，然後選擇此時爆發。

「對方怎麼混進宮中當上了侍衛？手續是誰辦的？」

「辦的人早已經死了。」宜貴嬪蹙眉道：「所以成了懸案。」

范閒在心裡翹起一根手指，自己對於這件事情，終於摸到了立體的一個面。

「小太監還活著，以監察院的手段，應該能查得清楚？」他沉聲問道。

宜貴嬪點了點頭。「查得非常清楚。那個太監是十五年前京都……那次風波中死的一位王公的後人。當年京都死的人太多，所以竟讓那王公府上的一位僕人抱著他逃了出去。

當時他才剛剛出生不久，所以未上名冊，漏了此人……那位僕人應該是自殺了，然後他被京郊一位農夫抱養，後來又自宮入了宮。」

「那匕首是怎麼藏進去的？」范閒認為這才是真正的關鍵，小太監應該籌劃不出來這種格局。

宜貴嬪接下來的話，推翻了范閒的想法：「三年前，小太監就負責在賞菊會前打掃懸空廟頂樓，就是那時候藏進去的，監察院已經找到了匕首的製作者，確認了時間。」

范閒皺起眉頭。小太監既然是十五年前流血夜的殘留當事人……那個流血夜自己清楚，是皇帝、陳萍萍、父親為了替母親報仇而施展出來的手段，當時慶國最大的幾家王公府都被連根拔起，京都不知道死了多少人，就連皇后的家族也被砍得枝葉不剩，只留下她一個人孤守宮中……這個小太監的身後，又代表著誰的意志呢？

西胡、慶國王公……這些人確實有謀刺皇帝的動機和勇氣，只是……怎麼會湊到一堆來了？

「葉家有什麼反應？」范閒很認真地問道。

「能有什麼反應？」宜貴嬪笑著搖頭說道：「葉重連上了八篇奏摺請罪，更不敢回定州，老老實實地留在府裡，連府上的親兵都交給京都府代管，小心謹慎得無以復加，就看陛下怎麼處理。」

「陛下啊？」范閒也笑了起來。「看葉流雲回不回京都吧。」

二人還準備說些什麼，忽聽著梅園的一角隱隱傳來話語聲，便沉默了起來，開始講些旁的事情。范閒首先就抱月樓的事情，對於弘毅公府上的傷害表示了歉意，宜貴嬪則代表國公府那方，感謝范閒不避親疏，勇於管教小孩子，有力地阻止了國公府的將來向不可預期的深淵滑去。

主賓雙方交談甚歡，然後告別。

「說了些什麼呢？」林婉兒看著宜貴嬪牽著三皇子往園外走去的身影，好奇問道：「這位娘娘向來以憨喜安於宮中，怎麼看著今天卻有些緊張？」

范閒笑道：「孩子長大了，當媽的怎麼還能像以前那樣？等咱們將來有了孩子，妳就明白了。」

林婉兒面色一窘，又想到自己的肚子似乎一直沒動靜，只是相公如今受了傷，也不好多說什麼，只得強顏一笑，轉了話題。「外面怎麼樣了？是不是鬧得天翻地覆？」

范閒輕聲將宜貴嬪帶來的消息說一遍，看了一眼不遠處的太監、宮女，說道：「風有些涼了，我們回屋吧。」

知道有些話不方便當著宮裡的下人面前說，林婉兒與范若若點了點頭，使喚那些太監過來抬軟榻。

回屋之後，躺在那張大床上，范閒睜著眼看向床頂，不知道在思考什麼，半晌之後終於說道：「妳說葉家這次會有什麼下場？」

此時房中無人，他也不用忌憚什麼，直接說道：「宮典肯定是得了旨意，才會去洛州……而且肯定不是陛下的旨意，不然宮典若喊起冤來，連陛下都無法收場。」

他的心中寒意大作。「這一招雖然有些荒唐，卻很奏效。太后密旨令宮典去洛州辦事，他身為大內侍衛統領當然要去，而懸空廟上偏生出了刺客！如果審案之時，宮典還要強說是太后密旨讓他出京，那就等於是向天下宣告，是太后要殺皇帝……如果宮典不想被株連九族，這種話只好埋在肚子裡面，吃下這麼大的一個悶虧。」

林婉兒和范若若都是聰明人，當然不會認為真的是太后安排了懸空廟一事。林婉兒面帶愁容說道：「你是說，宮典去洛州，是奶奶與舅舅一起安排的？」

范閒嗯了一聲。

范若若皺眉道：「為什麼要這樣做呢？」

范閒冷笑道：「宮典是禁軍統領與大內侍衛統領，又是葉重的師弟，他這次倒楣，葉家自然要跟著倒楣。」

林婉兒心憂自己的好友葉靈兒，嘆息道：「葉家一向忠誠，為什麼陛下要……」話沒說完，大家都聽得懂。范閒嘆了口氣說道：「陛下如果不懷疑葉家的忠誠，當然不會選擇這麼做，可是如今既然已經生疑，只好選擇讓葉家靠邊站，至少京都重地，不可能再讓他們師兄弟二人把守著……最關鍵的是，葉家又有一位咱們慶國唯一在明面上的大宗師，只要葉流雲一天不死，那麼一般的由頭，根本動不了葉家。」

「所以才會用這麼陰損、大失皇家體面的一招。」范閒嘆息道：「也不怕冷了臣子們的心嗎？」

「為什麼……陛下會對葉家動疑？」

「很簡單。」范閒解釋：「陛下指婚二皇子與葉靈兒……如果葉重看得夠準，當時就應該拒婚，哪怕他認可這門婚事，也應該在第一時間內請辭京都守備師師長一職，不說歸老，哪怕調到邊防線上，也能讓陛下心安些。而他這兩樣都沒有做，所以……」

林婉兒與范若若黯然點頭。范若若忍不住開口說道：「這裡面的彎彎繞繞真是多。」

「在北齊的時候，我就猜到會有這麼一天。」范閒說道：「只是沒有想到，陛下會用這麼小家子氣的手段。」

林婉兒忽然說道：「如此看來，那天懸空廟的刺殺，本來就是舅舅意料中的事？」

范閒看著她，點了點頭。「只是不知道所有的事情都是在計算中，還是說陛下本來只安排了其中一項。」

林婉兒回望著他的雙眼，緩緩說道：「舅舅此生不喜行險，所以……他頂多會放一把火。」

夫妻二人沉默地對望良久，似乎都有些後怕。懸空廟的火如果是皇帝安排放的，那後面的連環幾擊，又是誰安排的呢？

范閒緩緩闔上雙眼，輕聲說道：「刺客的局安排得太機巧了，機巧得我根本不相信，這是一個組織，或者說是幾個組織能夠安排出來的單一計畫。」

「只是湊巧而已。」他繼續說道：「只是幾方埋藏在宮中的刺客，忽然發現，懸空廟上的情勢，十分適合他們的忽然爆發，於是，不用商量，也沒有預謀，連番的刺殺，就這樣陡然間爆發出來。」

最後，他對自己說道：「很明顯，這是一個神仙局，完全出乎陛下意料的神仙局。」

離皇宮並不是很遙遠的陰森建築之中，陳萍萍坐在輪椅上，一言不發，底下七位主辦也沉默著，不知道該說什麼。皇帝遇刺，除了禁軍要承擔最大責任之外，監察院也要負起極大的後果。

如果不是此時躺在宮裡的范閒，挽救了那個局面，或許監察院只能和葉家一樣，等著宮裡來揉捏自己。

已經正式出任四處主辦的言冰雲冷漠地開了口，打破密室中的安靜：「西胡埋在侍衛裡的刺客、十五年前血夜餘孽的小太監、傳說中四顧劍的弟弟，這幾個人根本不可能湊到一起，來籌劃這樣一個局面……而且那把火究竟是誰放的，至今沒有查出來。據各處傳來的消息，北齊錦衣衛目前正在大亂中，根本沒有餘暇來籌劃此事，東夷城也沒有籌劃此事的任何徵兆。」

六處的代任主辦也冷冷地開了口：「而且四顧劍有弟弟，這只是傳說中的事情……誰也不知道這個人是不是真的存在。」

監察院二處司責情報歸總與分析，主辦面帶請罪之色，愧然說道：「一點兒情報都沒有，雖說是屬下失職，但屬下以為，要謀劃這樣一個殺局，情報來往必不可少，總會被我們抓到一些線頭，可是這件事卻一個線頭也沒有……我只能認為，謀刺的那幾方之間，並沒有進行過真正的接觸，甚至，我想大膽地判斷，那幾名刺客彼此都互不相識！」

坐在輪椅上的陳萍萍緩緩睜開雙眼，用有些渾濁的目光看著自己的下屬們，心想皇帝喊人放的火，當然不能被抓到；至於那名西胡的刺客、膽大的小太監，鬼知道從哪兒冒出來，皇帝與自己又不是真正的神仙。

「這是個神仙局。」他打了個呵欠。「湊巧罷了，哪有那麼多好想的。」

第二十章　神仙局背後的神仙

請扔掉慶國監察院條例疏註，翻開監察院內部參考材料第五冊的最後一頁。

第五冊是監察院這麼多年來的案例匯總，抄寫了最近幾十年來，有代表性的各類案件分析與總結。針對形形色色的案件，詳細闡明了事件籌劃之初的起源、醞釀的過程、在其中的變數影響，以至於最後達成的結果。

第五冊裡包含的案例很多，再憑藉監察院的情報系統，以及在事件中所尋覓到的相關證據，便足以用來論述清楚這個世界上大部分的所謂陰謀，找到事情發生的真正原因，以及中間的流程安排——因為人類實際上遠遠不如他們自己認為的那麼有想像力。

但也有一類案件，人們永遠只能挖掘到事情的一面或者兩面，而不能解釋所有，這也就是第五冊最後一頁上寫的那三個字，范閒和陳萍萍都很熟悉的那三個字。

「神仙局。」

所謂神仙局，是指事件之中出現了以常理無法判斷到的變數，從而導致了神仙也無法預判的局面。

比如當年陳萍萍率領黑騎千里突擊，深入北魏國境，抓住了祕密回鄉參加兒子婚禮的肖恩。監察院已經算準了所有細節，甚至連付出更慘重的代價都算計在內，可是肖恩在婚禮上，實際上並沒有喝費介精心調製的美酒，這位北魏密諜頭目用一種冷靜到冷酷的程度，控制著自己的飲食與身周一切。

但當慶國人以為這件陰謀不可能再按照流程發展下去的時候，故事發生了一個令人想像不到的變化——肖恩聽著新房裡傳來的吵鬧聲，開始鬱悶，開始想喝悶酒，而很湊巧的是，負責替他看管囊中美酒的親兵隊長，在旅途上沒忍住酒饞，已經將酒喝光了。所以這位不負責任的親兵隊長，在肖恩要酒的時候，惶恐之下昏了頭，直接灌入了婚禮上的用酒。

於是肖恩中了毒，於是陳萍萍和費介成功。而直到很久以後，陳萍萍他們才知道，之所以肖恩會如此鬱悶，是因為他的兒子……不能人道。

這種變數，不存在於計畫之中，卻對局面造成了極大的影響。

又比如在二十年前，南方一位鹽商在壽宴之後忽然暴斃，刑部一直沒有查出案情緣由，便轉交給監察院四處處理。誰知道查來查去，竟然查出了當夜有十四個人有犯罪嫌疑，包括姨太太們在內，似乎每個人都想讓那位富甲一方的大商人趕緊死掉。

而真正的凶手是誰呢？

又過了三年，一位窮苦老頭偷燒餅被人抓到了官府，他大約是不想活了，坦承三年前的鹽商就是死在他手裡。得到這個消息，監察院四處的人又羞又驚，心想自己這些專業人士怎麼可能放過真正的凶嫌？趕到案發地一審，眾人才恍然大悟，難堪不已。

那老頭和鹽商是小時候的鄰居，自小一起長大，後來老頭去梧州生活，返鄉定居的時候看見那位鹽商做大壽，不知道是中了什麼邪，竟是爬進了院中，拿起一塊石頭，就將醉後的鹽商生生砸死了。

監察院曾經注意過院牆上的蹭痕，但始終沒想到，一位回鄉定居的老頭竟然會冒著大險，爬入院中行凶，還沒有被家丁、護衛們發現。

當時還沒有成為四處主辦的言若海好奇地問老頭：「後來我調過卷宗，保正也向你問過話，你為什麼一點兒都不緊張？」

老頭說道：「有什麼好緊張的？大不了賠一條命給他。」

言若海大約也是頭一遭看見這等剽悍的人物，但還是覺得很奇怪。「你為什麼要殺他？」

老頭理直氣壯地回答：「小時候，他打過我一巴掌。」

懸空廟的刺殺事件，似乎也是一個神仙局。

皇帝因為對葉家逐漸生疑，又忌憚著對方家裡有一位大宗師，便想了如此無恥的招數來陷害對方，一方面借用後宮的名義將宮典調走，一方面就在懸空廟樓下放了一把小火。

至於這把火，估計著范建和陳萍萍都心知肚明。

而火起之後，頂樓稍亂，那位西胡的刺客見著這等機會，終於忍不住出了手。他在宮裡待了十幾年，實在有些熬不下去了，這種無間道的日子實在難受，三年之後又三年，不知何日才是終止——當時洪四庠護著太后下了樓，他對於范閒強悍實力的判斷又有些偏差，所以看著與自己只有幾步遠的皇帝，決然出手！

侍衛出手，又給了那位白衣劍客一個機會。

白衣劍客出手，那位曾是王公之後、隱藏了許久的小太監，看著皇帝離自己不到一尺的後背，想著那柄離自己不到一步、藏在木柱裡的匕首——他認為這是上天給自己的一個機會——面對這種赤裸裸的誘惑，矢志復仇，毅然割了小雞雞入宮的他，怎能錯過？

從皇帝一個荒唐的放火開始，所有隱藏在黑暗裡面的人們，敏感地嗅到了事件中有太多的可乘之機。刺客們當然都是些決然勇武之輩，雖然彼此之間從無聯繫，卻異常漂亮地選擇了先後覓機出手。正所謂幫助對方就是滿足自己，只要能夠殺死慶國的皇帝，他們不惜己身，卻更珍惜這個陰差陽錯造就的機會。

他們來自五湖四海，為了同一個目標，走到了一起，走得格外決然和有默契。

深夜裡的廣信宮，范閒躺在床上，望著旁邊的幔紗，怎樣也睡不著。傷後這些天在皇宮裡養著，白天實在是睡得多了些。

宮中的燭火有些黯淡，他雙眼盯著那層薄薄的幔紗，似乎是想用櫻木花道的絕殺技，將這層幔紗撕扯開，看清楚它背後的真相。

林婉兒已經睡了，在大床上離自己遠遠的，是怕晚上動彈的時候，碰到了自己胸腹處的傷口。范閒扭頭望了她一眼，有些憐惜地用目光撫摸了一下她露在枕外的黑色長髮。宮裡很安靜，太監都睡了，值夜的宮女正趴在繡墩上面小憩，范閒又將目光對準了上方，開始自言自語起來。

只是嘴脣微開微合，並沒有發出絲毫聲音，他是在對自己發問，同時也是在梳理一下這件事情的來龍去脈。

「西胡的刺客、隱藏的小太監，這都是留下死證活據的對象，所以監察院的判斷應該不會出什麼問題。」黑夜中，他的嘴脣無聲地開合著，看上去有些怪異。「可是影子呢？除了我之外，大概沒有人知道那名白衣劍客，就是長年生活在黑暗之中，從來沒有人見過的六處主辦，慶國最厲害的刺客影子。」

他的眉毛有些好看地扭曲了起來。

「神仙局？我看這神仙肯定是個跛子。」他冷笑著，對著空無一人的床鋪上方輕蔑一笑。「皇帝想安排一個局，剔除掉葉家在京都的勢力，提前斬斷長公主有可能握著的手……想必連皇帝也覺得，我把老二逼得太狠，而且他肯定知道我年後對信陽方面的動作。」

范閒想到這裡，不由得倒吸一口冷氣，不知道是傷口疼痛引起的，還是想到皇帝的下流手段而受了驚，心想著。「陛下真是太卑鄙、太無恥了！」

「那你是想做什麼呢？」他猜忖著陳萍萍的真實用意。「如果我當面問你，想來你只會坐在輪椅上，不陰不陽地說一句：在陳園，我就和你說過，關於聖眷這種事情，我會處理。」

「聖眷？」

「在事態突生變故之後，你還有閒情安排影子去行刺，再讓自己來做這個英雄？」

「事情有這麼簡單嗎？」

身為慶國第一刺客，影子能夠瞞過洪四庠的耳目，這並不是一件多麼難以想像的事情。只是范閒不肯相信，影子的出手，就單純只是為了設個局，讓自己救皇帝一命，從而救駕負傷，獲得難以動搖的聖眷。動靜太大，結果不夠豐富，不符合陳萍萍算計到骨子裡的性格，所以總覺得陳萍萍有些什麼事情在瞞著自己。

「而且你並不害怕我知道是影子出手。」范閒挑起了眉頭。「可是如果說你是想行刺陛下，這又說不過去。先不說忠狗忽然不忠的問題，以你的力量，如果想謀刺，一定會營造更完美的環境。你想代陛下試探那幾個皇子？我操，你這老狗也未免太多管閒事，而且陛下估計可不想這麼擔驚受怕。」

想來想去，他糾結於局面中，始終無法解脫，只好嘆聲氣，緩緩睡去。但哪怕在睡夢之中，他依然相信，母親的老戰友，一定將內心最深處的黑暗想法隱藏得極為深沉，而不肯給任何人半點兒窺看之機。

「這個世界上沒有真正的神仙局。」陳萍萍坐在輪椅上，對著園子林間那位蒙著眼睛的人輕聲說道：「你也知道的，五冊上面提到的鹽商之死……之所以那個搶燒餅的老頭能夠輕而易舉地殺死鹽商，是因為府中的家丁、護衛早已經被那些姨娘們買通了，他們很樂意看到有人幫助他們做這件事情。」

「而那老頭會對鹽商下手，也不是因為許多年前，鹽商打了他一記耳光那麼簡單。」

「準確的原因是，那名鹽商當年搶了那老頭的媳婦。」

「奪妻之仇嘛，總是比較大的。」

「而且也別相信言若海會查不出這件事情來，其實你我都知道，那一次他被鹽商的妾室們送的五萬兩銀票迷了眼。」

「所以說——」陳萍萍下了結論：「沒有什麼神仙局，所有的事情都是人為安排出來的，就算當中有湊巧出現的變數，也是在我的掌控之中。如果無法掌控的話，陛下這個時候應該已經死了。」

五竹冷漠說道：「世界上從來沒有完全掌控的事情。」

「我承認西胡刺客與那位小太監的存在，確實險些打亂我整個計畫……不過好在，並沒有對陛下的安危造成根本性的影響。」

「從你的口氣裡，我無法察覺到，你對於皇帝有足夠的忠心。」

陳萍萍笑了起來。「我效忠於陛下，但為了陛下的真正利益，我不介意陛下受些驚嚇。」

「什麼是真正的利益？一個足夠成熟的接班人？」或許只有面對著陳萍萍這個老熟人，五竹的話才會像今天這麼多。

「謀劃。」陳萍萍正色說道：「政治就是一個謀劃的過程，陛下要趕走葉家，光一把火，那是遠遠不夠的。」

「你覺得那個皇帝如果知道了事情真相，會相信你這種解釋？」五竹冷漠說著。

陳萍萍搖搖頭。「只要對陛下有好處，我能不能被相信，並不是件重要的事情。」

五竹相信他和費介都是這種老變態，輕聲說道：「你那個皇帝險些死了。」

陳萍萍很習慣於他這種大逆不道的稱呼，從很多年前就是這樣，五竹永遠不會像一般的凡人那般口稱陛下，心有敬畏。

「陛下不會死。」陳萍萍說得很有力。「這是我絕對相信的。不要忘了，陛下永遠不會讓人知道他最後的底牌。」

「他死不死，我不怎麼關心。」五竹忽然偏了偏頭。「我只關心，他差點死了。」

兩個他，代表著五竹截然不同的態度。

陳萍萍苦笑一聲，他當然清楚范閒意外受了重傷，會讓五竹變成怎樣恐怖的殺人機器。即使是老奸陰險如他，面對著冷漠的五竹時，依然有一股打心底深處透出來的寒意。所以他嘗試著解釋一下：「范閒在擔心，陛下會不會因為他的崛起太過迅速，而對他產生某些懷疑，所以我安排了這件事情，一勞永逸地解決他的疑慮……當然，我布置了故事的開頭，卻沒有猜到故事的結尾。」

他微微笑著，似乎很得意於自己還記得小姐當年的口頭禪。「雖然說這和影子也有很大的關係，他老想著與你打一架，你又不給他這個機會，所以難得有機會和你的親傳弟子動手，他實在有些捨不得放棄。當然，如果范閒不追出來受這麼重的傷，這件事情也就沒有太大的意義了。」

五竹忽然很突兀地說道：「你讓影子回來，我給他與我打架的機會。」

這冷笑話險些把陳萍萍嗆過氣去，咳了半天後，攤開雙手，說道：「只是意外而已。」

五竹很直接地說道：「如果只是意外，為什麼他在我來之前，就已經逃走了？」

陳萍萍滿臉褶子裡都是苦笑，咳了許多聲才平復下來。「這個……是我的安排。因為我擔心你不高興，讓他出什麼意外，要知道我身邊也就這麼一個真正好使的人……如果你連他都殺了，我這把老骨頭還怎麼活下去？」

五竹沒有說話，只有在夜風中飄揚著的黑布，在表達著他的不滿。

「我死之後，影子會效忠於他。」陳萍萍很嚴肅認真地說出了自己的回報。

五竹微微偏頭，似乎在考慮范閒會不會接受這個補償，想了一會兒，基於他的判斷，像范閒這種好色好權之徒，肯定會對一位九品上的超強刺客感興趣。

他沉默了一會兒，接著說道：「你在南方找到我，說京裡有好玩的東西給我看……難道就是這齣戲？」

「范閒總說你在南邊玩，我本以為他是在騙我。」陳萍萍說道：「沒想到你真的在南邊，這事情很巧。」

陳萍萍忽然往前佝了佝身子。「我是準備讓你看戲，只可惜我低估了范閒的實力，也低估了范建的無恥。這老小子，知道火是陛下放的，就急著趕范閒上樓去救駕……」他尖聲笑了起來。「沒讓你看到，可惜了。」

五竹緩緩抬起頭來。「你想殺太后？」

陳萍萍搖了搖頭。「太后畢竟是范閒的親奶奶，而且小姐那件事情，她雖然旁觀著事情發生，沒有對太平別院加以援手，但畢竟她沒有親自參與到這件事情中來……到目前為止，我查出來的不足以說明任何事情。」

五竹搖了搖頭，很冷漠地說道：「如果將來你查到了些什麼，或者是我發現了些什麼，不管范閒怎麼做……我會做。」

陳萍萍知道「我會做」這三個字代表著怎樣的決心與實力，但他依然堅定地搖了搖頭。「老五，雖然你是這天底下最恐怖的人物，但依然不要低估一個國家、一座皇宮真正……的實力。而且老夫既然是監察院的院長，也必須考慮慶國的天下怎樣才能安穩地傳遞下去。不要忘了，這也是小姐的遺願。」

他微笑說著：「所以這些比較無趣的事情，還是我來做吧。」

「那你本來究竟準備讓我看什麼？」

陳萍萍忽然嘆了口氣，聲音顯得有些落寞：「既然這場戲沒有上演，這時候就不要再說了。」

五竹的反應不似常人，似乎根本沒有追問的興趣，乾淨俐落地轉身，準備消失在黑暗之中。

「你帶著他去了澹州之後，我們就沒有再見過面。」陳萍萍忽然在他的身後嘆了一口氣。「十七年不見，這麼快就要走？」

五竹頓了頓，說出兩個乾巴巴的字：「保重。」

然後他真的消失在黑暗之中，只是以五竹的實力與性情，能讓他說出保重這兩個字，已經是件很奇妙的事情。至少，陳萍萍覺得心裡頭多了那麼一絲暖意。

陳園的老僕人走了過來，推著他的輪椅往房裡走去。陳萍萍不知道在想什麼，忽然有些滿足地嘆了一口氣，說道：「你說，能夠成功誘使那兩個耐心極好的侍衛和小太監動手……我算不算一個很厲害的人？不過還是要謝謝那位西胡的刺客，如果他看著范閒上了樓，便知趣地繼續埋伏著，這事便很無趣了。」

老僕人苦笑說道：「院長大人算無遺策。」

陳萍萍嘆息道：「天生勞碌命，時刻不忘為陛下拔釘子……哪裡算得過陛下啊。」

在皇宮裡又住了些日子，直到霜寒漸重，天上隱有飛雪之兆時，在范閒的強烈要求下，慶國皇帝終於允了他回家。

經歷了懸空廟救駕一事，只要有眼睛的人，都能透過范閒宮中養傷、皇帝震怒這多般細節中，發現范閒聖眷不只回復如初，更是猶勝往常。畢竟拿自己的身體，擋在奪命一劍前面，就算是邀寵之舉，卻也是拿命換回來的恩寵，沒有太多人會眼紅，只是一味的嫉妒而已。

范閒出宮之日，各宮都送來了極豐厚的禮物，就連皇后也不例外，而二皇子的生母淑貴妃的禮物尤其的重。諸宮裡都透著風聲，除了寧才人性情豪爽，宜貴嬪與范家親厚，不怎麼在意之外，沒有哪位娘娘敢輕視這件事情。

連太后都將自己隨身用了十幾年的祛邪珠賞給了范閒，那些娘娘們哪裡敢大意。

范閒半躺在馬車中，雖然胸口的傷勢還未全好，但至少稍微翻身沒有什麼問題了。他掀開車簾一角，藉著外面的天光，看著手中那粒渾圓無比的明珠，微微瞇眼，心想，莫非正牌奶奶終於肯接受自己的存在了？

一路上，林婉兒與范若若最是高興，在宮裡待了這麼些天，著實有些悶了，而且范閒的傷一日好過一日，讓姑嫂二人安心不少。

馬車行至范府正門。兩座石獅之間的臺階上鋪好了木板，范府中門大開，像迎接聖旨一般，小心地將馬車迎了進去。

一般而言，馬車不可能直接通正門入府，但范閒傷成這樣，自然要安排妥當。馬車直接駛到了後宅，藤子京幾個人小心翼翼地將范閒抬下來，思思小心翼翼地護在旁邊，她沒有資格入宮，這些天在家裡是急壞了。

范閒看著她微紅的臉頰，嘲笑了幾句，轉過頭來，便看見父親與柳氏二人。

他望著范建眼中那一抹故作平靜下的淡淡關懷，心頭一暖，輕聲說道：「父親，我回來了。」

第二十一章　大皇子來訪

事情的發展果然沒有出乎范閒預料，那位如孤鴻一般在天下旅遊的慶國大宗師，還是沒有回到京都。葉家很沉默地接受了安排，被迫與整座京都的防衛系統脫離。當然，在中下層級的布置當中，他們還是殘留了一些實力，只不過已經無法掀起太大的浪花，喪失了直接左右將來朝政的力量。

如果這件事情發生後，葉流雲真的回到京都，皇宮裡那位表面和藹的皇帝，一定會顯露他最狠厲的一面，拚著折損慶國的國力，也要將葉家直接除掉——一個世家，掌握著京都重地，馬上要與皇子聯姻，最關鍵的是有一位大宗師作為堅實後盾，只要稍微表露出絲毫的反彈之意，都必須被強悍地壓制回去。

而最終葉流雲沒有回京，這就說明葉家很無奈地接受了當前的局面。當然，皇帝看在葉流雲的面子上，看在葉家其實一直沒有真正減弱過的忠誠上，也不會讓葉家太過難堪。葉重仍然駐留在滄州，而且爵位、軍功無一減弱，封賞更勝當年。

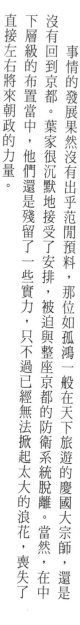

就連那位直率得有些可愛的宮典，他犯下如此大的罪過，皇帝也沒有將他嚴辦，只是奪去了他所有的軍功、職務，將他打了三十廷杖之後，貶為平民。

葉家是很委屈的，但是為了慶國穩定的將來，他們只好做出犧牲，好在可以藉機遠離京都這個是非之地，也不見得是件壞事。

其實真正最失望的，應該是遠在信陽的永陶長公主，和如今被軟禁在府中的二皇子。

「真是荒唐啊。」范閒看著沐鐵送來的院報，忍不住搖搖頭。葉家暫退之後的京都布防，是如今朝廷裡所有人盯著的一件事情，京都守備師師長一職，毫不意外地落到秦恆的手中。而最要害的禁軍統領兼大內侍衛統領，這兩個向來由一人兼任的職位，卻被皇帝一分為二。

大內侍衛統領暫空，據宮中傳來的消息，應該是洪四庠暫時管著。

而禁軍統領一職……竟然是大皇子！

范閒口裡說的荒唐，就是針對皇帝的這項任命。在這個時空的歷史中，向來極少有皇子出任禁軍統領一職的先例，原因為何？不正是怕那些膽大包天的皇子動用手中的兵卒起兵造反！可是皇帝卻偏偏將禁軍統領一職交給了大皇子？東宮還有太子，這皇帝究竟是在想什麼？大皇子的生母寧才人是東夷人，這位置按理來講，是無論如何也輪不到他的。

沐鐵不敢接話，向范閒稟報了一下一處最近的工作，看著他的神色似乎有些倦了，便趕緊告辭出去。

「老師，歇歇吧。」在私底下，史闡立還是習慣稱范閒為老師，而不是大人。他看著范閒氣血明顯有些不足的臉色，心疼說道：「陛下下了明旨，讓您三個月內不得問院務……明擺著是讓您好好養傷，您卻偏生不聽。」

門師聖眷非凡，他這做學生的，也有些隱隱的驕傲。

范閒搖了搖頭，笑罵道：「你不在抱月樓待著，天天跑我書房裡泡著是什麼意思？」

史闡立苦笑了一聲。「那地方……待著感覺總是有些不對。」

范閒笑了笑，將他趕出去，順便讓他喊鄧子越進來。

鄧子越進了書房，范閒的臉色馬上顯得凝重起來，問道：「院裡對那個白衣刺客，下了什麼結論？」雖然他知道目前看來，自己根本不可能挖出陳萍萍心裡的祕密，但放著手中與陳萍萍幾乎完全相近的資源，而不利用來猜謎，實在是有些可惜。

鄧子越搖搖頭，說道：「陛下雖然在懸空廟上一口喊出對方身分……但是。」他苦笑道：「大人您也知道，陛下不是武道中人，他的話自然作不得準。四顧劍當年確實是有個弟弟，不過已經失蹤很多年了，天下人都在猜是不是被四顧劍奪東夷城的時候殺死了，所以院裡一直很謹慎地表示反對意見。」

范閒微微一怔，有些意外監察院竟然沒有在陳萍萍的誘導下抹除這條尾巴，還是說陳萍萍自信影子的真實面目不可能被人猜出，所以乾脆沒有做這些手腳？

「但是……」鄧子越說了第二個但是，面露窘迫。「但是陛下既然說是四顧劍的弟弟，我們這些做臣子的也不好直接反對，尤其是不知道陛下的隨口一言，是不是牽涉到朝廷後幾年的動向。」

范閒笑了起來。慶國好武，天下皆知，去年自己在牛欄街被刺殺，皇帝藉此良機往北方出兵，占了一大片土地回來，結果現在所有的臣子都習慣了這位皇帝栽贓找藉口打仗的愛好，不敢隨便自作聰明。

關於懸空廟一事，按理講，范閒應該親自去監察院審一下那名小太監，看看那名刺客的屍體，但他知道這裡面的水究竟有多渾，還在思考自己應不應該涉入得太深，另外一個原因就是：在目前的身體狀況下，包括父親在內的所有親人，都不會允許自己出府。

他也不敢出。惜命如金的范閒，如今體內真氣全散，不知道什麼時候才能收得回來，無比失望之餘，對於自己的人身安全更是分外小心。

當然，范閒不會將自己真實的境況，透露給任何人知道。

書房門咯吱一聲被人推開了，門外的護衛沒有任何反應，范閒躺在床上偏頭望去，果然是林婉兒與妹妹。

鄧子越見著夫人、小姐臉上隱隱憤怒的神情，知道自己應該走了，行了個禮，便恭恭敬敬地退出去。以至於范閒想讓他帶話給言冰雲來府上一趟，都沒有機會說出口。

「說了要好好養傷，偏不肯省這個心。」姑嫂二人配合熟練地開始為他換藥、餵藥，一面還在勸說他。

范閒苦笑了一聲。「大約是這名字沒取好，總是閒不下來。」

何止是閒不下來？自從范閒出宮回家之後，范府馬上就變成了京都最熱鬧的門第。整日裡，三院六部四寺的官員們絡繹不絕地前來探望范閒病情，無數權貴紛紛登門，大臣們不分派別，都來示好。范府門口那條長街上，馬車如雲，禮盒不斷。

來范府的人，什麼珍貴藥物都可著勁地送，范閒一個人哪裡吃得了這些，除了些真正名貴的藥材，其餘的都放到抱月樓處理了。

懸空廟刺殺一事，讓范閒重新成為了慶國最炙手可熱的大臣，而且比他突兀崛起、成為監察院提司時相比，此次有救駕之功做基石，要顯得更加紮實穩定許多，更讓慶國的官員們暗懼三分。

官員們都不是瞎子、聾子，范閒受傷後被留在宮中這麼多天，而且聽宮裡傳出來的消息，范閒治傷那一夜，皇帝似乎都沒有怎麼睡過——如此恩寵，話說也只有陳萍萍這個孤寡老頭才能比了。

很多人在小心翼翼地巴結著范府時，其實心中何曾完全服氣？尤其是那些勇武的年輕人，不免會嫉妒范閒的運氣太好，皇帝遇刺的時候，自己為什麼不在皇帝身邊？

「這回家裡撈了不少銀子。」范閒說的是正經話，並不是在開玩笑。前世的時候，一個區區縣長生了病，少說也要弄個好幾萬，更何況自己這等層級的大臣，又是在行賄漸趨表面化的慶國。

「只是苦了公公。」林婉兒淡淡笑道，像哄孩子一樣餵了他一口藥。她出身何等高貴，當然不在意那些臣子們的諂媚表現。

養傷中的范閒，哪裡有心情去接待那些名為看病、實為示好的官員，但這些官員們各有來頭，便只好苦了范建，每天除了例行部務之外，絕大部分時間竟是用來招呼客人。

范若若怨道：「這些人來一次不說，居然還輪番著又來，也不怕招人煩。」

「各部大臣還是好的。」林婉兒忽然想到什麼，臉上露出佩服之色，看著范閒，笑著說道：「最可怕的是那位太醫正。這位老大人真是位耐心極好的人，他來了四次，你都不肯見他。最後連陛下都傳話給他，說你不會進太醫院，結果他還是不肯死心。這不……剛才聽藤大家的說，太醫正今天又來了，正坐在書房裡，硬是不肯走。一杯茶都喝成清水了，公公連使臉色，他卻只當看不見。」

她嘖嘖嘆道：「真是個厲害人物。」

范閒苦笑一聲，雖沒有說什麼，但對於那位臉皮厚度慶國第一的太醫正，也佩服得五體投地。在皇宮裡的那一夜，最開始太醫正對於自己的醫術根本沒有信心，卻絲毫不影響他偷偷留在廣信宮裡偷窺加偷師，到後來他發現范閒醫術的奇妙之後，更是下定決心要將范閒拉到太醫院，至少也要讓范閒將那些「古怪的醫術」傳下來。他心志之堅，連番登門，堅持不離開，手段之無賴，實屬異類。

外科手術在慶國的醫者眼中看來，自然是神奇無比，但范閒卻清楚，自己當時只不過是命大，而且有些關鍵的問題，導致了這門學問在如今的世界上，實在是很難推廣。

他偏頭看了一眼正在旁邊小心翼翼調整自己傷口處布帶的妹妹，忽然想到了某種可能，旋即卻搖了搖頭。

書房裡三個人待著，氣氛正好，不料卻有人輕輕敲了門，范閒皺了皺眉頭。

「有客來訪。」門外的下人恭敬稟報。

這下子連林婉兒的眉頭也皺了起來，說道：「不是說了誰都不見嗎？」

這客不見不成。范閒滿臉苦笑看著不請自到的大皇子，說道：「在皇宮裡何等方便，大殿下沒去梅園看我，怎麼今天卻來了？」

林婉兒也嘟著嘴怪道：「大哥，現在府上人正多，你怎麼也來湊熱鬧？」

大皇子沒奈何地看著她，這個妹妹可是自己自小看著長大的，這才嫁了將將一年，心思都全在夫家了。

「哪有這麼多好說的。」兄妹二人又鬥了幾句嘴，大皇子無奈敗下，使了招轉移話題，沉聲說道：「大公主也隨我來了，這時候正與范夫人說話。晨兒，妳去看看吧。」

他嘴裡的大公主，自然是那位千里迢迢自北齊來聯姻的女子。范閒微微一怔，倒是沒有想到這一對男女婚前就培養出這般感情，而且宮中也任由他們成雙成對地出入，又想到自己在回程中與那位北齊大公主的幾次談話，不由得微怔。

林婉兒與范若若對那位只聞其名、不見其人的異國公主也是無比好奇，加上知道大皇子一定有些話要對范閒說，便起身離去。

書房裡安靜了下來，范閒微抬右手，示意對方用茶，輕聲說道：「恭喜大殿下。」

恭喜的自然是對方出任禁軍統領一職。大皇子雙眉一挺，旋即放鬆，淡淡道：「何喜之有？本王原先便是征西大將軍。」

范閒笑了。「雖說是降了兩等，但是禁軍中樞，與邊陲陰山，又如何能一樣？」

大皇子看了他一眼，不知道他說這話是不是隱著些別的意思，片刻後說道：「本王……不想做這個禁軍統領，寧肯去北邊將燕小乙替回來。」

范閒搖搖頭，心想皇帝將燕小乙調得遠遠的，將葉家吃得死死的，防的不就是信陽那個瘋婆子？他去北邊，燕小乙當然高興，皇帝卻會非常不爽。

「不要告訴我，大殿下今天來看我這個病人，要說的就是自己職場上的不如意。」他輕聲笑道：「我可以做一名稱職的聽眾。」

「不只是聽眾。」大皇子盯著他的眼睛，雖然沒有聽明白職場兩個字是什麼意思。「我想請你幫這個忙。」

他自稱「我」了，不是「本王」了。

范閒注意到這個改變，心裡開始微感緊張，看來這位有東夷血統的大皇子是很認真地……在請自己幫忙。

天啊！

他在心底幽怨地嘆息一聲，看著大皇子說道：「殿下，禁軍統領是何其要害的位置，陛下是信任您的忠誠，才有此安排。范閒身為臣子，豈能妄議？」

大皇子搖搖頭。「范閒，實不相瞞，回京之初，我對你頗不以為然。在西邊的時候，就聽聞京都出了位詩仙，但我是武將，從來不相信這些風花雪月之事，對天下黎民、朝廷上下能有何幫助……」

他接著話鋒一轉：「不過回京數月，看你行事狠厲中不失溫純，機杼百出之中尤顯才能。且不說你將老二整治得難受無比，單說那懸空廟一事，便令我對你的觀感大為改觀……而在皇宮中，你竟然能治好自己的將死傷勢。」

這位膚色微黑的皇子肅然說道：「如今我實在想不到，這個世界上還有什麼事情可以難住你。所以這件事情，你一定要幫我。」

面對著無數頂高帽，范閒沉默了起來。陳萍萍曾經說過，面前這位大皇子與眾不同，從小就刻意地遠離宮廷，想離那張椅子越遠越好，如今皇帝這個殺人不用刀的老鬼硬生生要將他拖進渾水中，也難怪他憤怒之中想要反抗。

而大皇子的勢力多在軍方，朝廷謀策上面確實沒有什麼人才，只是對方竟然找到了自己頭上，實在是有些出乎意料。

雖然范閒確實很樂於見到這些「兄弟」之中，能有一人保持難得的胸襟與明朗，也很同情對方如今的境遇，但他依然很堅決地搖了搖頭。「殿下，非不敢，非不為，實不能也。范閒畢竟只是位臣子，監察院不可能去妄議朝政。」

大皇子嘆了口氣，他今天來的目的本就有些冒昧甚至是冒險，只是環顧京中，除了范閒，他能去找誰呢？難道說，自己終究還是只能再去一次陳園？

「陛下的心意已決，誰都無法改變，我看殿下也不用再跑陳園一趟。不過我有些好奇，殿下今日來……是如何下的決斷？在您的眼中，我應該也不是一位與人為善的良仁之臣。」范閒似乎能猜到他在想些什麼。

大皇子緩慢地喝了口杯中的香茶，說道：「范閒，你瞞得過別人，卻瞞不過我，不要忘記，當時我也在懸空廟中……就憑你先救小弟，再救父皇，我就知道你是一個值得信任的人。」

范閒默然，沒有想到那個世界裡形成的價值觀，卻讓皇帝與大皇子兩個人，對自己都產生一種莫名其妙的信任。

大皇子今日來，也是想向監察院方面表達一下自己的態度，同時也冀望能從范閒這裡得到某些有益的提示。只是對方既然保持沉默，自己總不好太過冒失。有晨兒在中間作為橋梁，將來如果京中局勢真的有變，不奢求監察院方面能幫助自己，但如果范閒能夠透露一些有用的資訊，那就足夠了。

「聽說太醫正在府上已經來了好幾回？」

他有些彆扭地轉了話題，長年的馬上生涯讓他對於這種官場上的迂迴有些不大熟悉。

范閒在心裡笑了一聲，解釋：「他想讓我去太醫院任職，被陛下駁了後，又想我去太醫院教學生。」

本是閒談，大皇子卻認真了起來，說道：「范閒，我也認為你應該去太醫院，當夜我也守在廣信宮外，看那些御醫們的認真神情，就知道你的醫術實在是了得。」

他好奇問道：「其實京裡很多人都覺得奇怪，你怎麼敢讓范小姐在自己的肚子裡面動手？那些御醫們已經將你吹成了仙人一般。」

范閒苦笑道：「別信他們。大家都知道費介是我的老師……如果讓他們四歲的時候，就天天去挖墳賞屍，替泡在屍水中的屍首開膛剖肚，他們也會有我這本事。」

「原來如此，看來什麼事情都不是天才二字就足以解釋的。」大皇子嘆息一聲，接著勸道：「太醫院當然及不上監察院位高權重，但是勝在太平。太醫正的想法也極簡單，你的一身醫術如果傳授出來，不知道能夠救多少條人命。」

他認真看著范閒的雙眼。「救人這種事情，總比殺人要好。而且我常年在軍中，也知道一個好醫生，對於那些受傷的士兵來說，意味著什麼。」

「為什麼要去傳授醫術？」

「造福天下。」

「太醫正想必也是這個意思？」

「正是。」

「殿下原來今天的兼項是幫太醫正做說客，難怪先前話題轉得那麼古怪。」范閒哈哈笑了起來。

見他笑得得意，大皇子的臉色漸漸沉了下來，說道：「莫非你以為我們都是在說胡話？」

其實也的確接近胡話了。讓范閒放著堂堂的監察院提司不幹，去當醫學院教授，任誰也勸不出這樣的話來，偏生太醫正和大皇子這兩個迂直之輩卻直接說了出來。

范閒止了笑聲，發現胸口的傷口有些隱隱作痛，嚇了一跳，說道：「不是取笑，相反的，對於太醫正我心中確實有一分敬意。」

要做外科手術，至少需要三個前提，第一是麻醉，第二是消毒，第三是器械。如今這個世界的水準不足以解決這些問題，范閒麻醉用的是哥羅芳，消毒是靠自己硬抗，這都是建立在自己強悍的身體機能基礎上，如果換成一般的百姓，只怕不是被迷藥迷死，就是被併發症陰死。至於器械問題，更是難以解決，范閒和費介想了幾年，終究也只是傾盡三處之力，做了那麼一套。

如果連止血都無法辦到，還談什麼開刀？

將這些理由用對方能夠理解的言語解釋一遍，大皇子終於明白了，這種醫術是需要用傷者的身體與那些刀尖、迷藥做抗爭，如果范閒不是自幼修行，也是挺不過來的。

想到西征軍中那些受了箭傷、終究不治的士兵，他終究有些遺憾，一拍大腿嘆息道：「就沒有更好的法子？」

不知怎的，范閒的腦海中又浮現出妹妹那雙出奇穩定的手，安慰道：「有些基礎的東西，過些天我讓若若去太醫院與御醫們互相參考一下。」

大皇子點了點頭，又道：「先前，你似乎對於造福蒼生這四個字有些不以為然。」這是他心中的疑惑。范閒表面上是一位以利益為重的權臣，但幾番旁觀，大皇子總覺得對方的抱負應該不只於此才是。

范閒安靜了一陣子，然後輕聲說道：「造福蒼生有很多種辦法，並不見得救人性命才是。」

大皇子有些不理解。

「比如殿下您，您在西邊數年，與胡人交戰，殺人無數。」他笑吟吟地說道：「可是卻阻止了西胡入侵，難道不算造福蒼生？」

這一記馬屁，就算大皇子再如何沉穩，也得生受著。

「再比如我。雖然世人都以為監察院只是個陰森恐怖的密探機構，但如果我能讓它在我手中發揮作用，盡量地往正確的路上靠，讓咱們大慶朝的天下牢不可破，天下黎民可以安居樂業……這難道不算是造福蒼生？」

「目的或許是一致的，但方法可能有許多種。」范閑越說越起勁，像極了自己前世時的初中語文老師，眉飛色舞地將魯迅當年棄醫從文的舊事講一遍，當然是假托莊墨韓的古籍上偶爾看到的千年前舊事。

大皇子微愕。「救國民身體，不若救國民精神？」他一拍大腿說道：「可是我慶國如今並不是故事中那國的孱弱模樣，何須以文字教化？」

這話實在，慶國民風純樸之中帶著一股清新的向上味道，與清末民初讓魯迅艱於呼吸的空氣大不相同。

范閑笑了，說道：「所以……我不只棄醫，連文也打算一併棄了……我這算什麼？棄醫從政？棄筆從戎？」

大皇子依然不認同他的觀點。「你確實是位天才人物，為什麼不將胸中所學盡數施展出來？如果能讓這個世界變得更好些……」

范閑有些艱難地揮揮手，說道：「大多數人都想要改造這個世界，但卻罕有人想改造自己。我以為，先將自己改造好了再說。」

數十年前，曾經出現一個想要改造這個世界的女人，結果她死了，范閑不想步她的後塵，他比較怕死、比較自私。

說話間，窗外忽然傳來一陣喧鬧聲，聲音裡透著喜慶。

大皇子看了他一眼，笑著說道：「看來封賞你的旨意，終於下來了。」

范閑自嘲一笑，沒有說什麼，清澈的眼眸裡潛藏的是對自己身體的擔憂，僅此而已，並沒有搶先去憂一憂天下。

第二十二章　封賞與對話

前來范府宣旨的是姚公公，三聲炮響，范府忙碌了好一陣子才擺好香案，做足了禮數，闔府上下都在大堂上候著；而大皇子與北齊大公主不方便再停留府中，便自去了，那位太醫正卻還很堅持地留在書房裡。

聖旨進府是件大事，連范閒都被迫從臥房裡抬了出來，好在宮裡想到他正在養傷，所以特命他不用起床接旨，也算是殊恩一件。

他聽著姚公公尖尖的聲音，發現皇帝這次賞的東西確實不少，竟是隔了好一陣子還沒有唸完。他對這些賞賜自然不放在心中，也就沒認真聽，反而覺著這太監的聲音極好催眠，躺在溫暖軟和的榻上，竟是眼皮子微微搭著，快要睡著了。

范建輕輕咳了一聲，用眼神提醒一下。林婉兒微驚之後，輕輕掐了掐范閒的掌心，這才讓他勉力睜開雙眼，最終也只是聽著什麼帛五百匹，又有多少畝田，金錠若干、銀錠若干……終是沒個新鮮玩意。

范家什麼都缺，就是不缺銀子，這是慶國人都知道的事情，所以皇帝也不準備在這方面對范閒做出太多補償，只是讓范閒復了爵位，又順帶提了范建一級爵位，父子同榮。

正旨宣完，堂間眾人無聲散去，姚公公這才開始輕聲宣讀了皇帝的密旨。

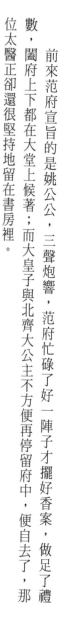

密旨不密，只是這份旨意上的好處，總不好四處宣揚。

范閒精神一振，聽見皇帝調了七名虎衛給自己，這才覺得皇帝不算是太小氣，欣喜之餘，便將皇帝另外兩條旨意下意識忽略了。

如今的他，最擔心的就是自己的人身安全，明年要下江南，誰知道自己到時候能不能夠回復真氣？五竹現在越發不把自己的小命當回事了，還是得靠自己為善。

在花園外面，范閒看見了那七名熟悉的虎衛，領隊的正是高達。這些虎衛數月前還曾經與他一同出使過北齊，當然算是熟人，如今被皇帝遣來保護范閒，心裡也是極為樂意——與小范大人在一起待著，總比待在陛下身後的黑暗裡要來得舒服，更何況小范大人武技高明，己等也不用太操心。

背負著長刀的虎衛在高達率領下，半跪於地，齊聲向范閒行禮道：「卑職參見小范大人。」

范閒咳了兩聲，笑道：「起來吧，都是老熟人了，今後本官這條小命就靠你們了。」

虎衛們以為他在開玩笑，不知道如何接話，乾笑了兩聲，哪裡知道范閒說的是實話——七虎在側，就算海棠朵朵忽然患了失心瘋要來殺自己，他也不會怎麼害怕無措。

「你們先去見見父親。」范閒望著高達輕聲說道：「雖說平日裡，這麼做不應該，不過既然你們要跟著本官，也就不需要忌諱太多。」

高達點點頭，心裡很感謝范閒的點破，有些興奮地往前宅走去，急著去拜見自己的老上司。

「繡枕？美酒？衣服……居然還有套樂器？」

范閑在自己的房裡，此時才開始認真聽賞賜的單子，看了妻子一眼，苦笑說道：「我雖然當過協律郎，可是從來不會玩這個。」

「宮中規矩而已。」

林婉兒解釋道，看范閑一副慵懶的模樣，也就沒說賞賜裡甚至還包括馬桶之類的東西。此時後宅園子裡忙得是一塌糊塗，藤子京在府外安排人手接著宮中來的賞賜，而藤子京的媳婦就忙著在庫房裡歸類，有些要緊的東西，又要來房裡請林婉兒的示下。

看著藤子京媳婦在這大冷天裡跑得滿頭是汗，范閑忍不住嘆息道：「這倒底是賞人還是罰人來著？」

藤子京媳婦眉開眼笑地說道：「哪怕是一針一線，也不能含糊。這可都是宮中賞的福氣……整個京都，還有哪家能一次得這麼多賞的？少爺這次可是掙了大大的臉面。」

「賞賜又不能當飯吃。」范閑自嘲道。

「拿命換來的……臉面，不如不要。」林婉兒幾乎與他同時開口，夫妻二人對這賞賜都有些瞧不進眼裡。林婉兒心裡只怕還覺著那位皇帝舅舅居心不良，指望賞賜越厚，自己相公將來就會為他多擋幾次刀子。

「陛下也真是小氣。」范閑笑道：「報金銀數目的時候，我可是仔細聽著的，那數目實在有些可憐。」

林婉兒笑了起來，說道：「你還在乎那些？不過是個意思，賞的東西越繁複，越表示舅舅對你傷勢的關心。」

「怎麼不在乎？」范閑一挑眉頭說道：「咱們家如今全靠那間書局養著……總不好意思一應用度，還要到前宅找父親伸手要吧？他老人家手裡銀子倒是真多，可我也不能總當啃老族。」

啃老族三個字挺簡單，林婉兒隱約猜明白了，笑了笑，看見房內並沒有什麼閒人，輕聲取笑道：「你不是還有間青樓嗎？聽說那樓子一個月可是能掙幾萬兩銀子的。」

范閒失笑道：「那是小史的，妳別往我身上攬。」

林婉兒假啐了他一口，咕噥道：「自家人面前，還裝著，也不嫌累得慌。」

「隨時隨地都要裝，最好能把自己都瞞過了才好。」

「大哥先前找你做什麼？」林婉兒睜著大大的雙眼，好奇問道。

范閒略想了想，說道：「他不想做那個禁軍統領……看我有沒有什麼法子。」

林婉兒微微皺眉道：「依大哥的性子，肯定是不願在京中待著。」

范閒冷笑道：「誰願意在京中待著？只是陛下可不放心這樣能征善戰的一位兒子，老是領軍在外。」

這話說得有些大膽、有些毒辣，林婉兒心裡都忍不住顫了顫，說道：「你現在說話也是愈發不小心了。」

「當著妳的面，才能說直白一些。」范閒嘆道：「我倒是願意幫大殿下，可我畢竟是位做臣子的，在這些事情上根本沒有一點兒發言權，也真不知道大殿下是怎麼豬油蒙了心，大著膽子對我說得這般透澈。」

「或許大哥以為……看在我的面子上，你總不至於害他。」林婉兒苦笑道：「他自幼想事情就這麼簡單。」

「這京都的水太深，我游了半天，發現還沒探到底。」范閒皺眉道：「春天下江南，妳和我一塊走，爭取在那邊多待會兒，也真正消停一下。」

「就是不知道到時候，朝廷是讓你安個欽差身分先查內庫，還是直接任你一個虛職。」林婉兒認真分析道：「如果是欽差身分，可是不能帶家眷的。如果名義上要長駐江南，我跟著去倒無妨。」

范閒搖搖頭，說道：「管他怎麼安排，反正我要帶著妳走。」

「這話就滿不講理了。」林婉兒笑吟吟說著，心裡頭多了幾分甜蜜。她也明白，以范閒和自己的身分，再怎麼壞了規矩，如今也沒有人敢多嘴什麼，只是不知道宮中那些娘娘們會不會同意自己遠赴江南。她自幼身子柔弱，最遠的地方也不過就是去年在蒼山過了一個冬而已，今日聽范閒說著，自己似乎有可能去傳說中美麗如畫的江南看看，心裡很是高興。

「也莫太出格了。」她忽然想到一樁事情，看著范閒說道：「陛下雖然發了密旨讓虎衛保護你，不過總會讓京都人知道。你如今身受重傷，虎衛前來的理由充分，可是……虎衛的身分不一樣，在你的身邊會很刺眼的。」

范閒伸手摸了摸自己唇上有些扎人的鬍子，笑著說道：「放心吧，陛下是個聰明人，讓虎衛來府上，用的理由，自然是保護妳這位郡主娘娘。」

房外傳來敲門聲，范閒有些惱火地搖搖頭。不是惱火於此時有人來打擾自己，而是發現自己真氣全失之後，對於周遭環境的變化，遠沒有往日那般敏感了，至少再也無法提前許久，便能聽到漸近的腳步聲。

范若若領著太醫正進了屋，太醫正看見林婉兒也在屋內，急忙行了個大禮，又將臉轉了過去。

慶國不像北齊，本沒有這麼多男女間的規矩，更何況太醫正的年齡足以做林婉兒的祖父了，他這迂腐的舉動，頓時惹得屋內眾人笑了起來。

「父親……說，哥哥既然精神不錯，便與太醫正大人談談。」范若若苦笑著望向哥哥。

范閒心裡一涼，知道是父親這個無恥的人，終於頂不過太醫正的水磨工夫，將他推給了可憐的兒子來處理。不過他心裡對太醫院的要求也早有了決斷，笑咪咪地望著太醫正，說道：「老大人，您的來意，本官清楚。」

太醫正張口欲言，范閒趕緊阻止道：「不過本官這副模樣，是斷然不可能出府授課的……」他看著太醫正一臉憤怒神情，又說道：「不過……我會在府中口述一些內容，印成書本，再送到貴處。」

太醫正一捋鬍鬚，似乎覺得這也算是個不錯的方法，微一沉吟之後說道：「只是醫之一道，最講究身傳手教，看著書本，總不是太妥當。」

范閒喘了兩口氣後說道：「書出來之後，若有什麼疑難之處，我讓若若去講解一下。」

太醫正聞言滿臉惶恐。「怎能讓范家小姐拋頭露面？」宮中手術之時，他在旁邊看著，知道是范若若親自……動針，不曾懷疑她的手段。

「若若也不懂什麼，我還得在家中教她。」范閒嘆息道：「想必大皇子先前也轉述了我的意見，這件事情不可能進展得太深，不過總有些有益的注意事項，可以與諸位御醫大人互相參考一番。」

他接著笑咪咪說道：「而且家師馬上就要回京了，到時候，就由他老人家負責去太醫院講課，他的水準比若若可是要強不少。」

太醫正大喜之後又有微憂。「費大人……當年我就請過他幾次，可是他不來，我可沒法子。」

「我去請陛下旨意，不要擔心。」范閒像安慰小孩子一樣安慰著面前的老頭，唇角露出一絲壞壞的笑容。

等太醫正心滿意足地離開之後，范若若才驚呼道：「哥哥，我可是什麼都不懂，那天夜裡也只是按你說的做的。」

「沒辦法啊。」范閒無奈苦笑道：「我先挑高溫消毒、隔離傳染那些好入手的寫了，別的等老師回來再說，妳也可以順便跟著學學。」

范若若愣了愣，旋即臉上浮出一抹光彩，重重地點了點頭。

范閒兩口子倒有些意想不到，范若若竟會答應得如此爽快，看著她不知道該說什麼。

「哥哥，你總說人這一輩子，要找到自己最喜歡做的事情，然後一直做下去。」范若若低著頭，微羞說道：「那天夜裡，雖然妹妹沒有出什麼力，但看著哥哥活了過來，我才知道……原來救活一個人，會是這樣的快樂，所以就算哥哥今天沒有這個安排，我也要向哥哥請教醫術的。」

范閒張大了嘴巴，半天說不出話來。難道自己的胡亂作為，要讓慶國的將來出現一位女醫生……只是不知道費介再教個女徒弟，最後是會讓妹妹變成華扁鵲還是風華。（註2）不！一定不能是華扁鵲那種女怪物，當然應該是風華這種漂漂亮亮的西王母。范閒看著妹妹因為興奮而愈發生動的清麗面容，安慰著自己，再不濟也得是個慶國版的大長今才好。

入夜了。

註2　小說《風姿物語》角色，兩人皆為神醫。

思思鋪好了被褥，將暖爐的風口撥到恰到好處，便與端水進來的四祺一道出了屋。夫妻二人靜靜地躺在床上，看著閣外的燭火漸漸暗了下來，許久沒有發出一絲聲音。

「睡不著？」

「嗯，白天睡得太多了……妳呢？怎麼今天也睡不著？記得在蒼山的時候，妳天天像隻小貓一樣睡著。」

「說到貓……小白、小黃、小黑不知道怎麼樣了。」

「藤大家的抱到田莊去了，是妳授意的，怎麼這時候開始想牠們了？」范閒睜著雙眼，笑著說道。

林婉兒輕聲咕噥道：「是你說，養貓對懷孩子不好。」

范閒一怔，苦笑不語，總不好當著她的面說，自己其實很討厭貓這種動物吧？不管是老貓還是小貓，看著牠們慵懶狡猾的模樣，便是一肚子氣。

「相公啊……我是不是很沒用？」林婉兒側過身子，吐氣如蘭地噴在范閒臉上。

「有些癢，幫我撓撓。」范閒示意妻子幫自己撓臉，好奇問道：「怎麼忽然問這個？」

林婉兒輕輕幫他撓著耳下，在黑暗中嘟著嘴脣。「身邊的人，似乎都有自己的長處，都能幫到你。思轍會做生意，若若現在又要學醫術，她本身又是京都有名的才女。小言公子幫你打理院務，就說北邊那個海棠朵朵吧……」

范閒劇咳了兩聲，險些沒掙破胸部的傷口。

林婉兒輕輕撫摸著他傷口上方。「那也是位奇女子，只怕也是存著安邦定國的大念頭。只有我……自幼身子差，被宮裡那麼多人寵著長大，卻什麼都不會做，文也不成，武也不成。」

范閒聽出妻子話裡的意思了，沉默了一會兒後說道：「婉兒，其實有些話我一直沒有與妳說。」

「嗯？」

「人生在世，不是有用就是好，沒用就是不好。」他溫柔說道：「這些角色，其實並不是我們這些人願意扮演的。比如我，我最初的志願是做一名富貴閒人；而像言冰雲，其實他又何嘗願意做一輩子的密諜頭領，他和沈家小姐之間的狀況，妳又不是沒看到。」

「而對於我來說，婉兒妳本身就是特別的。」范閒的脣角泛著柔柔的笑容，目光卻沒有去看枕邊的妻子。「妳自幼在宮中長大，那樣一個汙穢骯髒凶險的地方，卻沒有改變妳的性情，有如一朵青蓮般自由生長，而讓好命的我隨手摘了下來……這本身就是件極難得的事情。」

林婉兒聽著小情話，心頭甜蜜，但依然有些難過。「可是……終究還是……」

范閒阻了她繼續說下去。「而且……婉兒妳很能幹啊，打麻將連思轍都不敢稱必勝。」

夫妻二人笑了起來。

「再者，其實我清楚，妳真正擅長什麼。」范閒沉默了一會兒後，極其認真地說道：「對於朝局走向的判斷，妳比我有經驗得多，而且眼光之準，實在驚人。春闈之後，若不是妳在宮中活動，我也不會過得如此自在……相信如果妳要幫我謀算策劃，能力一定不在言冰雲之下，只是……只是……」

林婉兒睜著明亮的雙眼，眸子裡異常平靜。「只是什麼？」

「只是我不願意，我不願意妳被牽涉進這些事情裡面來。」范閒斬釘截鐵說道：「這些事情太陰穢，我不想妳接觸。妳是我的妻子，我就有責任讓妳輕鬆愉快地生活，而不是也讓妳終日傷神。」

「我是大男人主義者。」他微笑下了結論。「至少在這個方面。」

許久之後，林婉兒嘆了一口氣，嘆息聲裡卻透著一絲滿足與安慰，輕聲說道：「我畢竟是皇族一員，以後有些事情，你還是不要讓我聽見吧……雖然我知道你是信任我，但是你也說過，這些事情陰穢無比，夫妻之間只怕難以避免。我不願你以後疑我，寧肯你不告訴我那些。」

她與范閒的婚姻，起於皇帝的指婚，內中含著清晰的政治味道。只是天公作美，讓這對小男女以雞腿為媒，翻窗敘情，比起一般的政治聯姻，要顯得穩固太多。

只是在政治面前，夫妻再親密又如何？歷史上這種悲劇並不少見。更何況永陶長公主終究是她的生母，所以林婉兒這番言語，並無一絲矯情，更不是以退為進，而是實實在在地為范閒考慮。

「不要想那麼多。」范閒平靜而堅定地說道：「如果人活一世，連自己最親的人都無法信任，這種可憐日子何必繼續？」

他想說的是，如果人生有從頭再來一次的機會，卻要時刻提防著枕邊的人，那他……寧肯沒有重生過。

京都落了第一場雪，小粒的雪花飄落在地上，觸泥即化，難以積存。民宅中的溼寒漸重，好在慶國正處強盛之時，一應物資豐沛，就連普通百姓家都不虞保暖之材，遠遠便能瞧著平民聚集之地，黑色屋簷上冒出縷縷霧氣，想必屋中都燒著暖爐。

一輛極普通的馬車，在京中不知道轉了多少彎，終於來到了一幢獨門獨院的民宅小院前。今日天寒，無人上街，四周一片清淨，自然也就沒有人看見馬車上下來的人的面目。

鄧子越小心翼翼地將范閒抱到輪椅上，推進了小院裡。范閒今天穿著一件大氅，毛領高過脖頸，很是暖和。他伸手到唇邊吐了一口熱氣暖著，眼光瞥見院角正在蘇文茂指揮下砍柴的年輕人，微微一怔。那位年輕人眉目有些熟悉，赤裸著上身，在這大冬天裡不見半點兒畏寒之色，不停劈著柴。

「這就是司理理的弟弟？」范閒微瞇著眼，看著那個年輕人，似乎想從他身上找到北國那名姑娘的影子。

鄧子越輕輕嗯了一聲。「大人交代下來後，院長又發了手令，被我們從牢裡接出來。司姑娘入了北齊皇宮，他的身分有些敏感，不好安置，上次請示後，便安排到這裡來。」

范閒點點頭，這間小院是自己唯一的自留地，除了自己與啟年小組之外，大約就只有陳萍萍知道，最是安全。他今天之所以不顧傷勢來此，是因為皇帝將虎衛調給自己，這些虎衛的存在，雖然可以保證自己的安全，但他們當中肯定也有替皇帝監視自己的耳目。

想著以後很難這麼輕鬆地前來，所以他今天冒雪而來。

「這位司公子是位莽撞人……為了他姊姊可以從北齊跑到慶國，難保過些天他不會跑出這個院子。」范閒握拳於嘴邊，輕輕咳了一聲，說道：「盯緊一些，如果有異動，就殺了他。」

鄧子越面無表情地應了一聲，推著他往裡間走，輪椅在地上的渾濁雪水上輾過。

屋內的監察院官員出來迎接，看著坐在輪椅中的范閒，不由得心頭微凜，似乎產生了一種錯覺，以為慶國又出了一位可怕的陳萍萍。

第二十三章　情書

京都深正道旁的宅院，一向沒有太多人駐留，此間的主要任務是負責傳遞范閒的命令，接收北方上京王啟年遞過來的消息。司理理的弟弟和其他人，都在廂房裡生活，留給范閒辦事用的房間，自然沒有生火的習慣。

今天雖然知道范閒要來，早已有人提前燒了暖爐，但屋子裡蘊積了很多的陰寒，一時間還是沒法子散開。范閒坐在輪椅上，感受著房間裡的寒冷，忍不住呵了呵手，苦笑道：「連個爐子也捨不得燒……院子難道窮成這樣了？」

鄧子越正在爐子上烤硯臺，又喊下屬們弄些熱水來把凍住的毛筆潤開，聽著他的話，苦笑說道：「大人這些日子事多，又受了傷，下面沒備著今天您過來。」

好不容易折騰得差不多了，范閒撐著腦袋，看著鄧子越拿著墨塊在溫好的硯臺上死命磨著，用溫水兌著，就像是磨刀一樣地吃力半晌，終於磨出了些汁來。

范閒滿意地點點頭，新心腹的水磨工夫看來比太醫正也差不到哪裡去。他將潤開後的毛筆伸進硯臺裡，蘸了些墨，在雪白的紙上寫了幾個字……媽的，墨居然又凍住了！

「這什麼鬼天氣！」范閒大怒，將焦木頭子似的毛筆扔到桌上，罵道：「在家裡怎麼沒見冷成這樣？」

鄧子越只覺一股寒風在房內四處颳著，小心翼翼回道：「府裡的爐子要好使很多，這間院子當初買的時候，就沒備著這些，連炕都還沒來得及燒暖。」

「我又不在這兒睡覺。」范閒惱火說道：「你一個，老王一個，都是摳死的主兒……當初給了王啟年一千兩銀子，他硬是只花了一百二十兩，買了這麼個破院子……想凍死我不成？」

鄧子越有些同情遠在北齊、還被范閒天天訓斥的前任，小意勸解道：「勝在清淨。」

「不只清淨了。」范閒看了他一眼，恨恨說道：「這叫清寒！若讓京中那些大臣們看見了，只怕還真以為咱們監察院是個清水衙門。」

他今天有幾封重要的信要寫，顧不得那麼多，勉強用著毛筆，但終究還是無法順手，幾番折騰之下，終於放棄，一拍書桌喝道：「那枝筆給我！」

鄧子越磨蹭了半天，終於從貼身的衣衫裡取出一枝筆，將要遞給范閒的時候，卻是面露慎重之色，說道：「這筆貴著，聽說內庫也沒多少存貨了，大人省著些用。」

范閒一把搶了過來，無比鄙視地看了他一眼，心想不就是枝鉛筆，這麼金貴做什麼？等去江南再找幾個石墨礦，內庫的鉛筆生意自然能重新起來。到那時，自己喊內庫做兩筐讓他背著，一筐讓他寫到死，一筐讓他沿街扔著玩！

鉛筆在雪白的紙面上滑行著，就像是美人的腳尖在平滑的冰面上起舞，偶爾刮起幾絲冰屑雪痕。

鄧子越知道范閒在寫密信，早知機地退了出去。冰冷的書房裡，就只有范閒一個人捉著破筆頭在寫著，嘴裡吐出的霧氣，在紙上一現即逝，看著有些詭魅。

信的內容其實也很詭魅，雖然是監察院的密信，但信上之事關係太大，而且鉛筆的筆跡是可以擦去的，所以范閒並不是太放心，用的言語比較隱晦，凡是事涉時間之類的重要句子，都是用暗語。

信是寄給王啟年的，上面寫的是關於崔家的事情。崔家因為在京都大受迫害，為了幫助二皇子與信陽方面籌銀子，迫不得已調了大批走私貨物，到了北齊，但那邊的管道一直沒有打通，所以出現了囤貨的現象。

目前路上以及北方庫中，崔家從信陽調出並積起來的貨物，大約能夠占到內庫年產六分之一的數額！

從這個比例上就可以看出，永陶長公主把持內庫這些年，膽子已經大到何等程度，謀取私利是毫不手軟。

目前的局面是范閒與言冰雲花了幾個月的時間，打擊二皇子、壓榨崔氏才造就的，他等的就是此時，要一口將對方吃得乾乾淨淨，連骨頭都不吐一根出來。

他給王啟年的信最後寫了一句：開飯了。

范閒坐在輪椅上，微微偏頭，輕輕揉了揉胸處傷口上方，那裡一直包著布帶，有些癢得慌。寫了一封信後，手已經凍得有些僵了，忽然間開始懷念在澹州的時候，思思天天幫自己抄書；而當自己抄書時，這丫頭會將自己的手放在她懷裡暖著，觸手豐盈，手感著實不錯。

范閒心頭微蕩，提筆再寫，這第二封信是寫給海棠朵朵的，只是他寫信的時候，心中抱持著一顆放蕩的心，信上言語也就放肆一點兒，偶有撩動。

自北齊回國以後，他與海棠朵朵的通信其實一直沒有斷過，也早習慣了北方有這樣一個筆友，畢竟雙方作為兩大國年輕一代的實力人物，保持暢通的聯絡管道，是非常有必要，而且對將來是極有好處的一件事情。

信中聊了些慶國京都最近發生的八卦，當然，懸空廟事件也在其中。雖說慶國皇帝遇刺一事震驚天下，北齊上京早有詳報，但他身為當事人，講起這故事來，肯定要比說書先生動聽許多。

後面還說了些別的，又在字句中暗暗點出，自己準備對崔家動手了，讓她跟那位不知男女的小皇帝與自己配合好。在信末他抄了一首詩，以證明自己依然如往常一般才氣縱橫。

「我來苦欲報恩分，契闊非盡利與榮。古人有為知己死，只恐凍骨埋邊庭。中朝故人豈念我，重裘厚履飄華纓。傳聞此北更寒極，不知彼民何以生。」

這是司馬光《苦寒行》的最後幾句，范閒有些得意地看了一遍，搓著有些僵的雙手，覺著自己抄的這詩實在是太過應景，而且字裡行間夾的悲天憫人之意，恐怕會讓海棠朵朵回思許久——騙死小姑娘不償命，這正是他喜歡做的事。

確認沒有什麼遺漏之後，他封好了信封，壓好了火漆。忽然間，他心頭一動，總覺得似乎自己的傾訴欲望還沒有得到完全的滿足，對著信紙那頭長相普通、像村姑一樣搖著的姑娘，他總覺得是在面對一位老朋友，一時間竟陷入了沉默之中。

然後他鋪開另一張白紙，略一沉忖，提筆寫道——

「朵朵，妳好，前面那封信算是公事，這封隨便聊兩句。今天京都下了慶曆五年的第一場雪，比以往時候來得更早一些。想來上京的雪更大、天更冷，那天在妳的菜園子裡看見籬角處有幾枝梅，不知道那幾枝臘梅可有綻開紅點，滋潤一下白雪單調的容顏？」

「嗯，妳養的那些鴨子怎麼樣了？小心一些，別凍死了……我這邊挺正常的，小黃、小黑、小白都在京外田莊養著，聽說那裡的夥計們把這三隻大肥貓當祖宗一樣供著，怎麼可能養出問題來。」

「我一切挺好，吃了睡、睡了吃，家裡挺安靜的。這兩天妹妹一直在太醫院裡忙碌著，聽說已經成了京都難得一見的風景。婉兒今天回林府了，我那位可愛的大舅子大約是最近受了冷落，脾氣有些不好。不知道妳這時候在做什麼呢？」

范閒隨意寫著，就像是說話一般散漫，純粹是想到哪兒寫到哪兒。

「對了，我那個姓史的學生開了家青樓，生意不錯，尤其是菜品十分精緻，哪日妳若遊至慶國，我陪妳去坐坐。啊，忽然想到，上京那家酒樓的名字我都忘了，但還記得那天的酒不錯，和妳說了不少胡話，也不知道妳還記得多少。」

「話說妳前幾封信我都讀了幾遍，總覺著酸不忍睹，妳一堂堂聖女，不要學那些大家閨秀的做派，總喜歡在信裡夾些詩詞之類，雖然我有個詩仙的名頭，但卻沒有批改作文的興致。」

「上回妳說司理理過得不錯……嗯，這種事情以後就不要多聊了，我對此事一向有一份記恨在，而且不知為何，尤其頭痛於從妳的嘴中聽到她的消息。」

「朵朵，來慶國玩吧，我妻子對妳也很好奇……另外就是順便問一句，你們天一道的功法能不能傳外人？我最近對你們的練功方法忽然多了很多興趣。」

這看似自然的發問，深刻表露了范閒內心深處的無恥與奸詐。

「窗外的雪似乎大起來了，屋外那個年輕人還在劈柴，年輕人總是熱血。只是我如今雖然年齒尚淺，但不知為何，心中卻顯出些老態，看著周身人事，總是極難提起興致，厭了、乏了、無趣了……外面的風雪在呼嘯，許是催我落筆，那好吧，就到這裡吧。房裡的爐子太破，溫度一直沒辦法升起來，雖然還想和妳聊聊，但總覺得沒必要和老天爺的冷酷作對……另外，請幫我照顧好他，謝謝，並祝萬安。」

信雖自然，裡面還是夾雜了太多有用的資訊。他將信又看了一遍，然後在信的最尾加了一句話：「王啟年，你要是再敢偷看，我就讓沐鐵他姪兒去偷看你閨女洗澡！」

「怎麼比往常多了一封？」鄧子越睜大雙眼，看著范閒，數了數手裡的信件。「給海棠姑娘有兩封？」

「問那麼多幹什麼？」范閒說道：「還是老章程，全程護送至上京。」

鄧子越點點頭，走到屋外，將已經密封好的幾封信遞給早已等候在外的啟年小組成員。那位哥兒們數了數手裡的信，也發出了同樣的疑問：「怎麼……有兩封？」

鄧子越看著他，脣角有些難看地抽搐兩下，吸了口冷氣說道：「問那麼多幹什麼？」

二人對望一眼，點了點頭，住嘴不語，心裡想著：提司大人用監察院的最高密級郵路寄……情書，實在是有些奢侈。

范閒坐著輪椅出了深正道的小院，上了馬車便往林府去，準備去接林婉兒和大寶回府。在馬車中，他忽然問了句：「太學司業……這職務有什麼蹊蹺沒？還有就是我早就不在太常寺了，為什麼這次升我做太常寺少卿？」

鄧子越先解釋後面那個：「少卿有二，任少卿為主，大人為副……不過這是個虛職，也不用天天去。太學司業總領七門，這兩個職位都是正四品上。」他提醒道：「大人，雖然您接手提司之職後，便不能再任朝官，但終歸朝廷沒有發明旨去了您這兩處的職司，這次陛下旨意任您這兩個虛職，想必只是以示聖眷，並不見得有旁的意思。」

范閒搖搖頭，這兩項任職是皇帝聖旨裡的最後兩項，自己起初沒有當回事，但後來越想越不對勁，皇帝這人心思深刻，絕不會拿官位當饃饃用。

「這兩個職位……有沒有什麼……比較特別的地方？」他皺著眉頭，組織著言語。

鄧子越想了很久之後，有些不確定回道：「少卿之職常見，也沒有什麼特別的，只不過就是太常寺掌管宗廟雜事，入宮比較方便……太學司業這些年卻沒有出現過，幾次新政後，官職都有些亂了……」

他忽然一拍大腿，高興說道：「想起來了，以往太學司業要入宮為皇子講學，是太傅的助手。」

范閒一愣，張大嘴巴，半天說不出話來，他終於明白皇帝安排這兩個職位給自己是做什麼了。太常寺少卿加上這個太學司業，那自己豈不是要變成皇子們的老師？

準確來說，豈不是要負責管教老三那個小混蛋？

一念及此，他大驚失色，罵道：「老子可沒這閒工夫天天入宮……不是要下江南了嗎？怎麼還安排這種可怕的事給我做？」

咯吱一聲，馬車似是被他罵停了，車簾微掀，在淅瀝細雪之中，便看見馬車前方被一個太監領著幾名宮中侍衛攔住了。

姚公公看著馬車裡的范閒，畏寒地抖了抖眉毛，顫著聲音說道：「大人，教奴才一個好找……快隨我走吧，陛下宣您入宮。」

第二十四章　遊園驚夢（上）

姚公公今天先去了范府，在府上沒找著人，不知道這位正在養傷的范閑跑哪兒去了，竟是連范建都不清楚，那位身分特殊的林婉兒也不在府中，竟是尋不到人去問范閑的下落。

可是皇帝還在宮裡等著，這下子可急壞了姚公公，問清楚了林婉兒回了林府，他才領著侍衛往那邊趕，湊巧在路口碰見這輛馬車，如果不是侍衛眼尖認出一名范閑的親隨，只怕還會錯過。

看著氣喘吁吁的姚公公，范閑嘆了口氣說道：「我還要回林家接人，怎麼這時候讓我入宮？」

皇帝傳召，還這麼不急不慢應著，真快急死了姚公公，他哪裡見過這麼不把宮中傳召當回事的臣子？他與范府向來交好，也不好多說什麼，只是催促道：「陛下的旨意已經出了老久了，小范大人您要是再晚去，只怕陛下會不高興。」

范閑苦著臉應道：「自然是要去的。」也見不得姚公公在雪天裡站著，招呼他進了馬車，一行人就往皇宮的方向駛去，另安排了人手去林府通知林婉兒。

「老姚，給句實話，出什麼事了？」范閑半靠著養神，雙眼微瞇，沒有看姚公公一眼。范府向來把這些太監餵得極飽，所以他也懶得再遞什麼銀票。

姚公公如今其實也不怎麼敢接范家銀票了，呵呵賠笑著說道：「這……做奴才的怎麼知道？您去了就得了。」

范閒搖搖頭，佯怒罵道：「你這傢伙，做事不地道。」忽頓了頓說道：「打聽件事。」

姚公公豎起耳朵，看了看馬車四周沒有什麼閒雜人等，壓低了聲音說道：「大人，什麼事？敢說的我都能說。」

「上次懸空廟裡……那幾個太監怎麼處理了？」范閒皺著眉頭。

姚公公一凜，微怔了怔之後，舉起手掌橫放在自己的咽喉上，劃了一道。

范閒面色未變。他知道這是必然的結果，太監隊伍裡出了刺客，在場的人自然逃不了一死，只怕宮裡還要清洗一大批。

「老戴呢？」

「沒。」姚公公嘆了口氣說道：「他是老人，陛下是信得過的，只不過受了牽連，也不能在太極宮待了……想著上兩個月，因為他那不成材姪兒的事情，被都察院參了一道，他在宮中就過得難堪，後來好不容易，陛下瞧在淑貴妃的面子上，將他重新提起來用。」

他看了范閒一眼，范閒沒有什麼表示。姚公公並不清楚范閒與戴公公之間的銀票之緣，究竟深厚到什麼地步。

「沒想到又遇著謀刺之事……老戴的運氣也算是倒楣到了家。這不，什麼職司都被除了，還挨了十幾記板子，被發配到司庫去，這麼大把年紀的人，在這大冷天裡下苦力……」姚公公與戴公公是同年入宮，雖然平日裡互相之間多有傾軋，但此時看著對方頹然倒塌，不免也有些物傷其類，拈袖在眼角擦了擦。

「老戴……熬幾天吧，等陛下的火氣消了再說，能保住條老命就不錯了。」范閑搖了搖頭，又問道：「那如今在太極宮當值的是誰？」

「洪竹。」姚公公看著范閑疑惑的臉，小聲解釋：「一個年輕崽兒，今年開始跑太極宮和門下這條路，陛下喜歡他辦事俐落。」

「傳旨的事也讓那個……洪竹做？」范閑好奇問道。

姚公公搖搖頭，說道：「他哪有這個資格、身分。」

馬車剛過新街口就被姚公公喊停了，鄧子越有些不滿意，畢竟宮前這片廣場極為寬闊，這飄雪的冬天裡，讓傷勢未癒的提司大人坐著輪椅過去，實在是有些過分，也不怕凍著大人了。

「幾位官爺，沒法子。」姚公公委屈說道：「上次出了事之後，禁軍內部大整頓，如今這些兵爺們個個跟狼似的盯著所有人，那陣勢，恨不得將入宮的所有人都嚇走。」

范閑聽了兩句，說道：「別難為姚公公了，我們下吧。」

鄧子越有些惱火地看了宮門處一眼，將范閑抱下馬車，放到輪椅上，趕緊打開黑布大傘，遮在范閑頭頂上，身後早有旁的監察院官員推著輪椅。雪粒擊打在黑傘上，微微作響。

姚公公沒這般好命，拿手遮著頭，和身邊的幾個侍衛搶先往宮門處趕過去。

范閑整個身子都縮在大氅裡，躲著迎面來的寒風，半邊臉都讓毛領遮著，還覺著一股寒意順著衣服往裡灌，頭頂天光黯淡，雪點之聲淒然。

宮門外的禁軍與姚公公交代了手續，吃驚看著廣場中間正在緩慢行走的那行人。風雪天中，那行面色冷漠的便服官員，正推著一張輪椅，輪椅上只有一把黑傘牢牢地遮住了由天而降的雪花，一星半點都沒有落到輪椅上的那人身上。

「今天沒傳院長大人入宮啊？」這位禁軍隊長驚訝說道。

「是范提司。」

眾人一驚，禁軍隊長趕緊帶著一撥人迎上去，替輪椅上那人擋著外面的風雪，將這一行人接到宮門處，稍一查驗，便放行入宮。

北風在吹，雪花在飄，鄧子越推著輪椅，行過正殿旁那條長長的側道，隨著宮牆簷角的顏色愈來愈深，在宮牆右側的那道門前終於止了步。

早有太監打起了素色的大傘，牢牢地遮在范閒頭頂上，前呼後擁，小心萬分地接著這位年輕的傷者入了後宮。

鄧子越站在後宮門外，看著范閒在太監們的簇擁下越來越遠，面色雖然平靜，卻不知道心裡在想些什麼。一粒雪花飄落下來，將將落在他的眼角上，讓他瞇了瞇雙眼。

「不是在御書房？」范閒皺著眉頭，暫不理會撲面而來的寒風，問身旁的姚公公。

先前傳出消息，皇帝久候范閒不至，已經發了脾氣。小太監們接著范閒了，哪裡敢怠慢，就像是腳上踩了風火輪一般，往深宮狂奔而去，推得那張輪椅吱吱作響，打著素色大傘的太監更是東倒西歪，如果不是宮中地勢平坦，這一路狂奔只怕早就把范閒的傷口顛破了。

姚公公跑得氣喘吁吁，回道：「在……在寢宮。」

范閒心頭微訝，面色也不怎麼好看。

姚公公看著，才想起來這位年輕官員可還是傷者——陛下不能等，可是如果讓小范大人傷勢再發，自己也沒好果子吃。他趕緊讓眾人把速度降下來，劈頭蓋臉一通亂罵，又討好地側臉說道：「小范大人，沒顛著吧？」

范閒點點頭，說道：「沒這麼金貴。」

不一時，眾人便來到了後宮園中一處，不是皇后所在的寢宮，而是宜貴嬪所在。姚公公趕前幾步，入內通報，一會兒便有人來接著范閒進去。

皇帝今天穿著一身便服，正坐在暖榻上，有一搭沒一搭地和宜貴嬪說話。三皇子老老實實地坐在邊上抄著東西。看見太監們推著范閒進來，皇帝才住了嘴，淡淡回頭看了范閒一眼。

「受了傷，不老老實實待府裡養傷，在外面瞎跑什麼？」

一位皇帝對一位年輕臣子，看似訓斥，實則關心。按理講，做臣子的應該感激涕零才是，范閒卻是暗自冷笑。若真的關心自己，怎麼會等了十七年才來表現這些？如果真的是擔心自己傷勢，為什麼又急著宣自己入宮？

不過他面上仍然應景地讓那抹微微感動一現即逝，然後平靜應道：「回陛下，好得差不多了，這才偷偷出去逛逛，正準備去林府接婉兒。」

「婉兒……回林府了？那宅子裡又沒什麼人……除了那個傻子。」皇帝似乎不怎麼喜歡把自己的外甥女和林府聯繫起來，面色有些不豫。

宜貴嬪偷望著皇帝臉色，呵呵憨笑著岔開了話題：「范閒，你傷沒好就到處跑……也不怕范尚書打你板子？」

皇帝微微一怔，旋即笑道：「范建……哪裡捨得。」

雖是笑話，但裡面卻含著別的意思。范閒微微一凜，面上堆起笑容，沒有接話。

皇帝看了旁邊正在抄書的三皇子一眼，對范閒說道：「你前些日子在太學整理出的幾本書……朕讓承平這些天在學，太傅以為深了些，你怎麼看……承平，去見過范提司。」

三皇子姓李名承平，依慶國規矩，皇子們對於大臣都是極為尊敬的，皇帝這聲吩咐也不怎麼出奇。三皇子趕緊停了筆，小心謹慎地走到輪椅面前，對范閒行了一禮。

「這怎麼使得？」范閒坐在輪椅上，也無法避開。

「你如今是太學司業，正是分內的事情。」皇帝平靜說道，就像是在說一件很尋常的事情。

宜貴嬪卻聽出來了，看來皇帝有心讓范閒做三皇子的老師。一想到范閒的文聲、武名，以及在朝政中的影響力，宜貴嬪忍不住眉開眼笑起來，越看范閒，越覺得順眼。

這副神色落到皇帝眼中，他忍不住笑了起來。「瞧把妳樂的。」

宜貴嬪之所以受寵，就是因為至少在表面上，她不會隱藏什麼心思，高興的時候就高興，此時聽著皇帝揶揄，也不慌張，呵呵笑著說道：「謝謝陛下，給平兒找了位好老師。」

范閒聽著二位長輩自顧自說著，心中氣苦，暗想這事怎麼沒人來徵求一下自己的意見？

三皇子捧著書過來，范閒接過來略略一看，抬起頭回稟道：「莊大家的經策之學是極好的，太傅以為程度深了也有道理，不過這幾篇只是入門的東西，三殿下提前接觸一下，也沒什麼問題。」

君臣之間又隨意說了幾句，范閒小心應著，但知道皇帝肯定有些話要對自己說。果不其然，在喝了一碗熱湯之後，皇帝看似隨意地開了口——

「外面雪停了……初雪應惜，范閒，你陪朕去園子裡逛逛。」

「是，陛下。」

皇帝站起身來，宜貴嬪微笑著，將一件鶴氅披在他身上。

離開宜貴嬪居住的漱芳宮時，雪已經停了，皇宮的地面上一片溼清，卻沒有積雪，只有園子裡的經冬樹上掛著些雪痕，天上是灰白一片，紅牆黃簷雪枝青磚，十分美麗，空氣中沒有一絲雜味，清新異常。

皇帝披著大氅當前走著，一名小太監推著范閒沉默地跟在後邊，一路上那些穿著棉褂的太監、宮女遠遠避開，路邊遇著的則偏身於側，安靜不語。

「雪雨天，見朕不用下跪。」似乎是猜到范閒在想什麼，皇帝輕聲說道：「這是朕即位之後就訂的規矩，天天跪來跪去，他們也不嫌煩……把衣服跪髒了、跪破了，難道不要內庫掏銀子買？」

范閒坐在輪椅上，悄悄將領口鬆了顆布扣。雪停風消後，感覺有些熱。聽著皇帝的話，知道話題要往內庫方向轉，他卻很無賴地不肯接話。

似乎有些恚怒於范閒的沉默，皇帝冷冷問道：「范家那個老二現在在哪裡？」

這時候已經到了宮中最僻靜的一個園子，前方有一座小湖，湖中搭著木橋，通向中心那座亭子，亭上微有殘雪，難掩黑石肅殺之意。

第二十五章　遊園驚夢（中）

小雪初霽，宮中寒氣鬱積，這天威果然是難以抵擋的。但范閒坐在輪椅裡，十分暖和，身上穿的那件高領大氅擋風蔽雪，甚至讓身子有些熱了起來。對於皇帝的發問，他早就已經做好心理準備，也從來沒有指望家裡將范思轍偷運出京，會瞞住多少人。

「前日剛收著信，已經在上京安定下來了。」

范閒有意無意地看了身後的小太監一眼，這時候皇帝正遊興大發地在前面走著，所以沒有注意到身後兩人的眼神交流。

小太監就是那位洪竹，他看著范閒笑吟吟的眼神，不知怎的卻是心裡陡然一寒，生起一絲害怕的情緒來——洪竹知道，這位提司大人是在警告自己，某些話是斷不能傳入他人耳中的。這位小太監最近一直跟在皇帝身邊，深深了解伴君應持默然的態度，趕緊低下頭，不敢與范閒的目光對視。

洪竹心裡也是想攀著范閒這座大山的，哪裡敢四處宣揚對范家不利的事情。

「就這麼說出來了？」皇帝一面往湖那邊走，一面淡淡說道：「朕本以為，雖然很多事情是天下人心知肚明，但有些表面上的工夫總要做一做。」

范閒低著頭，轉了轉脖子，讓腮幫子與領子上的軟毛摩擦著。「陛下有問，臣不敢有半句虛言。」

皇帝忽然住了腳，洪竹趕緊拉住范閒的輪椅，不敢與皇帝並排，范閒沒坐穩，眉頭皺了一皺。

「對著朕不說假話……對著天下人就敢明目張膽地撒謊？」皇帝回過頭來，似笑非笑地看著范閒，眼角的幾絲皺紋在稍露笑意之外，更有一分質詢。

范閒抬起頭來，有些不禮貌地正視著皇帝的雙眼。「天下多愚民……臣只是忠於陛下，又不是忠於那些百姓。」

「可是有人曾經說過……」皇帝的眼神忽然有些奇怪。「民為貴，社稷次之，君為輕。」

「胡言亂語，不知道是誰這麼大的膽子。」范閒眉頭微皺，他當然知道是誰會有這麼大的膽子，原創者是孟子，抄襲者是老媽。

「刑部如今還在通緝你的弟弟。」皇帝哈哈笑了兩聲，回過身繼續往前行走，說道：「你難道就不怕朕處罰你？」

洪竹推著輪椅跟上去，范閒聽著輪子發出的吱吱聲，有些頭痛，搖頭說道：「陛下聖明，定能體諒臣的苦衷。」

「苦衷？」皇帝冷笑一聲。「怕老二如今才會覺得自己有苦衷不能訴吧？」

「啊……臣有罪。」

范閒知道自己這時候應該要扮演出微微驚懼，就像是清宮戲裡那些與皇帝親近的臣子一樣，但他明明知道，把二皇子搞下馬，這本來就是皇帝的意思，自己只不過是把刀而已。而且自己在皇帝心中，也不是一位簡單的臣子，終究有那層關係在起作用。

所以他根本沒有一絲害怕，也沒有一絲緊張，以至於無論他再如何發揮演技，終究還是流於表面，稍嫌浮誇些，「臣有罪」這三字拖得稍長，戲劇感太強烈了。

皇帝壓低聲音罵道：「便是作戲，也不知道認真些！」

范閒苦著臉應道：「臣知罪。」

翻來覆去就是「臣有罪、臣知罪」這些無趣的話語，好在此時三人已經上了湖中那道木橋，暫時中止談話。

京都雖然已經頗為寒冷，但初雪天氣，湖水肯定沒有到結冰的程度，還在橋下寒沁沁地蕩著。木橋雖然修得平整牢固，但是輪椅壓在上面，總是有些不穩的感覺，范閒雙手抓緊輪椅把手，雙眼盯著木橋間的那些縫隙，心想如果這時候身後的小太監忽然變成殺手，自己可就慘了。

前方亭中事先來打掃布置的太監、宮女們遙遙一禮，便散去無蹤，不敢隨侍在旁。

皇帝坐在鋪了軟墊的石凳上，用目光示意范閒自取一杯熱茶飲著，自己卻用兩根手指拈了松子來慢慢剝著。洪竹知趣地退在亭邊，一則望風，二則隨時預備亭內的主子們有什麼吩咐。

「怎麼樣了？」皇帝問道。

范閒似乎被杯中的茶水燙了一下，皺緊眉頭，馬上應道：「陛下是指臣的傷勢，還是……」

「後者。」

范閒很直接地回應道：「已經準備動手，院令已經發了下去，這件事情沒有經過院裡，應該不會引起太多人注意。」

皇帝點點頭。

范閒繼續講解細節：「目前還在境內的貨應該全部能截下來，只是……怕被北齊人知道風聲，從裡面賺一大筆，畢竟崔家在北方也囤了不少貨……」這話裡他隱藏了很重要的資訊，打死他也不會對皇帝說，這是他與北齊皇帝分贓的計畫。

「往北方的線路一共有三條，目前四處已經著手控制，內庫那方面的院裡人手，由於和那邊的人在一起太久，所以不怎麼放心，暫時沒用。」

他皺著眉頭，將言冰雲擬的計畫，詳盡無比地說出來，只是還沒有說完，皇帝已經揮了揮手，說道：「朕……不要細節，只要結果。」

范閒略頓了頓後說道：「請陛下放心，最遲一年，應該能恢復內庫大半的進項。」

皇帝冷漠地搖搖頭。「內庫要恢復當年盛況，是不可能的事情……朕想你也明白其中原因。」

范閒低下了頭。

皇帝問道：「朕來問你，為何你篤定朕會支持你對老二和雲睿下手？」

「因為……朝廷需要銀子。」

半晌沉默之後，皇帝從鼻子裡嗯了一聲，說道：「朝廷要做事，要擴充……就需要銀子，而雲睿這些年將內庫掏得太厲害，朕也看不下去了，所以才會屬意你去接手這個爛攤子。你沒有讓朕失望，首先是有這膽氣接手，其次是下手夠狠，不會因為對方的身分而有所忌憚……這是朕取你之處。」

「謝陛下賞識。」范閒只能謝恩，因為語涉永陶長公主，那畢竟是自己的丈母娘，當然不能妄加評論。

皇帝拈了一顆松子放進脣中，緩緩咀著其中香味，亭外風停雪消，清淨之中略有寒意。

「葉重回滄州了。朕讓和親王做禁軍統領，聽說京中很有些議論，你聽見了什麼沒有？」皇帝似乎很隨意地問著。

范閒苦澀一笑，應道：「議論自然難免，畢竟似乎不合舊例。」

「你的意見？」

范閒悚然一驚，心想這等事情，怎麼輪得到自己來給意見，趕緊說道：「陛下深謀遠慮，臣豈敢妄自言語。」

「說吧，朕恕你無罪。」皇帝一直沒有看范閒那張清秀臉蛋，只是將眼光投注到園裡的經冬寒樹上。

范閒平靜了下來，他知道與皇帝說話是很困難的事情。韋小寶當年假九真一，終究還是被康熙捉住了辮子；而自己暗地裡做的事情，偷進皇宮、與北齊的協議、與肖恩的對話……這些都瞞著皇帝，如果事發，誰知道自己會有什麼樣的下場？

只是面前這位皇帝實在有些深不可測，如果范閒不是占據那個天然優勢，斷然是不敢與對方玩的。所謂的優勢就是，他知道對方與自己的真實關係，而對方並不知道自己知道這一點——於是乎，范閒大可以扮臣子玩純忠，對方心中對自己越歉疚，自己能得的好處就越大。

「大殿下不願在京中待著。」范閒很直接地說道：「而且堂堂親王降秩使用，也是不合規矩，最關鍵的是，皇宮乃是慶國心臟，不得不慎。」

這話很直接，甚至有些過界了，但皇帝並沒有什麼太大反應，只是冷冷說道：「不願意？世事不如意者，十之八九，他不願留在京中，難道就捨得看著我這做父親的孤守京都？范閒，你這個說客實在是沒有什麼水準。」

范閒面色一窘，知道大皇子去范府拜訪自己的事情，沒有瞞過皇帝。

「不要和老二鬧了，如果他安分下來。」皇帝閉著眼睛，將前段時間京都裡的事情結了個語。

「是。」范閒點點頭，他要達到的目的都已經達到，還鬧什麼呢？

「這次懸空廟之事，你有大功。」皇帝忽然幽幽說道：「不過你身為監察院提司，居然讓刺客混入了京都，事發之前，二處一些風聲都沒有查到，這是你的失職，兩相抵銷，朕只好賞你那些沒用的物事，你不要有怨懟之心。」

「臣不敢。」范閒認真回道：「本就是臣失職……至於受傷一事，也是臣學藝不精，才被那名白衣劍客所傷。」

皇帝忽然感興趣問道：「那劍客……一直沒查出來是誰，你與他交手過，能不能猜到些什麼？」

亭外忽然起了一陣寒風，范閒的後背一下子麻了起來，竟是一滴汗從頸子那裡流下來，沿著內衣的裡子往下淌著。他不知道皇帝這一問的真實目的是什麼，卻覺得自己如果一個不慎，就會滿盤盡輸。

白衣劍客是影子，不管陳萍萍是基於什麼原因做了這個局，在與自己通氣之前，他當然不會把真相告訴皇帝。但如果皇帝隱約猜到此事，自己該怎麼回答？如果說不知道，會不會動搖自己好不容易在皇帝心中豎立起來的地位？

只是一剎那的驚愕，范閒極好地掩飾過去，驚疑道：「陛下不是說，那白衣劍客是四顧劍的弟弟？」

皇帝冷笑道：「當年東夷城爭城大亂，四顧劍劍下無情，將自己家裡人不知道殺了多少，傳說逃出去了一個兄弟……朕是用猜的。當日高樓之上，那煌煌一劍，如果不是四顧劍的劍意，朕的眼睛怕是要瞎了。」

范閒心頭稍安，知道自己賭對了，微笑著說道：「可惜了，如果能握著實據……來年藉此名義對東夷城出兵，臣這傷也算值得。」

這話搔中了皇帝的癢處，這皇帝最喜歡的就是這種無恥的搞法，笑道：「四顧劍被費介治好之後，就再也沒當過白痴，怎麼可能認這個帳？首先便是不承認在世上還有個弟弟活著，接著便是送上國書，對朕遇刺一事表示震驚與慰問，對刺客的窮凶極惡表示難以置信……」

他自顧自說著，卻發現沒有人回應自己難得的幽默，回過頭一看，發現范閒正很認真地看著自己，亭外那個小太監更是半佝著身子，不敢發聲。

看著這一幕，他在心底不禁嘆了一口氣，想著這麼多年過去了，敢像她一樣沒大沒小與自己鬧騰的人……果然是再也沒有了。

皇帝心緒有些黯然，緩緩開口問道：「范閒……當日樓上，為何你先救平兒？」

范閒坐於輪椅中請罪，沉默許久之後才應道：「當時情形，若臣至陛下身邊，也只擋得住前面那一劍，顧不得身後那一刀……三殿下卻危險。」

「喔？」皇帝自嘲一笑道：「莫非朕的命還不如平兒的命值錢？」

范閒苦笑，再次請罪：「臣罪該萬死，當時情勢緊張，一時間沒有反應過來。」

「待你衝到朕身前時……先機已失，難道你就不怕死？」

范閒想了一想後，終於說出了句大逆不道的話，他看著皇帝沉靜的雙眼，苦聲說道：「當時臣想著，拚著這條小命，如果能擋了那一劍，自然極好；如果擋不了……嘿嘿……能和陛下一同去另一個世界看看風景，這也算是極大的榮幸吧。」

皇帝微微一愣，旋即哈哈大笑起來，笑聲震天而起，傳至亭外極遠處。園子角落邊上候命的太監、宮女們聽著皇帝難得的開心笑聲，不由得面面相覷，不知道范閒今天講了什麼笑話，竟將皇帝逗得如此開懷。

皇帝止了笑意，此時越看范閒眉宇間那抹熟悉神情，越是老懷安慰，放緩了聲音說道：「此去江南，你自己多注意些，不要什麼事情都衝在前面……聽說你在北邊也是這麼鬧騰，堂堂大臣，也不知道惜身存命。」

范閒微感窘迫，知道皇帝這話說得有道理。國之大臣，有幾個會像自己那樣慣出險鋒之舉？只是自己骨子裡就喜歡隻身獨行，說到底還是對別人都不怎麼信任——不過，離江南之行還有幾個月，皇帝這臨別之諭似乎說得也太早些。

「陛下。」范閒想到一樁要緊事，有些不安說道：「先前在宜貴嬪那處說的……是玩笑話？」

皇帝將雙眼一瞪，冷冷說道：「君無戲言。」

范閒惶恐萬分。「臣年齒不高，德望不重，怎可為皇子師？」

皇帝笑了起來，望著他說道：「聽說……你在北齊上京時，那個小皇帝都很敬你……至於德望，連莊墨韓都讚許的人，為什麼做不得？北齊太傅也只不過是莊墨韓的次子……如果不是瞧著你年紀實在太小，朕便直接明旨宣你入宮講學，又有誰敢有二話？」

「可是……」范閒有些後悔自己虛榮心盛所惹出來的赫赫文名，苦惱應道：「可是臣明春便要往江南一行，誤了三皇子學業不好。」

皇帝一揮手。「帶著平兒去，朕已經與太后說好了。」

范閒張大了嘴，半天沒有說出話來。

「好好做。」皇帝面色平靜說道：「江南事罷，在京中再放兩年，朕讓你入中書門下。」

他盯著范閒的眼睛，語氣柔和說道：「朕，是看重你的。」

范閒略一沉默後，毫不矯情地點了點頭，知道談話已畢，便準備請辭回家。不料……

皇帝又揮揮手，淡淡說道：「今日立冬，宮中有宴，你就在宮中用飯……朕已讓人去你家接晨兒。」

范閒心中又是一驚，不知道這代表著什麼，還是什麼都說明不了。

「太后想見見你。」皇帝說道，又咳了兩聲掩飾道：「老人家想見見晨兒的夫君究竟是什麼模樣。」

皇帝坐著御輦離開了，亭中清淨下來，只剩下范閒與那名今日專門負責推輪椅的小太監洪竹。

范閒注視著皇帝離開的方向，眼中一抹冷淡自嘲一閃即逝。今日受召入宮，雖然事發突然，但他依然有些小小的期望，或許那個中年男人會讓自己去看看那幅畫？或許那位中年男人會對自己說些什麼？

沒料到最後依然是這種仁君忠臣的奏對。他的心裡有些隱隱失望。帝王家本是無情地，這點他當然清楚，而他也從來沒有將那位中年男人當作自己的父親看待……所謂失望，其實只是為那個叫做葉輕眉的女子失望。

看著皇帝對待自己的態度，就知道他是位薄情之人，至少……對於母親，並沒有應該有的感恩之心與足夠的懷念。換句話說，就算皇帝如今對自己已經是無比信任，就算他已經將自己當作了最親近的臣子，但依然只是臣子而已。

如果自己真的有一天揭破身分，不再是一位護駕有功的「忠臣」，而涉及到那把椅子的歸屬……范閒心裡冷笑著，對於當皇帝，他沒有一絲興趣；當監察院提司，卻是他從小養成的興趣。但是當不當是自己的問題，對方讓不讓自己站在那排序列裡面，這就是道德問題了。

操……老子懶得說你！

罵完皇帝娘發洩完畢，范閒深吸了一口氣，知道自己這鬱悶也確實沒道理。因為寧才人是東夷女俘的緣故，大皇子就被許多人從心裡自動剝奪了繼位的權利，更何況自己這樣一個見不得光的角色？再說母親當年的離奇辭世，一定還有些尾巴沒弄乾淨，才讓皇帝遲至今日也不敢與自己相認。

讓范閒有些莫名的是，明明從猜到自己身分那天開始，就斷了這個念頭，為什麼今天卻忽然這麼計較起來？

滴答一聲輕響，是一滴雪水從亭簷上滴落下來，柔柔地擊打在石階上。聲音將范閒驚醒，他舉目望著亭外的初冬景致，嘆了口氣，心想，也許正是這宮裡的環境太過壓抑，才會讓自己去想那些本不必想的無聊事吧。

「提司……大人……晚膳還有些時候，陛下交代過，您可以隨意逛……逛。」洪竹低眉順眼說著，話語裡卻打著哆嗦。

能在後宮裡隨意逛逛？自己不是在梅園養傷，還是少犯些忌諱為好。范閒搖了搖頭。

「就在這亭子裡看看。」他注意到洪竹的聲音，瞇起了雙眼，像是兩把小刀子一樣在洪竹身上掃了一遍，這目光讓洪竹有些緊張。

「冷？」

「是。」

「流汗了？」

「……是。」

范閒脣角微翹，笑了笑。「不要害怕，陛下既然放心讓你在這裡聽，自然是信任你。」說得也是，今日亭中皇帝與范閒的談話，看似家常，裡面隱著的資訊卻十分「豐富」。洪竹今天第一次知道，監察院與二皇子的爭鬥、內庫的事情，原來竟是皇帝默許。范提司聰慧無比，暗合聖心之舉！而似乎范提司馬上又要有什麼大動作了。

這些事情如果傳出宮去，只怕會引起軒然大波。

「奴才不怕。」洪竹很可憐地應道。

范閒看著洪竹那張坑坑窪窪的臉，忽然好奇問道：「太監也長青春痘？」

「青春痘？」洪竹微微一怔，旋即明白是什麼意思，有些惱火應道：「小的也不清楚。」

亭外一片安靜，遠處隱有宮女走動，四周寒湖森然，湖上有風拂來，入亭繞於身旁，略平心中躁意。范閒笑了起來。「你……就是洪竹？」

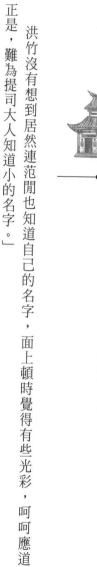

第二十六章　遊園驚夢（下）

洪竹沒有想到居然連范閒也知道自己的名字，面上頓時覺得有些光彩，呵呵應道：「正是，難為提司大人知道小的名字。」

「陛下近侍，乃是要害處。」范閒說道：「本官既是監察院提司，當然要小心防範……更何況前些日子太極宮的小太監裡面，才出了一名刺客……」

洪竹一驚，不敢接話。范閒溫和說道：「陛下既然信你，本官自然也信你……對了，聽說老戴如今在做苦役？」

洪竹看了他一眼，試探著說道：「是啊，挺慘的。」

「嗯。」范閒點了點頭。「我也不怕什麼忌諱，老戴這人我打過交道，人是不錯的，小公公在宮中還請幫忙照顧一二。」

洪竹心頭大喜，月前他就指望著能夠透過戴公公攀上面前這位年輕官員，對方既然這麼說，那就是有戲了。他趕緊恭敬應道：「您吩咐，哪裡敢不照辦。」

范閒微笑說道：「勞煩小公公了，日後家中有什麼為難事，和我說一聲。」他不用說得太明白，對方也應該知道透過宜貴嬪聯絡自己。

范閒回到宜貴嬪居住的漱芳宮時，真是大湊巧，自九月後便一直沒有機會面見的北齊大公主也從太后的宮裡回來了。北齊大公主在成婚之前，便被安排在這宮中居住。她看著坐在輪椅上的范閒，略吃一驚，只是二人也不方便說些什麼，稍一行禮，便退到後面。

宜貴嬪瞅了范閒兩眼。「一路從北邊回來的，怎麼挺陌生？」

范閒時刻不忘廣拉盟友，安插釘子，像北齊大公主這種要緊的角色哪裡肯放過，只是在眾人面前當然要裝得陌生一些，應道：「身分不一樣，再說……男女有別。」

宜貴嬪取笑道：「你這孩子，比大美女都要生得俊……不怕你去禍害別人，就怕別人來招惹你。」

范閒唬了一跳，說道：「姨可別瞎說。」轉頭看見三皇子還在那裡平心靜心地抄書裝乖巧，不知為何，氣不打一處來，搖搖頭問道：「這事太后真允了？」

話裡確實含著不敢相信的腔調。宜貴嬪看著他點了點頭，笑著說道：「我也是今日才聽陛下允了，不過……這是好事情，太后怎麼會反對？」

范閒自嘲一笑，心想事情才沒這麼簡單，想了會兒後認真說道：「我去江南，老三跟著我……您也捨得？」

「江南水好人好風物好，有什麼捨不得？」

宜貴嬪忽然招招手，讓他靠近些。范閒依言靠過去，離她只有一尺的距離，似要嗅著這位貴婦人噴出來的如蘭氣息，才聽著她壓低聲音，咬牙說道：「你帶著他離宮裡越遠越好，最好能拖幾年就拖幾年。」

范閒微怔，才知道宜貴嬪做的是這等消極打算，搖搖頭說道：「一味退讓總不是個事……再說了，江南內庫也不需要花什麼工夫，我只是過去看一眼，總不能老拖著。」

宜貴嬪想了想，發現確實是這個道理，有些失望地嘆了口氣。「這話確實，陛下也不會允你總不在京都。」

范閒想了想，安慰道：「老三畢竟年紀還小，不值當這麼早就開始操心……再說了，太后在宮裡看著這幾個孫子，太出格的事情，那幾位也不敢做……」他頓了頓後又說道：「畢竟咱們和其他那幾座宮裡不一樣，尚書巷說話還有幾分底氣，父親一時半會兒也不會退……再不濟，還有我不是？」

得了這句話，宜貴嬪終於放下心來。以目前的發展趨勢，范閒在朝中的影響力只會越來越大，朝中、宮中往往是兩相影響的兩個圈子，只要朝中有人，她與兒子二人在宮中也會過得輕鬆許多。

話說到這個分上，大家就已經點得極為透澈——在保留了那麼幾分可喜憨直的宜貴嬪看來，自己為孩子著想，和范家綁得越緊，自然就越好。

「讓老三跟我下江南……就有一件事情您得允我。」范閒瞥了一眼正在偷聽、卻什麼也聽不到的三皇子。

「什麼事？」見他說得嚴肅，宜貴嬪也緊張起來。

「我不怎麼會當先生，像外放在州郡裡的那幾位門生，您也知道，那是他們自個十年寒窗的造化。」范閒認真說道：「我只能將老三當弟弟一樣教……難免會有些不恭敬的時候。」

聽著「當弟弟一樣」教這句話，宜貴嬪眉開眼笑起來，根本想不到范思轍如今在北邊的慘狀，連連點頭。

范閒像看神仙一樣看著她，心想這位怎麼像是中了六合彩似的高興？試探著說道：「可能……有時候……會……動手。」

「動腳都由你！」宜貴嬪說得很直接，笑吟吟道：「只要別打出個三長兩短來，由著你怎麼揉捏。」

她接著嘆了口氣，說道：「你是不知道，前些日子那個樓子的事情，讓我嚇了一大跳，平日裡只知道他和老二關係好，誰知道老二這個……殺千刀的，竟然攛掇著平兒去做那件事，平兒這麼小的年紀，知道個什麼東西？還不是被人拿來當刀子使……幸虧你把這事壓下去得快，不然不知道陛下會氣成什麼模樣。」

范閒暗笑，心想您這位兒子可不是一個善主兒，雖只有九歲，但腦子裡的東西不知道有多複雜，又聽著宜貴嬪低聲說道——

「把他管教老實些……哪怕將來變成如今沒用的靖王爺……至少也謀個一世安康啊。」

范閒聽著這些話，不免有些感慨。世上只有媽媽好，這句歌詞果然沒有唱錯，沒媽的孩子像根草，自己的身世也證明了這句歌詞的正確性。

離用晚膳的時間還早，太后宮裡也一直沒有什麼消息，范閒樂得清淨，就待在漱芳宮裡與宜貴嬪有一搭沒一搭地閒聊著。二人是親戚身分，避諱也可以少些。而且整座涼沁沁的皇宮裡，似乎也只有宜貴嬪這宮中還有些……人味。

「奴婢參見晨郡主。」

隨著外邊宮女們嫩脆的行禮聲，林婉兒搓著兩隻小手走了進來。今日她下身穿著一件翡翠色的疊層襦裙，上身是件大紅綾襖子，袖口上綴著兩道狐狸毛，毛茸茸的煞是可愛。

范閒坐在輪椅上平伸出雙手。

林婉兒向前，將手放入他溫暖的手掌中，動作是這樣的自然。

范閒輕輕揉著她有些涼的小手，好奇問道：「就穿這樣來了？」這一身顏色有些近似於紅配綠，只是紅色深得生動，翡翠透著清貴，穿在林婉兒的身上便順眼許多，不過入宮用膳，總應該穿得華麗些才是。

林婉兒嘟嘴說道：「在家裡等了你老久，也不見人來……後來蘇文茂叫人過來說了聲，才知道你被宣進了宮，我帶著大寶回府，結果剛到門口，就被太監攔著……拉到宮裡來，先去見過太后、皇后，幸虧幾位娘娘都在太后宮裡侍候，不用各個宮去拜，略說了幾句話就來見你。一路上匆忙著，哪裡有時間換衣服。」

「對了，大寶呢？」范閒最關心的，就是自己那個傻乎乎的大舅子。

「放心吧，若若在家呢。」林婉兒接過宮女遞過來的熱毛巾胡亂擦了兩把，一屁股坐到宜貴嬪身邊，側頭笑咪咪說道：「在聊什麼呢？」

宜貴嬪沒急著回話，先把宮女訓了幾句，這大冷的天用熱毛巾讓郡主擦臉，也不怕待會兒出去被冷風刺激到，這才回頭笑著將皇帝的安排說了一遍。

林婉兒詫異地看了范閒一眼。「這就定了？」

范閒點點頭，聳聳肩，無可奈何。拖家帶口的，看來日後的江南之遊一定會精采萬分。

有太監過來傳話，請漱芳宮裡的五位貴人去含光殿用膳。宜貴嬪趕緊拉著三皇子的手去後廂梳洗，也要好生打扮一下自己。

覷著這個空，范閒壓低聲音問道：「讓妳和太后娘娘說的那事……怎麼樣？」

林婉兒看了一下四周，搖了搖頭，輕聲說道：「你想退婚，這事又不早些和我商量……突然弄這麼一齣，奶奶怎麼可能允。再說了，我畢竟是晚輩，說這事本就有些不合禮。」

范閒嘆道：「若若不喜，我這做哥哥的有什麼辦法。不過這事確實告訴妳晚了些，也是想著趁著抱月樓這事，弘成正惹宮裡不高興，趁機將這事辦了，哪裡想到會這麼麻煩。」

「舅舅指婚，豈能說退就退。」林婉兒蹙著眉頭。「你呀，也太寵若若了。」

范閒呵呵笑道：「就這麼一個妹妹，我不寵她誰寵？」

「我看還是得公公進宮來。」林婉兒盯著後廂，確認沒有人偷聽，這才輕聲說道：「讓公公直接和舅舅說，我們兩個分量不夠。」

范閒苦惱道：「雖說兩家鬧了這麼一齣，可父親還真是喜歡弘成。就連弘成天天逛青樓，他也不覺得有什麼大不了，總說是自幼看著長大，兩家關係親密，總不能因為二殿下的原因，讓兩家就此割裂。」

林婉兒噗哧一聲笑了出來。「公公當年可是流晶河最出名的人物，當然不以為這算什麼大事。」話語出口，才覺著兒媳婦取笑公公有些不合適，嘿嘿一笑掩飾了過去。

范閒在著急妹妹的事情，也沒揪著這話開玩笑，眉宇間一片無奈。妹妹這些天在太醫院裡掙了些名聲，希望海棠朵朵那邊能處理好，至少將婚事拖一段時間再說吧。

「舅舅宣你進宮為什麼？」林婉兒問了真正關心的問題。「我想，恐怕不僅是老三的事。」

范閒靜靜望著妻子，忽然伸出手輕輕撫了一下她光潤的下頷，笑了笑，沒有說什麼。難道自己要對她說——妳最親的舅舅讓妳最親的相公，施展渾身解數，只是為了讓妳的親生母親……淪為赤貧？

好在此時，宜貴嬪等人已經打扮妥當出來了。棉簾一掀，殿內似乎都明亮了起來，范閒轉過身子一看，只見宜貴嬪與北齊大公主攜手嫋嫋而出，兩位女子在飾物、衣著、妝容的襯托下，容顏大放光彩，眉目如畫，端莊貴妍。他在心底忍不住讚了一聲，所謂珠光寶氣，不過如是。

北齊大公主望著他微微一笑，卻是上前與早已認識的林婉兒並肩，往殿外走了出去。

冬至大如年，這一日慶國上下都在休息，朝堂停、軍隊歇、邊關閉、商旅休，不只京都，實際上包括遠在北方的北齊，這一天都在安心地過著幸福的小日子。

慶國習俗，冬至之日要吃羊肉，京都的街巷中，無數縷熱氣從那些或寬敞或逼仄的廚房裡飄了起來，繞著各色甕鍋的上方繞了三轉，再覓著唯一的一條路，鑽出了窗間的縫隙。這些熱氣中透著一股乾辣椒的辛味、鮮羊肉的羶味、藥材的異香、蘿蔔的甜香味，四味交雜，美妙無比，瀰漫在無數院落外，令聞者無不動容垂涎。

含光殿內，最尾端的那張案几之後，范閒瞪著一雙迷惑的眼睛，看著自己筷尖被切成耳朵模樣的羊肉，看著碗內白湯裡飄浮著的菌花與名貴蔬菜，心裡不禁嘆了口氣——這宮裡的羊肉，果然與民間不同，做工是精緻許多，卻也少了那分溫暖意。

沒有豆腐與蘿蔔，這羊肉還怎麼吃？最大的問題是——羊肉已經是溫的了，不能燙得自己嘴唇發麻，這喝著有什麼勁？

所以他只是勉強喝完了碗中的湯，又挑了一筷醬拌著飯，緩慢而細緻地咀嚼著，拖延著這頓無趣「家宴」的時間。他眼觀鼻、鼻觀心，脣含筷尖，專心無比，眼角餘光卻沒有掃出席外，靜靜聽著殿中這些皇族的談話，並沒有插上一句，孤單得就像是他身後不遠處那輛孤零零的輪椅。

含光殿是太后的宮宇，是後宮之中最為宏廣的一座建築，雖然和北齊上京那皇宮比起來要顯得簡樸太多，但依然是富麗堂皇、映燭如日，耀得冬日殿內的陳設與器具閃閃發亮。

殿內諸位皇族子弟默然進食，不敢直視最上方的那位老婦，以及老婦身旁的皇帝與皇后。今日冬至，人到得齊整，包括靖王一家三口，還有被軟禁的二皇子都入了宮。只是二皇子與李弘成看見范閒進來時，也只是微微詫異，並沒有像是潑婦一般衝上來要死要活。

范閒用眼角餘光瞥了一眼正席之上的那位老婦人，這是他第一次看見太后，從對方眉眼皺紋裡，似乎還能嗅到當年這老婦人的手段與堅硬的心。虎雖老病，威猶在，她在最上方坐著，就連一貫放肆無比的靖王，都顯得老實許多。

人不熟，但這宮殿他熟悉，當初玩盜帥夜留香的時候，在這宮裡走了兩道，在太后床下的暗格裡摸出鑰匙。想到這件事情，他悄悄地收回目光，無聲地吃了拌著醬汁的飯。

上方傳來幾聲老年人無力的咳嗽，范閒低頭不語，先前那一瞥裡瞧見了太后面色，發現她的脣角已經開始耷拉下來，就知道這位老人家活不了幾年了。

「晨兒，坐哀家身邊來。」太后看著遠處最尾端席上的外孫女，又看了一眼面容隱在暗影中的范閒，喚道：「給我捶捶。」

林婉兒溫婉無比地起身離座，笑咪咪地走到那處，湊到太后耳邊說了幾句，又用目光瞥了一眼正苦著臉吃醬飯的范閒，估計著是在逗老人家開心，講笑話。果不其然，太后笑了起來，笑罵道：「看來妳在范府將他餵得倒是飽，連宮裡的飯也吃不下去了。」

話音雖低，卻清清楚楚傳到眾人耳裡，都知道說的是范閒。

范閒心頭一動，脣角綻出一絲微笑，心想妻子在宮中最為受寵，看來不是假話，只要太后和皇帝喜歡她，宮裡的地位自然突顯。

但他的心裡依然有些緊張，今天是第一次看見太后，這位老人家偶爾瞥向自己的目光，竟讓自己有些不寒而慄。按理講，奶奶看野孫子……也不應該是這種眼神啊——那眼神十分複雜，有一絲欣慰、二分驕傲、三分疑惑，剩下四分卻是警惕與冷厲！

太后發話的時候，眾人已經停止進食，聽著老人家在冬至的家宴上說些什麼。

「今兒，人到得算齊整……去年哀家身子不適，所以沒有聚，今日看見駙馬的模樣，哀家心裡也高興。」太后嘴裡說著高興，臉上卻沒有絲毫表情，轉向皇帝說道：「只是你那妹妹一個人在信陽待著，總不是個事，這女兒、女婿都在京都，她一個婦道人家老住在離宮裡，我是不喜歡的。」

范閒心中冷笑，知道終於說到正題了，意思很清楚，連自己這個駙馬都能參加皇族的家宴，為什麼長公主卻不能？

皇帝幽深的眼神一閃，應道：「天氣冷了，路上也不好走，開春的時候，就讓雲睿回來。」

聽著這話，太后滿意地點點頭。范閒注意到對面二皇子的左袖有些不自然地抖了抖，想來這位被自己整治得萬分可憐的仁兄，知道大援即將抵京，心中激動難忍。

只是……為什麼太子的神情有些古怪？

後面又說了些什麼，范閒並不怎麼在意，皇族家宴實在無趣，只是聽著太后偶爾提到自己的時候，刻意流露出來的那一絲冷淡，讓他的脣角不自禁地流露出一絲自嘲。

他聽說自己受傷的時候，太后曾經為自己祈福，又得了太后賜的那粒珠子，本以為老人家的心軟了，自己那顆堅硬的心也有些鬆動。不料看情形，只是自己瞎猜而已。也罷，大家就比比誰的心硬吧，這些帝王家的人天生心涼，自己這二世為人的怪物，心也不會軟和到哪裡去，至少要比這冷湯裡的羊肉要硬上三分。

既然君不君、臣不臣，父不父、子不子，祖不祖、孫不孫，自己還用得著忌諱那絲莫須有的血緣關係？

雖是抄襲文章的「騷客」出身，但范閒終究是個好文之人，骨子裡擺不脫那幾絲酸氣傲骨。在這含光殿上，他竟是直起了身子，挺直了腰板，面雖微笑，回話卻是不刻意討好太后，更不會腆著臉去冒充晚輩讓她感受弄孫樂，一時間，竟讓含光殿內的對話顯得有些尷尬和冷淡。

除了太后之外，殿內這些娘娘、皇子們對范閒都極為熟悉，知道他可不是個簡單角色，要說哄人為樂，那更是他最擅長的小手段，所以有些不明白為什麼范閒不趁著今日家宴的機會，好好地巴結一下太后。

皇帝不以為然，以為范閒惱怒於丈母娘要回京的事實，有些失態。太后卻以為這個年輕人，天生便是如此傲悖無狀，心中更是不喜。

看著這一幕，皇后不明白范閒想做些什麼，眼角露出一絲疑慮。寧才人在太后微怒的眼光注視下，豪邁至極地飲著酒。淑貴妃小口抿著，宜貴嬪呵呵傻笑著逗太后開心，替范閒分去幾道注視。

其餘諸人中，大皇子糊塗著，二皇子偷樂著，三皇子佩服著，太子走神著。只有靖王猜得離事實近了些，暗中搖頭，心想讀書人，果然往往會冒出些迂氣。

伏在太后身邊的林婉兒，有些擔憂地看了范閒一眼。

．寒夜之中，雪花再起，紛紛揚揚灑著。皇宮角門處，范閒坐在輪椅上，微微低著頭，面色寧靜似無所思。林婉兒有些擔心說道：「相公，沒事吧？」

「沒事。」范閒依然死死低著頭。「我只是在冒充狄飛驚（註3）而已。」

虎衛與啟年小組來了，夫妻二人上了馬車，馬車往范府駛去。馬車中，林婉兒好奇問道：「狄飛驚是誰？」

「一個一輩子都低著頭的人。」范閒笑了起來。「不說他了，趕緊回家吃羊肉吧，父親他們應該還等著。」

註3　溫瑞安小說《說英雄誰是英雄》系列中的人物，外號「低首神龍」。

第二十七章　上京城的雪

離慶國京都約有四千里地的東北方，那座更古老的煌煌上京城裡，雪勢極大，鵝毛般的雪紛紛灑灑地落下，上京的大街小巷就像是鋪了一層純白的羊毛毯子一般；而那些備著暖爐的宅屋之上的雪卻積不下來，露出黑色的簷頂，兩相一襯格外漂亮。

從城門處便能遠遠看見那座依山而建的皇宮，宮簷的純正黑色要比民宅的黑簷顯得更深一些，山上雪岩裡的層層冬樹掛霜披雪，流瀑已漸成冰溪，石徑斜而孤清，冬山與清宮極為和諧地融為一體。

夏天過去之後，北齊也發生了許多事，最教人震驚的自然是鎮撫司指揮使沈重遇刺一事。當夜長槍烈馬馳於街的雄帥上杉虎，如今還被軟禁在府中，而朝廷與宮中的態度，卻很清楚。沈重死後馬上被安了無數樁罪名，沈家家破人亡，只有那位上京人們很熟悉的沈小姐忽然間消失無蹤。

沈重的突然死亡，對於錦衣衛來說，是一個極其沉重的打擊。本來就有些偏弱的北齊特務機構，被年輕的北齊皇帝施了暗手，失去了一位頗有城府的領軍人物後，顯得更加孱弱，連帶著就連衛太后說話的聲音都低了不少。

幾個月裡，所有錦衣衛都有些心中怯慌，一直沒有人來接手這個衙門，不知道朝廷會怎麼處置。好在前些天朝廷終於發了明旨，長寧侯家的公子，那位鴻臚寺少卿衛華正式接了沈重空出來的位置。

以往上京流言中，太后是屬意長寧侯出任指揮使，但被年輕的皇帝生生卡著了，如今聖旨上卻寫明讓長寧侯的兒子來做，不免惹了些議論，不知道這一對天天吵架的母子，是不是終於答成了某種默契與妥協。

今日錦衣衛重新抖擻精神，拿出了當年的凶狠與霸道，開始執行新的任務。

一百多名穿著褐色官服的錦衣衛，圍住了秀水街，任由雪花飄在自己身上。

秀水街並不簡單，這裡的商鋪都有著極深的背景，尤其是中間那七間鋪子，都是南慶的皇商。兩國目前正處於蜜月期間，按理講，錦衣衛正在自我整頓之中，應該不會來鬧事才對。

然而事態的發展，出乎所有人預料，沿街的掌櫃們站了出來，在風雪中搓著手，緊張地看著錦衣衛帶走那位酒鋪老闆。這位老闆姓盛名懷仁，正是南慶內庫在上京的人員之一。

玻璃店的余老闆扶著古舊的門板，顫抖著聲音說道：「怎麼就敢抓呢？」

夥計輕聲說道：「說是京南發現了一大批囤貨，沒有關防文書，連稅合都沒有，錦衣衛沿著那條線摸到上京，把這位盛老闆挖了出來。」

風雪撲面而來、繞身而去，比余老闆身後的玻璃瓶都似要透亮一些。他面有憂色看著漸漸撤走的錦衣衛，他很清楚內庫往北面走私的事情，這本來就是永陶長公主一手做的買賣，只是北齊方面一直都默認著，享受著低價所帶來的好處，怎麼今天卻忽然動了手？

上京美麗的皇宮中，那位年輕的北齊皇帝正蜷在暖褥裡，一手拿著一塊點心往嘴裡塞，一手捧著一卷書，仔仔細細，十分專心地看著。

新任鎮撫司指揮使衛華小心地看了他一眼，斟酌半晌，才鼓起勇氣打斷他的走神，輕聲說道：「抓了幾個人……不過一直以來，崔家和信陽方面幫了朝廷不少忙，面子上有些過不去，所以依太后的吩咐，那些有身分的，最後還是放了。」

北齊皇帝沒有瞧他，眉角卻有些厭惡地皺了皺，說道：「婦……人之仁，既然已經翻臉，還看什麼舊日情分？」

他在這裡說著衛太后的不是，衛華自然不敢接話。北齊皇帝搖了搖頭，目光依然停留在那本書上，繼續說道：「不過抓不抓人無所謂，貨……截了多少下來？」

「不少。」衛華的眼神裡流露出一絲興奮。「消息得得準，南蠻子又想不到我們會破了舊日的規矩，措手不及，吃了不少的虧。」

他忽然想到某些事情，猶疑問道：「這事有些荒唐，范閒就算要和南慶長公主搶內庫，也沒理由送這麼大份禮給咱們，以他如今在南慶的實力，完全可以自己吞了這些貨物，而不讓這些貨流到北邊來。」

北齊皇帝依然沒有看他，冷冷說道：「送朕一份大禮，自然是有求於朕。」

「時間掐得沒問題，據南方來的消息，范閒在我們之前就動了手，南蠻人應該不會懷疑朕與他聯手分贓，只會以為朕是在趁火打劫。只是……」他忽然重重放下手中的書卷，瞇著雙眼看著衛華，眼中警告的意味十分清楚，說道：「這件事情，朝中攏共只有五個人知道，我不想因為你的緣故，將消息洩漏出去。」

衛華大為驚恐，俯拜於地，發了個毒誓後才說道：「請陛下放心。」他雖然是長寧侯的兒子，但實際上與北齊皇帝還要親近一些，這次能夠執掌錦衣衛這樣一個實權衙門，他知道是北齊皇帝給自己的一次機會，就看自己能不能夠抓得住。

「慶國的使節還在抗議嗎？」北齊皇帝忽然感興趣問道。

衛華點點頭，苦笑道：「那位林大人天天在鴻臚寺裡大吵大鬧，為崔家鳴不平，說朝廷不查而辦，強行扣押崔氏貨物與錢財，乃是胡作非為，大大影響了兩國間的邦誼。」

北齊皇帝罵道：「崔家是什麼？是慶國最大的走私販子！朕幫南蠻子管教臣民，他們不來謝朕，還來怨朕？這些南蠻子果然是不知道禮數的傢伙。」

衛華苦笑著，心想：您幫異國管教商人，可吃到嘴裡的貨物與銀子卻不肯吐出去，這哪裡能說得通。

崔家事發，林文身為慶國駐上京全權使節，卻不知道其中內幕，當然要為己國的子民爭上一爭。

「最麻煩的還是那位居中郎王啟年。」衛華忽然頭痛說道：「林大人只是在鴻臚寺裡鬧，這位王大人卻天天跑太常寺，要求進宮見陛下，說崔氏乃是慶國著名大商，他們身為慶國官員，一定要維護崔氏的利益。」

北齊皇帝聞言一怔，怒極反笑，哈哈大笑道：「有趣，真是有趣，范閒不僅自己有趣，連他的心腹也是這般胡來……明明是他自家主子想咬死崔家，讓他這麼一鬧，不僅替范閒洗乾淨了屁股，還順手汙了朕一把。」

可是對於南方的那位同行，衛華依然有些警惕，忍不住說道：「陛下，如果……將這件事情的原委暗中傳回南慶，讓南慶皇帝知道范閒慷國家之慨，暗通本朝，只怕會雷霆大怒……說不定他再也無法爬起來了。」

夏日裡的兩國談判，讓他知道范閒這個溫文爾雅的書生，骨子裡是怎樣的冷漠狠辣，以至於他接任錦衣衛指揮使後，馬上便將范閒看作了自己最大的敵人，時刻想著怎麼能夠讓范閒倒楣。此時想到這種讓范閒再難翻身的毒計，他不由得心生亢奮，滿臉期望地望著北齊皇帝。

令他失望的是……北齊皇帝依然只是搖了搖頭。

「把目光放長遠一些。」北齊皇帝帶著嘲笑之意說道：「崔家的這些貨本來就在國境之中，朕要這些貨有什麼用？難道朕還瞧得上這些商人的銀錢……朝廷以往一直在與那位長公主打交道，雙方都得了不少好處……之所以這次要與范閒合作，原因難道你不明白？」

北齊皇帝拾起桌上的那本書，一面看一面輕聲說道：「南朝的內庫，馬上就要姓范了，如果你沒有足夠的把握將他消滅，那麼最好還是對他客氣一點兒，朕這個國度裡的子民，還指望著那位范提司……年年不斷地送些便宜貨。」

衛華辭出後，北齊皇帝的面色似乎瞬息放鬆許多，伸了個不雅的懶腰，打了個大大的呵欠。此時一位容顏媚麗、身著華貴宮服的女子掀簾走了出來，看著新任指揮使離去的方向，眨著眼睛，好奇問道：「在說什麼呢？聽著好像和范閒有關。」

「理理，一聽見范閒兩個字妳就這麼緊張，難道就不怕朕吃醋？」北齊皇帝一把將她攬了過來，摟入懷中輕薄著，在她的耳邊說道：「范閒在南邊對信陽動手了，朕……小小地配合他一下。」

不是小小的配合，崔家在北方的線路已經被完全摧毀，而留滯的貨物與銀兩也全部被錦衣衛查封。一個以經商聞名天下的大氏族，被砍了一隻手，而另一隻放在慶國內部的手，則早已經被陰森恐怖的監察院完全斬斷。

司理理嫣然一笑應道：「當然緊張了，范大人可是咱們的媒人。」

北齊皇帝一想也對，如果不是范閒出了那麼個「怪主意」，讓苦荷叔祖收理理為徒，以理理的身世、身分，想要入宮，還確實有些麻煩。

「在看什麼呢？」司理理好奇地搶過北齊皇帝手中的書卷。

北齊皇帝著急了，反手搶了過來，說道：「范閒專門寄給朕的《石頭記》，最新一章……全天下獨一無二，可別弄壞了。」

司理理明媚一笑，偎在他的身邊，輕聲說道：「范閒怎麼就敢……對自己的丈母娘下手？」

北齊皇帝搖了搖頭說道：「這廝的膽子竟似比朕還要大不少，南方那座宮裡比咱們這裡要複雜太多，誰知道呢？」

北齊國最清貴的河，就是從山上淌下，繞著皇宮半圈，再橫出上京古城的那條玉泉河。越往上游走，離皇宮越近，也就越安靜。

今日大雪，河畔岸間隱有冰屑，苦寒無比。在已能看到皇宮黑簷、山間冬樹的地方，竟有一座小園子，也不知道是什麼身分的人，才能在這裡住著。

一個約莫十三、四歲的少年，這時候正在園子裡做苦力。少年面龐微胖，拉著園中石磨，咬牙轉著圈，石磨發出吱吱的響聲，他的腿卻有些顫抖，在這寒冬天氣裡，身上的衣衫竟是被汗水打溼了後背，真是說不出的可憐。

轉了幾圈，少年終於忍受不住了，將手中的把手一推，回過頭怒罵道：「又沒有豆子！讓我推這個空磨幹什麼！難道妳連頭驢都買不起！」

他怒罵的對象，此時正逍遙無比地坐在屋簷下，躺在鋪著厚厚褥子的躺椅上，那雙明亮而不奪人的眸子，正看著簷外呼嘯而過的雪花，似乎在出神。聽著少年的怒吼聲，她才打了個呵欠，站起身來，扠著腰，慵懶無比說道：「今天下雪，到哪裡去買豆子？至於驢……現在不是有你嗎？我前幾天就把驢子賣了，園子裡的雞啊鴨的，過冬也要取暖，總是要錢的。」

這相處古怪的二人，自然就是被放逐到北齊來的范思轍，與北齊國年輕一代中最出名的人物，海棠朵朵。

海棠朵朵穿著一件大花棉襖，雙手揣在兜裡，平實無奇的面容上閃過一絲笑意，望著范思轍說道：「你哥哥前些天才來信，讓我好好管教你。」

她不說還好，一說這話，范思轍終於真的抓狂了。他來到上京也有些天了，結果什麼事都沒做，就被這個村姑抓著在做苦力，連妍兒也被她送走了！

偏生這村姑的地位高、武功強、心思靈，自己想了好多次要逃，都沒有奏效，上京生活，真是奇苦無比。想到此節，他氣惱地蹲了下來，罵道：「妳是我什麼人？憑什麼管教我？」

海棠朵朵笑了笑，沒有應話，只是又躺下來，雙眼微閉，似乎要在這風雪的伴奏下入睡。

范思轍看著她，知道自己如果不聽話，估計連飯都沒得吃，只得重新握住了石磨的把手，恨恨咬牙切齒道：「長得跟一村姑似的，還想嫁我哥！別想我以後認妳這嫂子！」

第二十八章　大宗師，黑布，謎語

雪還在下，園中石磨旁的范思轍終於拉完了五十轉，氣喘吁吁地扶著石磨，只覺得渾身腰痠背痛，根本直不起腰；而臉上的汗水化作熱氣蒸騰而起，遇寒氣而白，看上去就像是整個人都在冒煙一樣。

「擦擦，然後換身乾爽衣服，免得凍著了。」海棠朵朵遞了一疊整整齊齊的衣服給他。

范思轍氣苦地搖搖頭，進屋裡去換了衣服，不一時從屋裡出來，嚷道：「又沒個洗澡的地方，渾身汗臭味怎麼辦？」

海棠朵朵看了他一眼，笑道：「大冬天的，你哥做的那套東西又沒運到上京來。」

范思轍忍不住又搖搖頭，說道：「我哥把我趕到北邊來……可不是為了讓妳折磨我。」

「玉不琢不成器。」海棠朵朵面色平靜說道：「記得在皇宮裡聊天時，范閒曾經說過一句話，我覺得很有道理。」

「什麼話？」范思轍好奇問道。

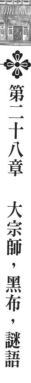

「故天將降大任於斯人也，必先苦其心志，勞其筋骨，餓其體膚，空乏其身，行拂亂其所為，所以動心忍性，曾益其所不能。」

其實，范閒說孟子這段話的時候，想著的是北海畔，草葦中的海棠朵朵春景而已。不過范思轍和海棠朵朵並不知道那人的齷齪想法，范思轍聽著這段話，只覺一股寒氣往頭頂沖，顫著聲音說道：「晚上……不會還是沒飯吃吧？」

海棠朵朵微微一笑說道：「晚上不在這兒吃。」

說話間，園外有人極其恭敬地接了一句。「二少爺，晚上屬下作東。」

范思轍大訝於此人接話如此自然，回頭望去，一見竟是王啟年！在他鄉驟遇親人，想著這些日子裡的苦楚，想到馬上有可能脫離苦海，范思轍神色激動，哇哇怪叫著，往籬笆外衝過去。

「吃完飯，還是要回來的。」

海棠朵朵在後面輕飄飄丟了句話，穿過漫天風雪，鑽進了范思轍的耳朵裡，讓他打了絲寒顫，無比失望。

等他衝到籬笆處，才回身惡狠狠吼道：「我是來上京掙錢的！不是來當苦力的！」

海棠朵朵已經又坐回躺椅上，面無表情說道：「一千兩銀子，哪有這麼容易變成一萬兩？我就覺著范閒把你逼得太狠，不要忘了，你的銀子現在都在我手上。」

籬笆外的王啟年對范思轍使了個眼色，示意這位小爺最好別得罪海棠姑娘。連小范大人在這位姑娘手上都沒落個全屍，您這是何苦來著？

范思轍氣惱地悶哼一聲，推開籬門。

王啟年笑著對簷下的海棠朵朵行了一禮，說道：「海棠姑娘，那我這就去了。」

海棠朵朵望了他一眼，忽然靜了下來，半晌後才說道：「王大人，你真準備這麼急著讓他接手崔家？」

王啟年心尖一顫，實在想不到對方竟連范閒的這個安排都知道，不清楚范閒與海棠朵朵之間究竟有多少默契，只好苦笑著應道：「姑娘這說的什麼話？」

對於范思轍的安排，海棠朵朵當然清楚，微微一笑，也不再說什麼，只是叮囑道：「才開始動手，你不要太著急。」

王啟年讓下屬替范思轍取了個笠帽與雪披罩著，一方面擋著風雪，另一方面也是遮著他的容顏。然後他對海棠朵朵行了一禮，便準備離開這座皇宮旁上的園子。

「最近的那封信，你也看了？」海棠朵朵半倚在椅上，似笑非笑望著籬笆外欲行的王啟年。

王啟年聞言一怔，滿臉苦笑道：「職責所在，海棠姑娘恕罪，還請信中代小老頭分說幾句，讓提司大人別欺負我家閨女。」

海棠朵朵呵呵笑了起來，心想這位慶國鴻臚寺常駐北齊居中郎、王啟年大人，果然是個有趣之人。

園外安靜了下來，海棠朵朵就這樣和衣在椅上閉著眼睛睡著了。上京今日風雪交雜，呼嘯而過，聲聲噬魂，寒氣逼人，這位村姑在這般冷酷的環境中睡得極為安憩，唇角似乎還帶著微微的笑容。以她驚人的修為，自然不在意外寒侵體，反而能比平凡人更容易親近自然，比如春時柔媚的自然，比如冬時嚴酷的天地。

雪，一片一片一片，在天空漸漸繽紛，簷下穿著花棉襖的姑娘睡得很舒服。

不知道過了多久，海棠朵朵緩緩睜開雙眼，清明無比的眸子裡映著簷外紛紛落下的雪花，還有簷畔漸長的凝冰，不由得閃過一絲喜悅與滿足。

「老師，您來了。」

園外玉泉河畔的石徑中，厚雪早鋪，此時有一人正緩緩踏雪而來。風雪似乎在這一瞬間消失了一般，只聽得見那人每一步落在雪上，所發出的沙沙之聲。

那人的雙足沒有穿鞋，就這樣赤著腳踩在雪地上，堅定而誠懇，不一時便到了園子前方。他伸出手，輕輕推開籬門，逕自走到簷下，伸出手掌在高興的海棠朵朵腦袋上輕輕一撫，說道：「來看看妳。」

來者是天下四大宗師之一，被世間萬民視為神祇的苦荷國師！

如果讓范閒看著這一幕，一定會腹誹對方長得如此平常無奇，比五竹差遠了，甚至都不及葉流雲腳踏半舟逐浪去的風采。

尤其是當他取下頭上的笠帽，露出那顆大光頭後，更沒有了一絲超然世外的脫俗感，不過是一個很簡單、很常見的老人而已。只是他身上那件純白色的布衣、赤裸著的雙足，宣示著他苦修士的身分，雖然當年從神廟回來之後，他就再也沒有進行過一次苦修。

海棠朵朵恭敬無比地向苦荷深深行了一禮，然後請這位人間最頂尖的人物入屋，奉茶。她如小女生一般，滿臉天真爛漫地坐在他身旁的地上，也只有在這位大宗師的面前，海棠朵朵才會順從得如此自然。

苦荷面容清矍，雙脣極薄，雙眼陷得極深，目光卻是更加深遠，他帶著一絲憐愛之色，看著自己真正的關門弟子，微笑說道：「為師自燕山來。」

海棠朵朵面露異色，吃驚問道：「找到肖恩大人的遺體了？」

苦荷緩緩放下手中茶杯，眼中含著一絲笑意，說道：「在絕壁間的一個山洞裡，發現了這位老朋友的遺骸。」

海棠朵朵皺眉道：「燕山絕壁？」

苦荷自南方歸來後，便閉關不出，北齊有些人猜到這位大宗師應該是受傷了，卻不知道那一場發生在無人知曉之處的恐怖決鬥……另一方是誰，有人猜是四顧劍，有人猜是葉流雲，還有人猜是慶國隱藏最深的那位大宗師，誰都沒有想到，是五竹與他兩敗俱傷。

而苦荷傷好之後，開關第一件事情，便是細細查問肖恩回國後的動向。雖然這位大宗師對於皇宮裡那對母子的鬥氣有些隱隱恚怒，但是天一道稟承神廟之風，極少干涉政事，也不好多說什麼，但對於肖恩的死活，這位似乎外物早難縈懷的大宗師，卻是十分看重。

燕山那處絕壁已經搜索了許多次，山上、山下都沒有找到肖恩的屍體，這成為了北齊朝廷最棘手的一個問題。如果那位老人還活著，只怕被軟禁在府中的上杉虎會重新活躍起來。

不過對於海棠朵朵來說，既然狼桃斷言肖恩被彎刀一刺後，生機全無，她自然會相信。

苦荷，對於自己首徒的判斷也沒有懷疑過。

所以北齊人只是在思考一個問題——肖恩的屍體究竟在哪裡？

不知道花了多大的力量進行搜尋，燕山被翻了個遍，也沒有找到肖恩和那位神祕人的下落。畢竟北齊人怎麼想也不會想到，這個世界上居然有人能像是壁虎一樣，在燕山如鏡子一般光滑的絕壁上爬起來。

後來是苦荷發了話，北齊人悻悻停了搜索，沒想到這位大宗師竟然放下身分，親自前去查探。也不知道苦荷花了多大的工夫，才終於在這大風雪天裡，在絕壁的山洞裡發現了肖恩的屍體。

海棠朵朵吃驚地看著苦荷，這才注意到苦荷的雙腳踝部有一道小小的傷口，關切問道：「那處絕壁怎麼下得去？」來不及先問肖恩，她最關心的當然是老師的身體，畢竟老師如今年歲大了，而且又才傷癒不久。

苦荷輕輕搖了搖頭，微笑嘆道：「下去有些麻煩，卻不是做不到，繫根繩子就好了，只是想不到狼桃逼下崖去的那人……竟然可以輕易逃脫。」

海棠朵朵微低著頭說道：「或許他身上帶著勾索之類的物事。」

「勾索也沒有借力的地方。」苦荷含笑望著她。「妳先前如此吃驚，當然也是記起來，燕山絕壁的模樣。」

海棠朵朵嘆了口氣道：「這事情真是想不明白了。不過事情已經過去了好幾個月，難道肖恩大人的遺骸沒有被山間的蒼鷹吃掉？」

苦荷兩道如雪般的眉毛微微一飄，溫和說道：「那山洞極淺，按理講，早應有凶禽來助肖先生上天，沒想到我沿繩而下，看見的竟是肖先生完好如初的遺骸，他的身旁倒是倒斃著幾隻死鳥，鳥兒都已經化作了枯骨，偏他的屍體除了有些脫水之外，沒有腐爛。」

海棠朵朵聞言一怔，旋即平靜笑道：「好厲害的毒。」

苦荷輕輕點了點頭，很平常地轉了話題：「說說范閒這個年輕人吧，我對他很好奇。」

海棠朵朵心裡咯登一聲，面色卻沒有一絲變化，微笑將范閒在上京中的所作所為都講了一遍，知道此時再也無法替范閒遮掩什麼，輕聲說道：「肖恩出京後的那夜，范閒一直待在使團，不過沒有人親眼見過他。我第二日去的時候，他正躺在床上……當初師兄便認為那名與肖恩一起墜崖的黑衣人就是他，而且他確實也是極善用毒的人。」

這個世界上，曾經接觸過神廟的，只有肖恩與苦荷兩個人，如今肖恩已死，就只剩下了苦荷。北齊皇帝將肖恩千辛萬苦地救回北齊，苦荷卻一力要殺他，如今知道范閒可能是肖恩臨死前最後見到的人，以苦荷對神廟之祕如此小心的態度……海棠朵朵不知道自己這番話會替范閒帶去什麼麻煩，只是她也知道面前看似柔和的老師，實際上是一位智珠在握的大智者，先前轉了話題，自然是要點一點自己。

出乎海棠朵朵的意料，苦荷沒有繼續這個話題，反而是意味深長地望著她笑了笑，又飲了一口杯中的清茶，說道：「朵朵的茶，越來越好喝了。」

「老師謬讚。」海棠朵朵溫柔回道。

「我想，我知道范閒是誰。」苦荷忽然很輕柔地說道，這句話無頭無尾，讓海棠朵朵有些不明所以，怔怔望著他。

苦荷緩緩站起身來，面上浮出一絲很醇和的笑容。「這個年輕人來北齊之前，為師出去了一趟，還受了傷，我想妳一定很好奇，這個世界上有誰能夠傷到我。」

國師苦荷，代表著北齊的精神氣魄，所以他受傷的事情一直隱而不發。海棠朵朵雖然知道，卻從來沒有從苦荷的嘴裡聽到詳細過程，此時一聽，頓時凝起了注意力。

「是一個瞎子。」苦荷轉身，望著園外的風雪，悠悠說道：「是一個為師很多年前就見過，而且從來沒有忘記過的瞎子。」

海棠朵朵大驚，心想這個世界上有人能夠傷到老師，已經是一件很驚世駭俗的事情，但沒料到對方竟然不是世人皆知的大宗師，卻是一位……瞎子！

苦荷繼續悠然說道：「很奇怪的是，這位實力很恐怖的瞎子……卻似乎忘記了一些事情，忘記了很多年前，我曾經和他見過一面。」

海棠朵朵安靜地聽著。

「這個瞎子已經消失了很多年。」苦荷臉上的笑容再起。「沒想到忽然間又出現在這個世間，而且第一個找的人就是為師，說起來，為師這顆早已古井無波的心，竟也有些隱隱驕傲。」

海棠朵朵愈發地聽不明白。

「這個瞎子，曾經教訓過四顧劍那個白痴，曾經把葉流雲打得棄劍不用，終成一代宗師。」苦荷嘆道：「我當年就猜到是他，只是沒想到他這次會主動找上我，這和他往年祕不見人的風格完全不一樣。」

海棠朵朵忽然開口問道：「莫非這個瞎子，就是那位最神祕的大宗師？」

苦荷搖搖頭，那雙似乎能夠洞察一切的眼睛也流露出一絲迷惘。「不是，瞎子他從來不需要這種虛名。至於我們四個人裡最神祕的那位……應該還一直在慶國的皇宮裡。」

海棠朵朵有些不明白，既然沒有人見過那名神祕的大宗師，為什麼世人篤定有那個人的存在，而且那個人就存在於慶國的皇宮裡？

「道理很簡單。」苦荷笑了起來。「很多年前，四顧劍曾經嘗試過三次入慶國皇宮刺殺他們的皇帝。」

海棠朵朵驚訝地輕聲一嘆，她此時才知道，原來東夷城的四顧劍，竟然做過如此瘋狂的事情。不過以大宗師的境界去當殺手，就算慶國皇帝是天下權力最大的那人，只怕也很難抵擋。

似乎猜到她在想什麼，苦荷輕聲說道：「知道這件事情的人，都和妳的想法一樣，認為四顧劍有很大的成算……可惜，在一個月之內他接連失敗了數次，雖然沒有受傷，卻也沒有任何成效。」

海棠朵朵皺眉道：「那個瞎子……當時在不在慶國皇宮？」她始終認為，能夠傷到自己老師的瞎子，才最有可能是那位神祕的大宗師。

苦荷微笑著搖搖頭。「瞎子那時候正和葉家的小姐，在慶國的江南，修那座內庫。」

「葉家小姐？」海棠朵朵更加震驚了。雖然她是如今天下年輕一代裡最出名的人物，但也知道老師今天說的這些當年祕辛裡，每一位都是怎樣了不起，怎樣改變著這個世界的模樣。

苦荷很柔和自然地將話題轉了回來，回身望著海棠朵朵說道：「這下子妳明白了吧？」

海棠朵朵睜著明亮的雙眼，搖了搖頭。

「范閒是誰？」苦荷平靜看著自己的女徒。「范閒就是葉輕眉的兒子……葉家女主人的兒子。」

海棠朵朵在震驚之餘，更是一頭霧水。范閒……南慶戶部尚書的私生子，怎麼又和葉家扯上了關係？葉家？當初那個以商制天下的葉家？那個設置監察院、修了內庫，綿延遺威直至今世的葉家？

苦荷搓了搓手，坐了下來，嘆息道：「肖恩後來一直被陳萍萍關著，所以不知道葉家小姐的身分，為師卻恰好知道。瞎子他只可能是葉家小姐的僕人，這次將為師調出上京，自然是要方便范閒做事，范閒的身分便浮現了出來，他就是葉家小姐的後人。」

海棠朵朵搖了搖頭，當著老師的面也敢於發表自己的意見：「雖說這般推理可信，但是太勉強了些，萬一那位瞎……大師只是不甘山中寂寞，才出山挑戰老師，與范閒北上一事並無關係。再說當年的葉家不是被滅了門嗎？」

話還沒有說完，苦荷已經笑了起來。「一件事情不能說明太多問題，但是妳想想范閒如今在南朝的官職，再想想他從澹州出來之後，南方朝廷裡的異動，太多的細節組合起來，事情的真相就很明白了。不要說什麼滅門的話，當年葉家的掌櫃都還活得好好的，南慶朝廷裡的有心人，為葉家小姐保留一絲血脈，也不是什麼出奇的事情。」

海棠朵朵愁極反笑，一時間竟是不知該如何言語。老師說得對，范閒就算是范建的私生子，就算他有詩仙之名、高手之實，以他的身分、地位，也遠遠不可能企及如今的高度；更不可能，左手執監察院，右手掌內庫——監察院與內庫，這不正是當年葉家留給這個世界最厲害的事物！

難道那位時常與自己通信的溫柔年輕男子，身後竟還有這般複雜與可憐的身世？

「妳剛才複述了范閒在酒樓上唸的那首小詞……」苦荷輕輕拍了一下猶在沉思之中的女徒弟，微笑說道：「妳只從這首小詞裡發現，對方是《石頭記》的作者，但妳仔細體會一下，說不定會發現范閒此人，藉此小詞在抒發著一些別的情緒，比如憤怒，比如不甘。」

夏日上京百歲松居之上，范閒與海棠朵朵飲酒，酣時曾念一首判詞。

「留餘慶，留餘慶，忽遇恩人；幸娘親，幸娘親，積得陰功。勸人生，濟困扶窮。休似俺那愛銀錢、忘骨肉的狠舅奸兄！正是乘除加減，上有蒼穹。」

海棠朵朵在心中唸著，終於體會到老師所說的那些情緒，霍然抬起頭來，震驚無比。此時遠在南慶蒼山中泡溫泉的范閒，如果知道這一對師徒竟然如此草率，憑這首判詞就定了自己的出身，一定會氣得從溫泉裡跳出來，裸奔至上京，痛罵一番，然後解釋一下，這是曹雪芹寫的，只不過恰巧和自家的身世有些相似而已。

沒過多久，海棠朵朵已經回復了平靜，柔聲問道：「這件事情，可大可小。」既然知道了范閒的身世，當然能想到他與南慶皇室之間肯定會有許多問題，怎樣利用，是一件需要仔細斟酌的事情。

「范閒是葉家後人的消息……讓全天下人都知道。」

苦荷很溫柔地說道。

「瞎子？」海棠朵朵心中有些微微惘然，不知道怎樣才能盡可能地保護范閒的利益。

苦荷悠悠嘆息道：「雖然瞎子……似乎不認識我，但我想，他既然要刻意出手，留下這些線索，或許……正是希望透過為師的嘴，將這個有趣的消息，告訴這世上的人們。」

這位大宗師最後下了結論：「瞎子已經不想再等，他要催范閒加快步伐了。」

第二十九章　誰能殺死范提司？

田園風雪後。

屋中茶香猶存，在安靜的空間裡飄著。許久之後，海棠朵朵才輕聲說道：「徒兒知道了。」

苦荷沒有看她面容，微笑說道：「范閒信中不是找妳討天一道的心法？給他。」

給他？很乾脆俐落的兩個字，卻驚得海棠朵朵愕然抬首，不知道老師是在開玩笑，還是患了失心瘋——天一道的無上心法？那是不傳之祕，難道就這樣輕鬆地送給南慶的權臣？

苦荷微笑說道：「這是他母親給我的東西，我還給他也是理所應當……更何況，對於我大齊來說，范閒的實力越強大，南慶的皇室就越頭痛。既能滿足為師心願，又能於國有益，如此兩全其美之事，為何不做？」

海棠朵朵微張雙唇，半晌說不出話來。她知道老師的真正用意是什麼，心中生出一股寒意。

這師徒二人只是猜到范閒與葉家的關係，卻不知道范閒的另一個身分，所以單方面以為，被揭穿身分後的范閒，只可能是慶國內部的一頭猛虎。葉家當年須臾化為雲煙，慶國皇室總要承擔最大的責任。在北齊人的眼中，范閒這頭虎越強大，慶國也就越麻煩，自己的國度當然就會越安全。

「老師，如果范閒這一次頂不住，怎麼辦？」

葉家的產業全部被慶國皇室據為己有，按理講，一旦范閒是葉家後人的消息傳了出去，慶國皇室一定會在最短的時間內狙殺他。

但苦荷卻搖搖頭，幽然嘆道：「顛覆葉家的那些王公們，似乎在十幾年前的京都流血夜中就死乾淨了，為師還真的猜不到，後面的事情會發展成什麼模樣。葉家，究竟還有沒有仇人依然潛伏在南方的皇宮裡呢？或許那個瞎子，也是想藉由這件事情，逼那些人現身吧。」

身為北齊國師，苦荷當然首要考慮的就是北齊利益、宮中那對母子的江山，至於范閒會面臨怎樣的困境，並不在他的考慮中。他微笑說道：「就算范閒無法迎接即將到來的衝擊，有瞎子堅定地站在他的身後，就算他失敗了，想死，也不是一件容易的事情。」

只是用天一道的心法去換來一個如此強大的敵人，未免也太冒險了些，更何況老師說的那句話，說明了一個很恐怖的事情——天一道的心法竟是范閒母親給老師的！

「葉家小姐……究竟是個什麼樣的人？」海棠朵朵一臉震驚。

苦荷微微皺眉，冥思苦想許久之後才輕聲說道：「最開始的時候，我以為她是位不沾紅塵的小仙女，可後來才發現，並不是這麼回事……」

「天脈者？」

「不是天脈者。」苦荷繼續笑著說道：「葉家小姐是一位遠遠超出一般天才太多的神奇女子。」

許久之後，海棠朵朵恭恭敬敬地送苦荷出屋，看著他那雙赤足踏在雪中，她柔聲說道：「老師，肖恩大人？」

雪地之中，苦荷的身影微頓了一頓，片刻之後柔聲說道：「和莊大家在一處。這兄弟二人生前陌路，死後同行，也算不錯。」

海棠朵朵低首掩飾自己的驚訝，直至今日，她才知道這件事情。

「這是老一輩的事情，你們年輕人有自己的世界，心法要……親手交到范閒的手上。」苦荷說完這句話，便邁步消失在風雪中，笠帽一翻，遮住了那顆蒼老而光滑的頭顱。

慶國蒼山的山坳裡，一片白雪茫茫中有霧氣蒸騰而起，數十隻美麗的丹頂鶴正撐翅而舞，離地不過數尺便又飄然落下，畏懼一般，試探著伸出長長的足，踩一踩霧氣下方，被雪松包圍著的那幾座溫泉。

溫泉水溫很合適，有些微燙。范閒閉著雙眼，赤裸上身，泡在溫泉裡，脖子向後仰著，擱在硬硬溼溼的泉旁黑石上。他大部分的身體都沉在水中，露在外面的肌膚被染上一層微紅；並不粗壯，但感覺十分有力的雙臂擱在石頭上。

兩根瘦削的手指，穩定地搭在他的右手腕間，費介閉著雙眼，眉毛一抖一抖，凌亂的頭髮因為沾了泉水，而變得前所未有的服貼。

被召回京後，費介才知道范閒領著一家大小進蒼山度冬，便趕了過來。師徒二人今日在雪松環繞之下泡著溫泉，這等享受，實在是有些豪奢。

「你的身材倒是不錯。」費介緩緩睜開雙眼，收回診脈的手，眸子裡那抹不祥的褐色越來越深。「平日穿著衣服倒是看不出來。」

范閒也睜開雙眼，笑著說道：「三處的師兄弟們，早就讚嘆過我的身材了。」他頓了頓，接著問道：「老師，有什麼法子沒有？」

費介從頸後取下白毛巾，在熱熱的溫泉水裡打溼後，用力地擦著自己面部已經有些鬆弛的皮膚，半晌沒有說話。

范閒嘆了一口氣，看他這模樣，就知道他對於自己體內真氣的大爆炸再消失，沒有什麼太好的辦法。

「給你留的藥，你不肯吃。」費介憂心忡忡嘆道：「何必逞強呢？如果吃了，頂多也就是真氣大損，至少不會爆掉。」

范閒搖搖頭。「真氣大損，和全無真氣，對於我來說，有什麼區別呢？」

「區別極大，至少你還有自保之力。」

范閒笑了起來，那張清秀的面容滿是自信。「保命的方法，我還有很多……您也知道，我從小到大，就不是一個靠武技打天下的蠻人，以往憑著自己的小手段，可以和海棠朵朵鬥上一鬥，如今雖然真氣全散，但我並不以為如果碰著什麼事情，自己就只有束手待死的分。」

費介盯著他的雙眼，盯了半天才嘆息道：「真是個小怪物。對於武者而言，真氣的重要性不言而喻，你就算有虎衛守著，有六處看著，可也總要流露幾分感傷與失望才對。」

「那是多餘的情緒。」范閒的腦中浮現出五竹幼時的教導，幽幽說道：「如果治不好，那我就要接受這個現實，長吁短嘆對於改變境況，也沒有什麼幫助。」

蒼山溫泉中的范閒，並不清楚在遙遠的北方，那一對高深莫測的師徒，已經很兒戲地認定自己的身分，並且想藉著揭破這個身分，擾亂慶國的朝廷，將他推到慶國皇室的對立面去。

姑且不論海棠朵朵會不會延緩這件事情的發生，只是兩國相距甚遠，流言就算飛得再快，至少目前還沒有可能傳到慶國境內。所以葉家後人的身世，對於一無所知的范閒來說，並不是他此時最大的危險、最頭痛的煩惱。他如今只是一味想恢復體內的真氣，治好那些千瘡百孔的經脈管壁。

「先養著。」費介沉忖許久之後說道：「我會開個方法，你按方子吃藥，另外小時候給你留的那些藥，你也不要扔了，還是有用處的。」

范閒微訝，心想自己真氣已經散了，還吃那個散功藥做什麼？

其實費介也不知道還有什麼用，只是順口一提，沒料到很久以後，還真讓范閒用上了。

「在蒼山待了半個月，不知道京都那邊怎麼樣了。」范閒輕輕拍打著微燙的溫泉水面，笑著說道：「您從京裡來，給學生說說吧。」

費介罵道：「你天天至少要收十幾封情報，還來問我這個老頭子？」

范閒嘿嘿一笑。

費介冷冰冰說道：「你藉口養傷躲到蒼山裡來，院裡卻對崔家下了手……京都裡早已經鬧得沸沸揚揚，北邊抓了幾百號人，吞了上百萬兩銀子的貨，你給崔家安的罪名也實在，看模樣，堂堂一個大族就要從此顛覆，你小子下手也真夠黑的。」

范閒笑著解釋：「都是朝廷需要。」

監察院對信陽方面的宣戰，來得異常猛烈和突然，而且出手極為狠辣，遍布天下的暗探，早已將崔家往北方走私的線路掐得死死的；以言冰雲為首的四處悍然出手，竟是沒有給信陽方面任何反應的時間，就已經控制了絕大部分的人貨銀錢。

畢竟范閒受了重傷，京都人都知道他在蒼山中養傷，誰知道病中的范閒，會如此突兀而狠厲地下手。這個計畫從夏天一直籌劃到現在，得到了皇帝的默許之後，才悄然開始，以有心算無心，信陽方面縱使在各郡路裡再有實力，依然吃了極大的一個虧。

最關鍵的是，對於自己的心思，范閒一直隱藏得夠深，永陶長公主很明顯低估了自己的這位女婿。

「這次你真是將長公主得罪慘了。」費介搖頭嘆息道：「崔家是長公主的一隻手，你將她這隻手斬了下來，難道不怕她……」

話沒有說完，范閒卻明白老師的意思，想了想後他輕聲說道：「最初的時候，我也有過擔心，可是後來與二殿下鬥了一番之後，我忽然發現，我似乎沒有什麼需要擔心的。有陛下的暗中點頭，有監察院的龐大實力……這世上還有誰能夠與我抗衡？」

費介知道范閒並不是一個得意忘形的庸人，所以安靜聽著他接下來的話。

「我手中握有的資源太強大了。」范閒嘆息著。「不論是皇子們，還是朝中的大臣們，都已經不是我的對手，院長大人曾經吩咐我將眼光放高一些，我如今才明白，原來這不僅代表著將來的走向，也是要我培養出這種自信……甚至是身為監察院提司的驕傲。」

「如今朝廷裡面，還能與我抗衡的人……很少。」范閒面無表情自我分析道：「朝廷，歸根結柢是一個暴力機構，除了軍隊之外，沒有哪個衙門能夠和監察院相提並論，而陛下對軍方又一直抓得極牢，這次將葉家趕出京都，就是一個明確的信號。長公主雖然在軍隊裡也有自己的勢力，只是陛下早在開春的時候，就將燕小乙調離了京都，信陽方面拿什麼和我較量？」

從滄州至京都，不過兩年時間，順應著時勢的變化，在陳萍萍與范建……這些當年母親戰友的努力下，在慶國皇帝的默許下，范閒在極短的時間內，就擁有了世人難以想像的權力。這種權力甚至連他自己都沒有太過真切的感受，直到在京都裡輕而易舉地打掉二皇子後，他才猛然察覺，過往似乎太過低估自己。

只要皇帝的聖眷一日不褪，只要宮中那位老太婆還想著他畢竟是皇家血脈，只要陳萍萍依然像如今這般，留在陳園養老，將監察院的所有權力都扔給他去玩……范閒，就會牢牢地站在慶國的朝廷上，不需要擔心任何問題。

費介忽然說道：「燕小乙在北邊，難道這次沒有出手？」

「征北營遠在滄州之外，營中悍將無數，十萬雄兵……」范閒嘲笑道：「卻是根本反應不過來。不過崔家幾位大老應該逃往了營中，滄州那條線，四處沒有能夠完全掐死。」

費介望著他，忽然笑了起來。「不錯，真的不錯。」

范閒終於謙虛了一把。「我只是一個下決心的人，事能做得這麼漂亮，全虧了言冰雲。」

費介笑道：「不過半年，你就能把若海的寶貝兒子拉到自己陣營中，讓他殫精竭慮為你謀劃，你……真的不錯。」

范閒默然，忽然間想到那位沈小姐，這時候應該正在蒼山別莊裡與林婉兒她們打麻將。他心想等崔家的事情了結後，是不是應該請言冰雲也進山來度冬？想到離溫泉半座山的莊子，他的心情忽然間好了起來，對費介懇請道：「老師，昨天說的事情，還請您好好考慮一下。」

費介皺起了眉頭，咳了兩聲，說道：「一個如花似玉的姑娘，你讓她跟著我學醫……會不會太可憐了些？就算我答應你，尚書大人也不會允許。」

「父親那裡我來說。」范閒懇求道：「妹妹是真喜歡醫術，老師您就費費心吧。」

費介罵道：「我叫費介，又不叫費心。」

范閒展顏一笑，知道老師發脾氣，那就是允了。

良久之後，費介的眉宇間忽然閃過一絲憂愁，說道：「可你想過沒有，院長和我的年紀都大了，我們總有去的那一天。」

范閒默然，片刻之後忽然說道：「我想，院長應該將我猜到自己身世的事情，告訴了您。」

費介面無表情地點點頭。「至少到目前為止，陛下……已經對你足夠好了。」

范閒並不否認這一點。對於一位私生子，皇帝能夠「大方」地將監察院和內庫都交給他，這種連皇子們都難以擁有的權力，放在一般人心中，足以彌補所謂的名分問題。

但問題是，范閒最初並不是這個世界的人，他所要求的，其實更簡單一些；看問題，也會更簡單一些——這兩處龐大的機構，本就是我母親的，又不是你慶國皇室的，你給我是應該的，你不給我，那就是你無恥。

費介並不清楚他赤裸裸的想法，嘆息著說道：「當年在澹州的時候，你說你想當大夫或是廚師，其實我很高興，但也有些小小失望，小姐當年的家業，總是需要你來繼承才是。只是如今眼看著你即將繼承她的一切，我卻又有些隱隱的害怕，我不知道你將來會不會後悔。」

范閒明白，費介擔心的是，萬一哪一天，皇帝忽然覺得自己的實力太強，對日後的儲君造成了威脅，那該如何？他笑了笑，安慰費介道：「您別擔心了，至少幾年之內，我想陛下應該會信任我的忠誠。」

他摸了摸自己胸口處的那道傷疤，疤痕處還有些癢，今日被溫泉一泡，顯得愈發地紅潤，有些猙獰。

「不要忘記，她是太后最疼的女兒。」費介警告道：「而且她是一個瘋子，正面的戰場上不是你的對手，卻會有些瘋狂的手段，就像往年的牛欄街上一樣。」

范閒驟然間沉默起來，半晌之後說道：「別院裡有婉兒，她自然不會動手。至於京都裡面……她就算要發瘋，也要忌憚著陛下。如果她真的要出這口氣，最好的機會，不外乎就是趁著我受了傷，又不在京都皇帝眼皮下的時候，把我殺了。」

費介嘆了口氣。「你明白這一點就好。」

范閒笑著說道：「如今的我，不是那麼好殺的。」

嗤的一聲，就像是一位書僮拿了把刀，細細地裁開一封信。

蒼山溫泉後方一里地，松林中潔白晶瑩的雪地上，驟然飄過一道紅豔豔的液體，落在地上就迅疾染開，顏色再難抹去。

一名刺客捂著咽喉，呵呵作聲，倒斃在雪地之上，發出一聲悶響。

監察院六處的劍手緩緩自樹後收回一柄寒劍，對著丈許外的高達行了一禮，又消失在雪地之中。

「第七個。」高達沉著一張臉，他的身後依舊背著那柄長刀，對屬下說道：「待會兒抬到後山去燒了。」

「是。」

高達沉默著。最近這些天，潛入蒼山意圖行刺范閒的刺客越來越多，他也知道這些刺客來自何方。信陽方面果然有些瘋狂，在崔家覆滅之後，選擇了最直接的報復手段……只是可惜，對方明顯低估了范閒身邊的防衛力量。

七名虎衛，是皇帝遣給范閒的貼身保鏢。

但在這場行刺與反狙殺的小型戰爭之中，真正恐怖的，還是監察院六處那些劍手。這些劍手們的本業就是刺殺，是慶國官方刺客，如今在雪山之中，對上了信陽方面派來的刺客，自然是殺得無比熟練，防得滴水不漏，不過三天時間，便已經殺了七名刺客，而自身卻毫無損傷。

高達看著白雪上的那抹血紅，嘆了口氣。他是宮中皇帝近衛，但直至今日才知道，自己這些虎衛用來正面殺敵攔截，那是極強的，但若說到暗殺與保護，比監察院六處裡那些人，還是要差了少許。

他身為虎衛首領，當然清楚，這些六處劍手如果正面和自己交手，沒有人是自己的一合之敵，可問題就在於，刺客……永遠不會正面交手。

高達默然想著，如果是六處那名刺客頭子來暗殺自己，自己應該沒有一絲活下來的可能。

在范閒受傷之後，他身邊的防衛等級就已經提高了幾個層級，尤其是在陳萍萍發了一次大怒之後，監察院六處終於在羞愧之餘做出反應，直接在范閒的周身布置了十二名劍手——這種規格，以往只有皇帝出遊才有的等級；在皇帝常用虎衛之後，整個天下，也就只有陳園才會防備得如此嚴密。

范閒知道這件事情後，也沒有做出什麼批示，只是吩咐啟年小組的人撤了大半，一處的人也一個不准跟自己進山，只留下鄧子越和蘇文茂二人專司聯絡之職。對於陳萍萍的「震怒」，他是當笑話在看——這個老跛子喊人捅了自己一刀，這時候又來罵屬下沒有保護好自己，真是無恥至極。

高達在暗自驚嘆於監察院的實力時，也有人和他的想法差不多。信陽方面派到蒼山上的刺客首領，此時正穿著一身白衣，藏在雪中，小心謹慎地注視著山間的一切景致。

他是信陽方面的死士，早就將一條性命交給了永陶長公主，但他看著先前的那一幕，也不免有些心驚。已經整整三天了，不要說刺殺范閒，信陽刺客們竟是連范閒的面都無法看到！自己屬下接連無聲死亡，讓這位刺客首領第一次生出了暫退之意。

哪怕是皇帝的虎衛護衛著范閒，他都有足夠的信心去嘗試一下，信陽方面猜出范閒傷得有些蹊蹺，估計一時半會兒之間不會恢復。

可問題是，監察院六處，官方刺客，太厲害，他們似乎本能地就能嗅到雪山中的每一絲異樣氣息，能夠找到所有潛伏著的危險因素。有這樣一批人在保護范閒，那除非信陽方面調一支軍隊上山，才能殺死他！

刺客首領皺了皺眉頭，決定滑下樹幹，回信陽匯報此次失敗的詳情。他對自己的武技相當有信心，只要針對監察院六處的布置再詳細安排，下次自己一定能夠將范閒殺死。

他身體微動，一片雪花鑽入了脖子裡，微涼，然後極寒。

一把黑色的鐵釺，隔著厚厚的雪，準確地刺入了他的脖子。

慶餘年 第二部 一

作　　者／貓膩
執 行 長／陳君平
榮譽發行人／黃鎮隆
協　　理／洪琇菁
總 編 輯／呂尚燁
執行編輯／陳昭燕
美術監製／沙雲佩
美術編輯／陳又荻
國際版權／黃令歡、高子甯
校　　對／朱瑩倫
內文排版／謝青秀

國家圖書館出版品預行編目資料

慶餘年．第二部（一）/ 貓膩作 . -- 初版 .
-- 臺北市 : 尖端 , 2020.05-
冊；　公分
ISBN 978-957-10-8885-3（第 1 冊：平裝）

857.7　　109003448

出版／城邦文化事業股份有限公司　尖端出版
台北市 104 中山區民生東路二段 141 號 10 樓
電話：（02）2500-7600　傳真：（02）2500-2683
讀者服務信箱：7novels@mail2.spp.com.tw
發行／英屬蓋曼群島商家庭傳媒股份有限公司城邦分公司　尖端出版
台北市 104 中山區民生東路二段 141 號 10 樓
電話：（02）2500-7600　傳真：（02）2500-1979
劃撥專線：（03）312-4212
戶名：英屬蓋曼群島商家庭傳媒（股）公司城邦分公司
劃撥帳號：50003021
※ 劃撥金額未滿 500 元，請加付掛號郵資 50 元
法律顧問／王子文律師　元禾法律事務所　台北市羅斯福路三段 37 號 15 樓

台灣地區總經銷／中彰投以北（含宜花東）　楨彥有限公司
電話：（02）8919-3369　傳真：（02）8914-5524
雲嘉以南　威信圖書有限公司
（嘉義公司）電話：（05）233-3852　傳真：（05）233-3863
（高雄公司）電話：（07）373-0079　傳真：（07）373-0087
馬新地區總經銷／城邦（馬新）出版集團 Cite（M）Sdn Bhd
電話：603-9057-8822　傳真：603-9057-6622
E-mail：cite@cite.com.my
香港地區總經銷／城邦（香港）出版集團 Cite（H.K.）Publishing Group Limited
電話：852-2508-6231　傳真：852-2578-9337
E-mail：hkcite@biznetvigator.com

版　次／ 2020 年 5 月 1 版 1 刷　Printed in Taiwan
2023 年11月 1 版 6 刷